墜ちる星

暁《あかつき》に堕《お》ちる星《ほし》

和泉《いずみ》 桂《かつら》

ILLUSTRATION
円陣《えんじん》 闇丸《やみまる》

CONTENTS

暁に堕ちる星

◆
暁に堕ちる星
007
◆
暁に光る星
155
◆
あとがき
272
◆

暁に堕ちる星

――大丈夫か。

雨の中、足を滑らせて転んだ清潤寺貴郁《せいかんじたかふみ》は、そのまま力なく電柱に寄りかかった。

道路に座り込み、雨滴《あましだり》が礫《つぶて》のように全身を打つに任せていると、わざわざ車から降りた青年がそう声をかけてきたのだ。

「君、聞こえるか？」

君、か。

いかにも品のよい口振りに、どこか硬い低音。

戦時中の荒《すさ》んだ世では、なかなか聞けるものではない。

「平気、です」

貴郁は凍える唇を動かし、それだけを伝えた。飲みすぎたといっても意識は案外はっきりしている。吐き気はなく、ただ、誰かとしゃべるのが億劫《おっくう》でならなかった。

ついに召集令状《赤紙》が届き出陣が決まった愛弟子《まなでし》のため、自宅に招いた教授が取っておきの酒を開けてくれた。勧められるまま盃《さかずき》を重ねたが、じつに湿っぽい宴席だった。また一人有望な生徒を死なせてしまうと、恩師は背中を丸めて泣いていた。

一応は休学の身分で復学の希望を抱いている学生に、これから死ぬと烙印《らくいん》を押さないでほしいものだ。しかし、最高学府に籠もる恩師は優しくともそういう心の機微には無頓着だった。

「だいぶ具合が悪そうだな。放っておくわけにもいくまい」

「ええ」

相手は二人組らしく、年嵩《としかさ》の男は車中にいるようだ。このご時世で車を使える民間人とはいったいどこの誰だろう、という考えが脳裏を掠《かす》める。

貴郁に手を貸して助け起こしてくれたのは、若々しい声の人物だった。

「君」

ヘッドライトで貴郁の顔を見たのか、青年はふと気づいたような声を出した。

「もしかして」

「…何、ですか…？」

よもや、自分が清澗寺家ゆかりのものだと気づかれたわけではあるまい。

清澗寺の分家から犬猫の子のようにもらわれてきた貴郁は、家族の誰とも似ていないのだから。

「……いや」

青年がそう言ったので、貴郁はほっとした。

同時に、滅多にないことに弱音が口を衝《つ》いて出てきた。

「帰りたくない」

抱き起こしてくれた青年の肩に体重を預けて貴郁が呟《つぶや》くと、相手は「なぜ？」と問う。

答えられなかった。

けれども、あの麻布《あざぶ》の洋館に帰れば現実に引き戻されるのは火を見るよりも明らかだ。

生の実感も味わえぬまま死ぬのであれば、自分の二十年という短い生涯に何の意味があるのか。

「いいから、乗せなさい」

「ええ」

腕を引かれ、貴郁はそれを振り払おうとしたが、青年は案に相違して摑《つか》んだ腕を放そうとはしなかった。

「放っておいてください」

「そんな顔をしてるのに、放っておけないよ」

「そのとおりだ。袖振り合うも他生の縁と言うだろう？」

青年に抱き寄せられ、厚地の外套《がいとう》に包み込まれる。

――あたたかい。

それだけで、砦《とりで》はあえなく崩落した。

貴郁は意地を張り切れなくなり、青年の男らしい胸に頭を預け、安心感に躰《からだ》の力を抜いた。

このまま、すべてを相手に委ねてしまいたかった。

目を覚ましたのは、誰かが貴郁の唇にコップを押し当てたからだ。冷たい水を飲まされ、喉が渇いていたのに初めて気づいた。

「ん」

自分が寝かされているのは広い寝台で、冷たい敷布は清潔そのものだった。この東京《とうきょう》にまだそんな空間があること自体が、ひどく意外に思える。

「目を覚ましたようだ」

「……ここは」

目を開けても視界がぼやけているのは、酔いのほかに電力不足ゆえに照明を落としているせいもあるのだろう。

「御伽《おとぎ》の国《くに》だ」

揶揄《やゆ》する声音に貴郁は視線を上げたが、まだ目が闇に慣れない。

「自棄《やけ》を起こして、どうしたんだ？」

青年の声が、甘く鼓膜を擽《くすぐ》る。

「自棄ではないです。お祝いですから」

「お祝い？　それにしては……ああ、出征か」

出征で自暴自棄になっていると言えば、非国民と罵られてもおかしくはない。それきり口を閉ざした貴郁に、青年は優しく声をかけた。

「気にするな、俺も似たようなものだ。躰を壊してこちらに戻ったが、また戦地へ向かう」

先ほど貴郁が凭《もた》れかかったくらいではびくともしなかった立派な体躯《たいく》を思い返すと、躰を壊したと言われてもぴんとこなかった。

「どこを？」

「足を負傷して、漸《ようや》く陸軍病院を退院した。特例で戻ってきたが、すぐに戦地へ向かう算段だ」

「そうですか……」

この人もまた無為に死ににいくのかと思えば、貴郁は急に連帯感を覚えた。貴郁の気持ちを読み取ったのか、青年が額に触れてくる。そのあたたかく優しい指に、貴郁は反射的に目を閉じた。

こんな風に他者に触れられるのも、それに安堵《あんど》するのも、初めてかもしれない。

そこで扉が開閉される気配がし、もう一人の人物が姿を現した。

「何だ、目を覚ましたのか？」

「はい」

先ほどの年嵩の男性だった。

「赤紙が来て、飲みすぎたそうです」

「未来ある若者に国の命運を託すのも考え物だな。君たちは似た者同士じゃないか」

青年に遮られ、二人の顔はよく見えない。

「だいぶ荒れていたようだが、置いていけない、好いた女性でもいるのか？」

「まさか」

酔いの名残から、貴郁は吐き捨ててしまう。普段は温厚な貴郁にしては、珍しいことだった。

「何も知らないで死ぬだけです。生きる意味も理由も……情熱も」

「それが虚《むな》しいのか」

「たぶん」

年上の男の声は冷たいが、どこか官能すら感じさせる麗しい低音だった。

「たぶん？」

「実感がないんです。生きている実感がないから、死ぬ実感もない」

暫《しば》しの沈黙の後、年長の男が低い声で言った。

「ならば、味わわせてあげようか」

「え？」

「君が欲しがっている、生きる実感というものだ。酒に逃れるよりはよほど建設的だ」

年嵩の男の冷えた掌《てのひら》が貴郁の頬に添えられ、唇に何かが触れる。接吻《せっぷん》だと意識するまでもなく舌を搦《から》め捕《と》られ、未知の愉悦に脳が焼けつくように痺《しび》れた。

糸を引いて離れていく唇のなまなましさに、貴郁は躰を強張《こわば》らせる。薄闇の中、その光る糸だけが目についた。

呆然《ぼうぜん》とする貴郁の傍らに腰を下ろし、若い男が「つくづくあなたは趣味が悪い」と告げる。

「だったら見ているか？」

「いいえ。欲しいものを取られるのを指を咥《くわ》えて眺めているのは、性に合わない」

青年の声に笑いと色香が滲《にじ》む。

「あの……僕は、男ですけど……」

女性と寝たこともあるが、貴郁は何の感慨も得られず、行為自体も好きにもなれなかった。

「そんなものはわかっている。生の営みに、性別など無意味だ」

年嵩の男の声は、聴覚に直《じか》に訴えかける。

「君が生きている実感を味わえないのは、ここのせいだ」

　長く美しい指が、貴郁の左胸を押さえた。

「心臓？」

「心だ。人の心と肉体の繋《つな》がりは深い。心が邪魔をすれば、躰は当然ついていかない。逆もまた然《しか》り」

　なるほど、これが悪魔のものだと言われれば貴郁はそれを容易《たやす》く信じただろう。

　それほどまでに、男の声は蠱惑《こわく》と毒に満ちていた。

「………」

　恐る恐る面を上げた貴郁は、そこで初めてまともに二人の顔を視界に捉えた。

　年齢は違えども、端整な顔立ちの二人組だった。

　二十代と四十代くらいだろうか。

　若い男の顔は精悍《せいかん》かつ華やぎ、壮年の男の顔は硬質で峻厳《しゅんげん》さすら帯びていた。彼らは戦時下なのに国民服も身につけず、身なりも大層立派だ。

　己のおとなしく地味な顔貌《かおかたち》が好きになれず、鏡を見ることさえ滅多にない貴郁からしてみれば、彼らの面立ちは羨望に値した。

「教えてほしいか？　私たちが、君を導ける理由を」

「ええ」

　二人の美貌に魅入られるように、貴郁は同意を示す。

「そのためには先に聞こう。君に堕《だ》する覚悟があるのか」

　もしかしたら、彼らはメフィストフェレス《悪魔》なのかもしれない。

　そんな突飛な空想が、脳裏を過《よぎ》る。

　いずれにしても、貴郁は彼らの手を取った。

　惰性で日々を送るだけでは味わえない、生の果実を貪るために。

1

昭和《しょうわ》二十一年　春。

長く続いた戦争が終わり、半年余り。

鹿児島《かごしま》の特攻基地から戻ってきた清潤寺《せいかんじ》貴郁《たかふみ》は、東京帝国大学法学部に復学した。休学措置だったため大学生活はあと一年弱しか残されておらず、中断された学問への飢餓感は強い。貴郁は日々を学業に打ち込み、空いている時間は書物を読《よ》み耽《ふけ》った。

戦時中の肥料不足ですっかりみすぼらしくなった常緑樹の木立を抜けると、清潤寺邸の車寄せには米軍の小型四輪駆動車が停《と》められている。もう午後十時を過ぎているのに、客人が居座っている証拠だ。

貴郁がいつも夜遅く帰宅するのは、父が彼らにホストとして接する場面をあまり見たくないからだ。

しかし、今宵《こよい》はそれを避けられそうになく、心臓のあたりがずしりと重くなった。

覚悟が足りないと、貴郁は己の心の弱さを心中で嘲る。終戦後から毎夜繰り返されてきた虚《うつ》ろな慰みが、今夜もまた行われているだけの話ではないか。

「ただいま」

「お帰りなさいませ」

ドアを開けると中年になった執事の箕輪《みのわ》が、帝大の制服を着た貴郁に慇懃《いんぎん》にお辞儀をした。春といえども未《いま》だ夜気は冷たく、玄関ホールは天井の高いこの洋館特有の冷ややかさで満たされている。

応接室から、大きな笑い声が聞こえてきた。

「客人はまだ帰らないのか」

わかりきったことを口にすると、箕輪は「はい」と真面目《まじめ》くさった顔で首肯する。

「父上も大変だな」

貴郁は小さく息を吐き、薄地の外套を脱いで箕輪に手渡した。

清潤寺伯爵家は平安《へいあん》時代から続く名門華族として知られ、その財力の源は清潤寺財閥にある。経営は浮き沈みがあったものの、そこそこ堅調で、貴郁は暮らしに不自由を感じた記憶はない。

しかし、戦争が終わると日本《にほん》の財閥や特権階級を疎んじる連合国軍最高司令官総司令部《GHQ》は、彼らから力を削《そ》ぐことに血道を上げるようになり、清澗寺家が置かれた立場は様変わりした。同様に特権階級だった華族たちも困窮し、多くの者が生活手段を模索していた。

清澗寺家は屋敷の接収こそ免れたものの、進駐軍の高官たちが我が物顔で出入りするようになった。彼らの目当ては当主である清澗寺和貴《かずたか》による巧みなもてなしで、占領地で淋《さび》しい夜を過ごす慰めとした。

そんな涙ぐましい努力が奏功し、清澗寺家は華族の中でも特別待遇を噂《うわさ》されるような、一種の社交倶《しゃこうく》楽部《らぶ》に生まれ変わったのだ。

しかし、この時間まで来客が居座っているのであれば、義理の父である和貴も疲れているだろうと貴郁は気を揉《も》んだ。

そうでなくとも和貴は清澗寺紡績の社長を務め、激動の時代においても社業を保とうと腐心している。GHQをもてなしたところで会社にいい影響があるとは思えないが、彼は仕事ではなく家のためにその任務を果たすべきだと思っている節があった。

「弘貴《ひろたか》たちは？」

「宿題を済ませたので、今日は早めにお休みになるそうです」

「そうか」

昨年、知覧《ちらん》から戻った貴郁は、和貴に新しい弟を紹介された。泰貴《やすたか》という、弘貴の双子の弟が現れたのだ。弘貴と泰貴はそっくりで、特に証拠がなくとも血の繋《つな》がりがあるのは知れた。双子は和貴の妹の鞠子《まりこ》を母とするが、泰貴だけが妹と共に鞠子の手で育てられたそうだ。だが、神戸《こうべ》の空襲で家族とはぐれてしまい、泰貴は仕方なく上京したのだとか。

泰貴の茶系の瞳も髪も清澗寺一族の特徴そのもので、黒髪に黒い瞳を持つ貴郁とは違う。彼らが和貴と並ぶと兄弟か親子かという色合いが強くなり、貴郁が異分子なのだと疎外感を加速させる。だからこそ平凡で地味な己の容姿を直視できず、他人に見られるのは勿論《もちろん》、窓に映る自分の姿を見るのさえ嫌だった。部屋に鏡を置いたことは、今までに一度もない。人知れず四つも歳《とし》の離れた義弟たちに嫉妬する自分は、心底愚かだ。

階段を上がりきって書斎の前を通りかかった貴郁は、深沢直巳《ふかざわなおみ》と行き会った。

祖父の清澗寺冬貴《ふゆき》の養子である彼は本来ならば清澗寺姓を名乗るはずが、通称として深沢姓で通している。馴染《なじ》んでいる名が便利だからしいが、実際には和貴の従者という対外的な立場を崩したくないのだろう。それは傍目《はため》からも明白だった。

清澗寺家が華冑界《かちゅうかい》で眉を顰《ひそ》められる原因の一つは、色狂いの血が濃い特殊な住人たちにある。

男も女も咥《くわ》え込むと言われ、その淫奔ぶりを揶揄された美貌の祖父——冬貴。

今は大磯《おおいそ》に隠棲《いんせい》する冬貴の奔放さは、嫡出子の四人以外にも数多《あまた》の子がいる点からも窺《うかが》える。

貴郁もまた冬貴の子供の一人で、赤子の時分に母親ごと清澗寺の分家に押しつけられたが、現在の当主である和貴——冬貴の次男に当たる——の意向でこうして本家の養子となった。

要するに、この家で家族として暮らしている五人は、血の繋がりにおいて余人に説明するのも面倒なほどに込み入っている。

「お帰りなさい、貴郁さん」

「ただいま戻りました」

目礼すると、深沢が微《かす》かに口許《くちもと》に笑みを刻んだ。

「下はまだ続いているようですね」

「そろそろお開きだと思いますが、父《とう》さんもあれでは大変ですよ」

そもそも和貴が無茶をしないよう監督するのは深沢の役目のはずだ。しかし、このところ深沢は和貴を放任しており、手綱を握る兆しすらない。そんなわずかな非難を込めて口にした貴郁に、深沢は肩を竦《すく》めてみせた。

「申し訳ありません。和貴様がどうしてもとおっしゃるものですから」

「あなたがいいなら、僕は構いません。気にするのは、どうせ直巳さんのほうでしょう」

四十代ともなれば浮いた噂はなくなったものの、もともと和貴は社交界でも悪名高い人物だったと聞く。かつての自分を恥じる彼が子細を語らずとも、自《おの》ずとそうした事柄は耳に入るものだ。

「当面は目を瞑《つぶ》りますよ。あの方にはあの方なりの考え方がある」

嫉妬深く陰湿な深沢らしくない真っ当な意見に貴郁は心中で驚きを覚えたが、素知らぬ顔をするのは心得ている。

「それなら僕も、極力気にしないことにします」

「助かります」

階下の玄関ホールが不意ににぎやかになり、和貴のなめらかな英語が切れ切れに耳に届く。漸く会合がお開きになったようだ。

「ところで、貴郁さんは就職はどうなさるんです？」

「まだ決めていません」

同世代の多くと違って運良く命拾いし、復学したはいいものの、貴郁は将来に対する展望を一切持てずにいた。寧《むし》ろ、基地でできた友の殆《ほとん》どや学友を失った虚《むな》しさが、貴郁を常に支配している。

総力戦となった結果、国の将来を担うはずの優秀な学生たちが大勢犠牲になったのだ。

貴郁よりも優秀で才気煥発《さいきかんぱつ》な者は多かったが、彼らは死に、貴郁は此岸《しがん》に残されてしまった。だからこそ、生かされた者の責任は重い。

「考えておいたほうが身のためですよ。今は毎日が非日常の連続だと思われるかもしれませんが、実際にはこれが日常です。我々はこの異常な日々を生きなくてはなりません」

この期に及んでも深沢が醒《さ》めた視線で事態を捉えられるのは、彼には揺るぎない規律があるからだ。

「わかりました」

こつこつと階段を上がってくる音が聞こえ、和貴が「なお…」と途中まで呼びかけた。彼が慌ててその言葉を呑《の》み込《こ》んだ理由は明らかで、深沢の後ろに貴郁の姿を認識したからだろう。

「深沢、あとで少しいいか」

「ええ、和貴様。先に寝室でお待ちしています」

十数年もこの屋敷で一緒に暮らしている以上、貴郁とて彼らの関係を知り尽くしていたし、二人きりのときは希《まれ》に下の名前で呼び合っているのも認識している。だが、呼び名に関しては和貴には彼なりの矜持《きょうじ》があるらしく、貴郁はあえて気づかぬ振りをしていた。

気を利かせた深沢が立ち去ったので、貴郁は父とその場に取り残された。

「貴郁」

改めて呼びかける和貴は、西洋人形のような美貌の持ち主だった。茶系の髪に瞳、薄い唇。尖《とが》った鼻梁《びりょう》、華奢《きゃしゃ》な頤《おとがい》。どれもが、貴郁とは違う。

「何ですか、父さん」

「その……学校はどうだ？」

「学校？」

「つまり、いろいろと環境が変わって大変だろう」

極めて言いづらそうな口調だった。


「食糧難が終わるまで、畑仕事と学問に追われそうです。でも、課題はこなしていますし、先生も熱心に指導してくださっています」

大学の構内はそこかしこが掘り返され、飢える学生の腹を満たすための芋畑に変身していた。

「不甲斐ない大人のせいで、おまえたちの青春を浪費させているわけか」

和貴の繊細な美貌が翳《かげ》り、貴郁は罪悪感を覚える。こんな顔をさせたくはなかったのに、自分は馬鹿だ。

「弘貴たちはどうだ？」

「仲良くやっているようです」

双子の身を案じる和貴の言葉に、貴郁はそつなく応じた。最初は泰貴の弘貴への態度に不穏なものを感じたが、時が経《た》つにつれて落ち着いてきたのがわかった。彼らは今は上手《うま》くやっているようだ。

将来この家を継ぐのは、自分ではなく弘貴か泰貴に違いない。和貴は最愛の妹の息子を取り分け可愛《かわい》がっていたし、重苦しい家名は貴郁には過分なものだ。継がずに済むのであれば、それが有り難い。

「おまえは僕に似ずに真面目で助かるよ。あの二人をよく見てやってほしい」

似ていないという言葉を、これまでの生涯で貴郁は幾度聞いただろう。以前は胸を疼《うず》かせたものだが、大人になってやっとそれを受《う》け容《い》れ、やり過ごせるようになっていた。

「わかっています。……少し、痩《や》せましたね」

「僕が？」

不審そうに首を捻《ひね》る和貴を見やり、貴郁は彼の右腕を唐突に摑んだ。

一瞬、心臓が震えた。

自分から触れておきながら動揺するなんて馬鹿馬鹿しいと、貴郁は心中で苦笑する。

「ほら、父さんの腕。僕に摑めるくらいだ」

「この食糧難では太るほうが難しいよ」

「あまり痩せると直巳さんに怒られますよ」

「わかってる。おまえの口うるささ、近頃は深沢そっくりだ」

「殊に父さんに関しては、直巳さんと似ていると言われても否定できませんね」

貴郁の答えに、和貴はわずかに目を瞠《みは》った。

「嫌じゃないのか？　あまり仲がよくはないだろう」

さりげなく二人が不仲であると指摘され、貴郁は首を振った。自分が深沢と友好的になどなりようがないし、その関係性は既に露呈しているが、かといって口にすれば和貴を心配させてしまう。

「父さんに関しては、僕も心配性になるってことですよ」

貴郁の言葉を聞き、和貴は「藪蛇《やぶへび》だったな」と困ったように笑った。頼りない表情をされれば己とさほど年齢が変わらないようにも思え、父の若々しさにどきりとする。

もとより清澗寺一族は外見的に老いが目立たず、如《い》何《か》なる秘術を使っているのかと昔から詮索されたのだという。古くは平安の御《み》代《よ》から帝《みかど》に秘技秘術をもってお仕えしたと聞いている。

連合軍の高官たちは、和貴の美貌を持《も》て囃《はや》し、こうして夜ごと詰めかけているのだ。

「父さん、直巳さんがお待ちかねでしょう。それにこんなところで長話をしていては、あの子たちも起きてしまいます」

「あ……うん」

「おやすみなさい。また明日」

「おやすみ」

貴郁に背中を押されるようにして歩きだした和貴は、落ち着いた足取りで自室に向かう。気丈さを装ってはいるが、彼の背中に疲れが見え、貴郁は気の毒に思った。

とはいえ、彼の疲れを癒《い》やすのは貴郁の役割ではない。貴郁の役目は模範的な息子を演じ、時に相談相手にもなり得る大人であることだ。父に甘えたり頼ったりする役目は、弘貴たちが果たしてくれる。

外見は似ていなくても、子供たちは和貴への供物で、道具であり道化である点で同類だ。

かつて生涯にわたって和貴を助けると約束し、誓った以上はそれを守らねばならない。

――だが。

こんな人生、本当に生きているといえるのか。

自室に入った貴郁は両腕で自分自身を抱き締め、唇をきつく嚙《か》んだ。

折角生き残ったのに、生きているという実感がない。どうやって生きたいのか、何をしたいのか、貴郁には未だに見えないままだ。

最初から死んだも同然の自分自身が生を実感できた機会は、ただ一度だけしかない。

雨に打たれて蹲《うずくま》っていたあの晩、貴郁は生なるものの甘露を文字どおり貪った。

夢か現《うつつ》か、判然としない一夜の情事。

――いや、違う。あんなものは夢だ。

現実であろうはずがない。

誰よりも生真面目で平凡な貴郁が二人の男に一時《いちどき》に抱かれ、快楽で窒息死しそうになったなんて、想像するだけでもぞっとする。

生に執着し、足掻《あが》くあまり、ふしだらな妄想の世界に足を踏み入れてしまっただけだ。

目を覚ましたときには貴郁は清澗寺邸の自室で眠

っており、高熱で魘《うな》されていた。

箕輪に聞いた話では、自分は雨上がりの門前で悠悠と眠っていたそうだ。和貴様が大変心配しましたと、箕輪から珍しくお小言を喰《く》らったほどだ。

追い詰められた心の見せた、馬鹿げた夢だ。

そう割り切った貴郁は、憑《つ》きものが落ちたようにさっぱりとした心境で知覧に向かった。

しかし、己の心にも欲望にのめり込む昏《くら》い部分があると思い知らされたようで、そら恐ろしくなったのは事実だった。あのような過激な妄想をすること自体、貴郁には信じ難かったからだ。

そして、あの声。

——問おう。君に。

己の深層心理で貴郁がどんな問答を繰り広げたのか、もう覚えていない。

覚えていたら自分の心を紐解《ひもと》けたかもしれないのに、そう考えると少し残念だった。

2

秋雨は冷たく、貴郁《たかふみ》の躰を芯まで凍えさせる。こうした雨の降りしきる夜にはあの淫夢を思い出してしまうので、父の用が済んだ以上は一刻も早く帰宅し、寝台に潜り込みたかった。

急ぎ足で町を歩く貴郁に、"Hey!"と声が飛んだ。

思わず立ち止まると、ガムを嚙みつつ進駐軍の兵士が近づいてくる。

「何か用事ですか？」

「寒いだろ。躰があったまるものでも飲まないか」

ラクチョウと略される有楽町《ゆうらくちょう》界隈《かいわい》は、上野《うえの》や新橋《しんばし》と並んで男女を問わず街娼《がいしょう》が多いせいか、貴郁もその一人に見られたらしい。こうして絡まれるのも一度や二度ではなく、自分のような地味で美しくもない男のどこがいいのかと、不思議でならなかった。

「遠慮します。そういう趣味はありませんので」

貴郁が流暢《りゅうちょう》な英語で断っても、男は食い下がる。

「ってことは、まだ経験がないんだろ」

どういう切り返しなのかと黙り込む貴郁に、男は口許を歪《ゆが》めた。

「だから怖じ気《おけ》づいてるってわけか。そいつは惜しいぜ。天国に連れてってやるって」

天国という言葉に、貴郁は瞬《まばた》きをする。

もしかしたら、この世界には貴郁の知らない快楽があるのだろうか。あるいは、あの夜の幻を再現する術《すべ》が存在するのかもしれない。

けれども、このいかにも下品な男にはそんな手解《てほど》きなどできないだろう。

欲しいのは紛《まが》いものの即物的な快楽ではなく、神酒《ネクタル》でしか味わえないような深く甘い酩酊《めいてい》だ。

あの晩、夢の中で貴郁が味わった美酒。

男は押せば色よい返事を聞けると思ったのか、肩を強引に抱いてくる。途端に相手の体臭が鼻孔に触れた気がして、貴郁は我に返った。


「放してください」

「何でだよ。いいだろ、少しくらい」

口論になりかけた二人の気を削いだのは、別の揉《も》め事《ごと》だった。少し離れた場所にある米国人《べいこくじん》専用のホテルの前で、数人の男女が争っている。

「やめてください！」

悲鳴を上げた日本人の女性は腕を摑まれて踠《もが》いているが、彼女の細腕では男を押《お》し退《の》けられないのだろう。騒ぎに気を取られて相手の手が緩んだので、貴郁はその隙に逃げ出すのに成功した。

「私、そういう女じゃありません」

「じゃあ、どういう女なんだよ」

無視もできたが、彼女が街娼に間違えられたのが気の毒で、貴郁は自分らしくもない行動に出ていた。

「あの」

一歩踏み出した貴郁は、女性の腕を捕らえる兵士に声をかける。

「ん？」

「彼女は嫌がっています。放していただけませんか」

なめらかな英語で切りだすと、兵士は貴郁を男娼《だんしょう》のくせにと言いたげな蔑みの視線で睨《ね》めつけた。

ホテルの照明に照らし出された男のワッペンは見覚えがあり、いつも自宅に出入りしている将校の部隊だろうと見当をつける。

「何だ、おまえ」

「彼女は商売をしているわけではありません」

「うるせえんだよ。おまえ、喧嘩《けんか》売ってんのか？」

別の男に襟首を摑まれたものの、貴郁は顔色一つ変えなかった。暴力など、怖くはないからだ。

「その気のない女性に声をかけるのは、紳士的ではないと言っているのです」

「へえ。おまえが代わりをするんなら、いいぜ？」

「そいつはいい。綺麗《きれい》な顔してるな、こいつ」

「日本人は男も膚《はだ》が綺麗で抱き心地がいいからな」

三人が口々に下品な冗談を言いだしたので、嫌気が差した貴郁は切り札を見せることにした。

「それよりもこの件、アンダーソン少佐に報告してもよろしいのですか？」

「な……」

やはりそうか。和貴《かずたか》目当てで社交倶楽部にしばしば顔を出す男の名前を出した瞬間、兵士たちの顔に一様に緊張が走る。

「少佐はこの手の不祥事を嫌うと伺っています」

だめ押しにそう言ったため、兵士の手が緩んだ。

貴郁はシャツの襟元を直し、呆然と立ち尽くす女性に顔を向けた。

「行きましょう」

貴郁は女性に促し、車を拾えそうな場所へ歩きだした。

「あの……ご親切に、ありがとうございます」

「この時間に、若い女性がこんなところを歩くのは感心しません」

「仕事の帰りだったんです。皆さんに演奏の感想を伺っていたら、つい、遅くなってしまって」

見れば彼女はヴァイオリンのケースを持っており、おそらくホテルで演奏をした帰りなのだろう。

「送ります」

「いいんですの？」

「今みたいなことがあったのに、一人では危険ですよ。楽器も盗まれては困るでしょう」

「嬉《うれ》しいわ」

華やいだ色味のコートを身につけた女性は、上品で美しかった。彫りの深い顔立ちが印象的で、日本人離れしている。見るからに上流階級の女性を娼婦《しょうふ》と間違えるとは、兵士たちの目は節穴だ。

苦労して拾ったタクシーに乗ってから尋ねると、彼女の行き先は駒場《こまば》だった。

「私、黒田秋穂《くろだあきほ》と申します」

「清澗寺《せいかんじ》貴郁です」

躊躇《ためら》いつつも貴郁が答えると、秋穂は「まあ」と目を丸くした。

「でしたら、清澗寺伯爵のご長男？」

「はい」

「そうでしたの。お父様には時折夜会でお目にかかりますわ。よろしくお伝えくださいい」

物怖《ものお》じしない態度と姓から、貴郁は秋穂が黒田商事《くろだしょうじ》を経営する黒田宗晃《もとあき》の娘だろうと思い当たった。

黒田家には美男美女の兄妹がおり、英国留学《えいこく》した優秀な兄と音楽の才能に溢《あふ》れる妹については、戦中もしばしば話題になっていた。

宗晃は商売の手腕も優れていたが、冷酷で同業他社を容易に蹴落とす手法には賛否両論あった。確か、清澗寺財閥の系列企業とも取引があり、宗晃は社交界でも有名な人物だ。私生活でもそのエキゾチックな美貌で浮き名を流し、貴郁も新聞で映りの悪い写真を見たことがあった。

辿《たど》り着《つ》いた邸宅は見事なもので、貴郁はその家に見覚えがあるような気がして瞬きをした。

記憶力はいいほうだが、咄嗟《とっさ》には思い出せない。このあたりは華族の屋敷も多いし、学友が住んでいたのかもしれないと結論づけた。

「どうぞ」

先に下車した貴郁が手を貸すと、彼女は微笑《ほほえ》みを浮かべて車から滑り降りた。

「あの、よろしかったら父に挨拶をしていってくださらない？」

　ヴァイオリンのケースを抱き締めた彼女がそう言ったが、貴郁は静かに首を横に振る。

「いえ、こんな夜分ですから遠慮いたします。それに社交は苦手なので。失礼があったら父に迷惑をかけてしまう」

　黒田家が父の取引先であれば、下手な真似《まね》をして、彼らの機嫌を損ねることなどあってはならない。

　そのうえ貴郁は普段着で、人様の邸宅を訪ねるにはみすぼらしかった。これで弘貴《ひろたか》たちのような愛らしさがあれば衣装など気にならないが、貴郁はもともとが凡庸で貧相なのだ。

「ふふ、噂《うわさ》どおりの堅物なのね」

「噂？」

「清澗寺家の長男は、父君に似ずに真面目で、じつは女嫌いじゃないかって。ご存じなくて？」

　そんな点まで噂になっているのかと、貴郁はかしましい噂好きの雀《すずめ》たちを心中で呪う。

「すみません。でも、女性が嫌いなわけじゃないんです。ただ、気後れしてしまうだけで」

「謝らなくていいの。要は紳士でいらっしゃるんでしょう？」

　何が面白いのか、彼女はころころと笑った。


「こっちだ、清澗寺」

　カフェーのテーブルに着いた藤城《ふじしろ》梓《あずさ》はにこやかに笑み、片手を挙げた。和光《わこう》や松屋《まつや》など多くの百貨店が連合軍向けの購買部であるPX《Post Exchange》に改装され、銀《ぎん》座《ざ》の街は自然と米兵の姿とそれに群がる若い女性が溢れるようになっていた。

　この店もそういった待ち合わせに使う者が多く、あちこちのテーブルできつい化粧をした女性が兵士にしなだれかかり、片言の英語で会話をしている。

　人は恐ろしく簡単に変わる。

　敗戦国としての立場と、世の価値観の変化をまざまざと見せつけられて、時々ひどく息苦しい。

　義弟たちのように真《ま》っ新《さら》なところから人生を始め

られればいいが、若い身空で多くを失った貴郁の世代は宙ぶらりんの状態で、手探りで進むほかない。

「遅くなって悪い」

「いいよ。久しぶりだし」

端整な面差しの藤城は眼鏡をかけ、繊細で真面目な印象の好青年だ。尤《もっと》も、外見と中身は大きく隔たり、彼は冷たく酷薄な人物だった。

「久しぶりって、君が授業に出ていないせいだろう」

すべてを実験だと言う藤城から、キスをさせてくれとねだられた経験もある。男とキスをするのがどんな気分なのか知りたいのだと。

この男にとって、あらゆる人間は観察の対象にすぎない。貴郁は生真面目で平凡な常識人で、藤城に共感できるところは何もなかった。だが、それでも彼の才能は素晴らしいと思うし、友人としてつき合うのは悪くない。藤城の求めに平然と応じられる自分も、どこか壊れているのだろう。

「学べることは学び尽くしてしまったからね。それで、待ち合わせに遅刻した理由は？」

「今のは不問にするんじゃないのか」

「いや。もしかして、好いた相手でもできたか？」

「どうしてそうなるんだ」

脈絡のない問いに、貴郁は呆《あき》れかえった。

「隙を衝けば、たまには本当のことを聞き出せるんじゃないかと思ったんだ」

「それではまるで僕が嘘《うそ》つきみたいだ」

息をついた貴郁は、代用品の珈琲《コーヒー》を口に運ぶ。あまり美味《おい》しくないが、米軍の横流し品ではこれが精いっぱいだ。

「嘘はつかないが、極端な秘密主義者だ。それに、真面目な君が遅刻するなんて、よほどの事態だからね。あるいはそこまで頑《かたく》なに否定するなんて、女性に興味がないのか？」

「人並みにある……と思う。でも、僕みたいなつまらない男が女性から好かれるわけがないよ」

「それは君、謙遜しすぎだ」

「謙遜じゃなくて事実だ」

貴郁から見れば、藤城は自信過剰といえるほどに自分の才覚を恃《たの》みにしている。とはいえ、そこが貴郁には羨むべき藤城の長所だった。

「君は真面目な秀才だが、自分を客観視する才能を持ち合わせてはいないみたいだな」

藤城は悪戯《いたずら》っぽく言い、「どうしてこんな話題になったんだっけ？」と逆に尋ねてくる。

「僕の遅刻の理由を聞いたからだ」

「そうだった。それで、どうして遅れたんだ？」

「教授に呼ばれたんだ」

やっと話が元に戻り、貴郁はほっとする。自分自身のことを根掘り葉掘り聞かれ、分析されるのは苦手だ。誰かに観察され、己だけが異分子だと暴かれるのを恐れる自分は、劣等感の塊だ。どんなに悪名が高くとも、あの家の一員でいたいのだ。

「頼りたくなるくらい優秀な生徒だからな」

「よせよ、何においても君のほうがよほど才能があるくせに」

「金儲《かねもう》けの才能は自負するが、他人に無駄に頼られるのは面倒だし、生憎《あいにく》、君みたいに優しくないんだ。御免被るよ」

多くの若者が明日からどうするかを模索する中、藤城は持ち前の頭脳と才覚を生かして金融業に取り組んでいた。

既に目標を見つけ、それに向けて邁進《まいしん》している藤城は眩《まぶ》しかった。彼と対照的に、貴郁には何もない。

いや、あるにはあるのかもしれない。虚無と名づけられるような、ぽっかりとした大きな穴が。

「就職はどうするんだ？　そろそろだろう」

「来年の話だ。まだ決めていないよ」

「何なら僕の共同経営者になるのは？」

「君の仕事は非合法すれすれだ。賛同しかねるな」

貴郁は笑いながら首を横に振る。藤城の商売にかける情熱は感心するが、諸手《もろて》を挙げて賛成できるようなものでもなかったからだ。

「ところで、君の家の馬鹿騒ぎはいつになったら終わる？　あれではさすがに、僕の生徒が気の毒だ」

藤城には義弟の家庭教師を依頼しており、夜な夜な開かれる会合には彼も辟易《へきえき》しているのだろう。

　おまけに和貴はどんなに父親らしく振る舞おうとしても、どこかで淫蕩《いんとう》さを身に纏《まと》う。双子の情操教育にも悪影響を与えかねなかった。

「僕も気にはしているが、家を延命させるためには仕方がないらしい」

「当主が評判を下げてまですることじゃない。清澗寺伯爵家の当主はＧＨＱの男 妾《おとこめかけ》なんていう、不名誉な陰口を叩《たた》かせても平気なのか？」

　華族の経営する倶楽部は流行《はや》っているが、そうした華族は夫人や令嬢に連合軍の高官の接待をさせて涙ぐましく生活費を稼いでいる。当主が自ら出ていく清澗寺家のやり方はかなり珍しい。

　直接的な行為はなかったとしても、夜ごと占領者たるＧＨＱの高官に媚《こび》を売る様は、男妾と嘲笑されても無理からぬ話だった。

「父がそれを望んでいるのなら」

「大した覚悟だ。でも、君のところには、あの深沢《ふかざわ》直巳《なおみ》がいる。彼に頼ったほうが早いだろう」

　ずけずけとした物言いだったが、藤城に他意はないのはわかっていた。

「直巳さん一人では、たかが知れている」

「辛辣だな」

　自分を棚に上げ、彼が苦笑する。

「それなら、君がお父上を手伝って社交倶楽部に顔を出せばいい。語学も教養も申し分ないはずだし、負担を軽減させられるだろう？」

「……それはできない」

　貴郁に手伝ってほしいのであれば、和貴は最初からそう頼んだはずだ。要請もないのに、貴郁から手出しをしてはいけない。

　何かを言いかけた藤城がそこで言葉を切ったのは、誰かが貴郁の背後から近づいてきたためだ。

「――藤城君」

　傍らに立った人物は、すらりとした長軀《ちょうく》の男性だった。貴郁が何気なく見上げると、凜々《りり》しいギリシアの英雄の影像を彷彿《ほうふつ》させる、逞《たくま》しさと華やかさが同居した美貌が視界に飛び込んでくる。

　特に印象的なのは、日本人にしては淡い色味の双《そう》眸《ぼう》だ。いかにも意志の強そうな光を湛《たた》え、真《ま》っ直《す》ぐに貴郁を見つめてくる。

　相手と実際に目を見交わしたのは、ほんの刹那のことだ。しかし、息もできなくなりそうな強い視線を向けられ、たとえようもなく胸が苦しくなる。

　どうしてこんな目で、彼は自分を見るのだろう。

「黒田さん」

　藤城が驚いたように、珍しく声を上擦らせた。

「久しぶりだね」

　二十代後半か、彼は明らかに貴郁より年上だった。背広は躰にぴったりと合い、シャツもネクタイも上等だ。顔立ちは彫りが深く、もしかしたら異国の血が混じっているのかもしれない。

　藤城の友人はたくさんいるが、こんな品のある男前がいたかどうか。自分が相手に関心を抱きかけているのに気づき、滅多にない事態に戸惑った貴郁は、狼狽《ろうばい》と共に視線を手許《てもと》に落とした。

「ちょうど連絡しようと思っていたところだ」

　相手を見ないようにと努めているのに、その声は凄《すさ》まじい吸引力だった。美声のうえに聞き覚えのあるものに思えて、つい、それに耳を傾けてしまう。

　だが、解析してみても答えは見つからない。

　記憶力には自信があるのだが、この青年に関する思い出だけが抜け落ちてしまったかのようだ。

　黒田なる人物の視線を頭上から感じて面を上げられずにいると、相手が「失礼ですが」と貴郁に快活に話しかけてきた。

　藤城に対しては砕けていたが、貴郁に対しては探るように丁寧な物言いだった。

「……はい」

「黒田篤行《あつゆき》です。以前、お目にかかったことがありますね」

　顔を上げた貴郁は篤行の言葉に再度記憶を辿ったものの、まったく覚えがなかった。

　既視感はあるのに、どうしても思い出せない。

　似たような体験を、つい最近もしたような記憶がある。いったいいつのことだったか。

「いいえ。記憶違いではありませんか？」

青年の美しい顔に一瞬影が過《よぎ》ったが、すぐに消《き》え失《う》せる。

今の表情は何だろう。不満でもあるのだろうか。

「……ならば、お名前を伺ってもよろしいですか」

「清潤寺貴郁と申します」

「やはり、清潤寺伯爵の」

清潤寺の名を出しても、篤行はまったく驚かなかった。それどころか、さも知っていたかのような態度で、その点にも貴郁は違和感を覚えた。

「父をご存じなのですか？」

「ええ。申し訳ない、お父上と面識があるので、あなたにもご挨拶をしたと錯覚しました」

ふわりと笑う表情は甘く、誰もが見惚《みほ》れてしまうような男前だ。

「先日、妹がお世話になりまして、ありがとうございました。一度お礼を申し上げたかったんです」

「妹さんが？」

「はい。有楽町で助けてくださったとか」

「ああ、あの方の」

その言葉に、貴郁は数日前の一件を思い出した。

「よろしかったら、いずれ我が家に遊びにきてください。ゆっくりお礼を申し上げたいので」

「ありがとうございます」

社交辞令をまともに取り合い、馬鹿正直に断るのもかえって角が立つ。

「失礼、邪魔してしまいましたね」

貴郁の態度が相変わらず強張ったものであることに気づき、篤行はすぐに退いた。

貴郁の態度を見て駆け引きしているかのようで、その点が妙に引っかかる。

「では、また」

愛想良く挨拶をした篤行は、自分の席へ戻った。

「取っつきやすくて、いい人だろう？　世の女性が放っておかないのに結婚しないのは、どうやら心に決めた人がいるらしい」

「……ふうん」

物腰は優雅でも腹の中で何を考えているかわからない人物は世にごまんといる。藤城らしからぬ単純すぎる評価だが、どうせもう二度と会うはずもない相手だと、黙っていることに決めた。

「それより、彼の妹さんを知っているのか」

「ああ、有楽町で米兵に絡まれていたんだ」

それを耳にした藤城は、眉を吊り上げる。

「返り討ちされたら厄介だ。気をつけたほうがいい」

「その言葉、そっくり返すよ」

「そもそも僕は、益体《やくたい》もない人助けなんてしないよ」

藤城はわずかに笑って、グラスの水を口に運んだ。

「それに、噂によると秋穂嬢は……」

彼が続けようとしたので、貴郁は「いいよ」とそれを遮った。

「人の噂話は聞きたくはない」

「相変わらず、他人に興味が薄いんだな。でも、黒田さんは君に関心を抱いているようだったし、社会に出ればつき合いができるかもしれないだろう？」

「興味って、僕なんかに？　まさか！」

見ているだけでも気後れするような、華やかな存在感。強い生命力を感じさせる篤行には、少し言葉を交わしただけでも圧倒された。

「どこかで会ったことがあるかなんて、女を口説くときの決まり文句だ」

会ったことなんてないし、貴郁は女でもない。

そういう台詞を言われるような対象になるとは、到底思えなかった。

「僕は女性じゃない」

貴郁の切り返しに、藤城は苦笑する。

「まったく、君は何事にも無関心すぎる」

「昔からだろう」

「前に輪をかけて酷くなったよ」

「……そうかな。よく、わからないよ」

自分は歪《いびつ》だ。真面目で温厚な長男を装い、それを演じるのに腐心している。

その一因は、貴郁の置かれた家庭環境にあった。

貴郁には三人の父親がいる。

手当たり次第に女を孕《はら》ませ、生まれた貴郁と母を顧みることなく分家に押しつけた冬貴《ふゆき》。

不義の子を孕んだ妻《めと》を娶り、貴郁を養育費目当てで育てた分家の父の正則《まさのり》。

女性を愛せないがゆえに跡取りを欲し、貴郁を金で買い取った、育ての父である和貴。

誰もが利己的で、父というには相応《ふさわ》しくない相手だった。

特に和貴は、血の繋がりからいえば貴郁にとっては歳の離れた兄に当たる。実兄である彼を父と呼ぶのは一種の倒錯だが、当然ながら清澗寺家の人々はそんなことを気にも留めない。

あの異常な世界で、貴郁は育まれた。

和貴は父であって父でない特別な人で、貴郁にとっては共犯者のようなものだ。

胸にある感情は、今尚《いまなお》消化しきれぬ、重く苦い憧《しょう》憬《けい》の残滓《ざんし》だった。

3

初めて袖を通す上等なシャツに、厚地のツイードの上着。同じ生地のズボン。継ぎを当てていない服を着るのは初めてで、汚さないように気をつけると、なかなか身動きが取れなかった。

緊張に震える貴郁《たかふみ》は、父の正則《まさのり》の手でこの東京市麻布区にある清澗寺《せいかんじ》邸に連れられてきたところだった。古い洋館は鬱蒼《うっそう》と茂った木々の奥にあり、どことなく不気味な雰囲気が漂う。

貴郁たちが部屋に着いて五分もしないうちに、重重しい扉が静かに開き、ほっそりとした肢体の男性が姿を現した。

一瞬、見惚れた。

男性はまるで西洋人形のような整った容貌で、その顔立ちが飛び抜けて美しかったからだ。それくらいは、幼い貴郁にも判断できた。

「こんにちは、貴郁君」

彼は真っ先に貴郁に声をかけ、つかつかと歩み寄った。それから、貴郁のすぐ傍らに跪《ひざまず》く。

なんて、綺麗な人なんだろう。

驚きに打たれたせいか、ちゃんと口上を習っていたのに、舌が強張って上手く動かない。

きちんと挨拶ができなければ、きっと、いらない子だと家に戻されてしまう。それればかりは、絶対に許されないはずだった。

「僕は清潤寺和貴《かずたか》です。今日から君のお父さんになるんだ」

「…………」

優しい声で話しかけられても、何も言えなかった。

「僕に妻はいないから、お母さんはいないけど、二人分君を大事にするよ。だから、僕をお父さんと思ってくれるかな」

お母さんがいないとの言葉に、これから貴郁は親元を離れて暮らすのだと実感する。

貴郁の家は貧しく、家族は食うや食わずの生活が続いていた。自分が本家にもらわれれば、両親や妹たちが助かるのだ。だから、失敗はできない。

「こ、こんにちは」

蚊の鳴くような、会話の流れを無視した声が漸《ようよ》う出てきた。正則は怖い顔で目を吊《つ》り上《あ》げたが、和貴はまるで気にしていない様子で微笑する。

「挨拶もちゃんとできるんだね。貴郁君、僕は、少しずつ君と仲良くなりたいんだ。すぐに受《う》け容《い》れられなくても構わない」

大人がこうして貴郁と対等に会話をしようとするなんて、珍しいことだった。

だけど——怖い。

この人はとても綺麗だけど、どうしてか、ものすごく怖い。

不気味な西洋館も、古いソファもテーブルも、かちこちと音を立てている置き時計も。

何もかもが、貴郁にとっては恐怖の対象だった。

それ以上は答えられずに俯《うつむ》いてしまった貴郁にお

ろおろし、正則が会話を引き取る。

「このたびは本当に、ありがとうございます。貴郁にもこんな上等な服を用意してくださって。ほら、お礼を言いなさい」

父が急《せ》かすように言ったが、そうなるとますます唇が動かなくなった。

「いいんですよ、急に養子に来いと言われても簡単に頷《うなず》けるわけがありません」

「でも、この子にはよく言って聞かせたんですよ。普段は大層聞き分けがいい、手のかからない子なんですが」

懸命に言い訳をする正則の声が、貴郁の心と舌をよけいに重くした。自分はもう、彼らの子供ではなくなってしまう。この豪奢《ごうしゃ》だが、薄暗く気味の悪い屋敷で生活しなくてはいけないのだ。

「ほら、貴郁」

「……はい。ありがとう、ございました」

貴郁が弱々しく頭《かぶり》を振ると、和貴は「よかった」と花が咲き綻ぶような艶《つや》やかな笑みを浮かべた。


こうして貴郁は、清澗寺本家の一員として迎え入れられたのだ。

その重みがどれほどのものか、まるで知ることもなく。


それから、半年ほどが過ぎた。

最初はあんなに怖かった和貴だが、貴郁は存外すんなりと馴染《なじ》んだ。和貴よりも、同居人の深沢直巳《ふかざわなおみ》のほうがずっと怖くて、和貴に頼るほかなかったからだ。

雨上がりの、曇り空の日だった。

今朝は和貴に、一緒に外出するから着替えるように言われた。

——お別れにいこうね、貴郁。

自分を産み落とした母が死んでしまったらしいのに、いざとなるとその実感が湧かない。

閑静な寺に連れていかれた貴郁は、喪主の正則に久々に会った。彼はすっかり痩せ衰え、貴郁を一瞥《いちべつ》したただけで、あとは関心を払わなかった。わかっていたが、自分はもう、和貴の家の子供なのだ。

親戚に挨拶をしている和貴から離れて庭に出ると、雨上がりの軒先には喪服の男女が佇《たたず》み、何やら話をしている。

彼らの視線が、ふと、貴郁に向いた。

「ほらあの子、亡くなった雪恵《ゆきえ》さんの……」

「清澗寺の本家に引き取られたそうだけど、随分地味な顔立ちの子ねえ。ぱっとしないわ」

「あら、曲がりなりにも清澗寺よ。ああいう子が案外大人になると……」

彼らの話し声が届き、貴郁は自分の噂をされているのだけはわかった。子供心にもいたたまれず、貴郁はその場を抜け出した。

一人きり当てもなく境内を歩いているうちに、濡れた縁石につまずく。

「あっ」

派手に泥を跳ね上げて倒れた貴郁は、膝をしたたかに打った。痛くて暫《しばら》く起き上がれず、そのまま蹲《うずくま》ってしまう。

男の子なのだから、めそめそ泣いてはいけない。涙を堪《こら》えて震えていると、「大丈夫？」とやわらかな声と共に手が差し伸べられた。

おずおず顔を上げた貴郁の前に立っていたのは、まるで人形のように整った顔立ちの背の高い少年だった。

——父様みたい……。

和貴に似ていると直感したせいか、不思議と警戒心は湧かなかった。

「ありがと」

貴郁が彼の手を取ると、見るからに年上の少年は驚いたように澄んだ目を瞠る。

「君、僕が怖くないの？」

「怖い？　どうして？」

自分から手を差し伸べておいて、変なことを言うものだ。

立ち上がって首を傾《かし》げた貴郁に、彼は「ガイジンみたいだから」と悔しげに告げた。

「ガイジン？」

「そう、みんなが言うんだ」

貴郁にとって、綺麗な人といえば和貴だ。だから、彼と雰囲気の似ている少年は、美しいと素直に思えた。否定する要素は、まるでない。

「とても、綺麗だよ。目も、髪も、すごく」

「僕が？」

「うん。いいなあ、綺麗で」

貴郁が素直に感想を述べると、少年はぱっと頬を紅潮させた。

「ありがとう！　君、名前は？」

「…………」

名前を聞かれた途端に、貴郁は身を竦ませる。

清澗寺という姓に何か秘密があるのは、貴郁も薄薄勘づいていた。

自分の名前を知れば、この少年の顔も嫌悪に曇るかもしれない。

父様みたいに美しい顔が強張り、曇るのだ。

それを目にするのが怖くて、貴郁は無言で身を翻し、和貴がいるであろう本殿へと走りだす。

「待って！」

鋭い声で呼び止められたが、止まる理由がない。

少年も追いかけてこなかった。

それきり、貴郁はその出来事を忘れてしまった。

帰宅すると、しみじみと柩《ひつぎ》の中の母を思い出してしまい、眠れなかった。

離れて暮らしていても、やはり、あの人は母だ。

もう二度と会えないのだと思うと、胸のあたりがじくじくと痛くなった。

「お父様」

小応接室《サロン》で茶を飲んでいる和貴の元へ駆け寄り、貴郁は絵本を差し出す。

「読んでほしいのかい？」

「うん」

「いいよ。隣においで」

ちょこんと座った貴郁にも見えるように、和貴は絵本を大きく広げる。舶来の絵本は知らない国の言葉で書かれていたが、和貴はゆっくり訳しながら読んでくれた。

「これは何かわかる？」

「pig」

「日本語では？」

「ぶたさん」

「そうだね。貴郁はお利口さんだ」

ふんわりと頭を撫《な》でられて、貴郁の心は漸く誇らしさと安心感で満ちた。胸のあたりの痛みも、少し、軽くなった気がする。傍らの和貴からは、今日もいい匂いがしていて、肩に顔を擦り寄せた。

「貴郁様、もう九時ですよ。子供の起きている時間ではありません」

いきなり現れた深沢が、険しい声で割り込む。

「ごめんなさい」

小さくなる貴郁を庇《かば》うように、和貴はそっと肩に手を回した。

「今日くらい、夜更かししてもいいだろう。親を亡くしたばかりで、眠れないみたいなんだ」

「あなただって疲れているくせに、子供の相手をしている場合ですか」

容赦なく糾弾されて、和貴はむっとした顔つきで相手を睨《にら》みつけた。

「いくら父親らしく振る舞っても、貴郁様をこの家に連れてきた埋め合わせになどなりませんよ」

腕組みをした深沢は威圧的なまなざしで、和貴を睥睨《へいげい》する。

「貴郁の前で、そういうことを言うな。それに、これは義務でも埋め合わせでもない。僕は父親として、この子と少しでも一緒にいたいんだ」

和貴の決意を聞いた深沢は、これ見よがしのため息をついた。

「その子なら、あなたを救えるとでも？」

「そうだ。この子は僕にちっとも似ていない」

似ていないという言葉は、小さな棘《とげ》にも似ていた。なぜだか、貴郁の心をちくりと刺したまま、その痛みが消えない。

「……見込み違いですよ」

彼はあっさりとそう言ってのける。

「あなたを救えるのは私だけだ。どうしてその事実から目を背けるんです？」

深沢の凍《い》てついたようにひんやりした声音が、小応接室に冷え冷えと響いた。

この世界で貴郁の味方は、唯一和貴しかいない。美しい父親こそが、貴郁のすべてなのだ。


それから九年というもの、貴郁は主に勉学においてたゆまぬ努力を続けた。

再三再四似ていないと言われたが、顔立ちはともかくとして、経歴だけでも父に相応しい子供になりたかったからだ。

その甲斐《かい》あって、成績は常に首席だった。

宿題を終えた貴郁は新しい万年筆を握り締め、寝台に横になる。この万年筆は、先週和貴が誕生祝いにくれたもので、見ていると喜びが込み上げてくる。

——十四歳のお誕生日おめでとう。君が生まれてきてくれたことが、僕には誇らしいよ。


やわらかな笑みと共に告げられた言葉を思い出し、躰の奥が潤んだように熱くなってくる。

和貴と言葉を交わすと、この頃は頬が火照る。何かの拍子に彼の膚に触れたりすれば、心臓がどきどきしてなかなか治まらなかった。

清澗寺家に連れてこられたときから、貴郁の世界に存在する大人は和貴だけといっても過言ではなかった。使用人は誰もがよそよそしかったし、深沢は子供たちには一切関心を払わなかったからだ。

「父様……」

万年筆に和貴のぬくもりが残っているわけではないのに、躰に点《とも》った熱が消えない。

本当にどうしてしまったんだろう？

昨日のあの異変のせいだろうか。

自分が成長し、大人になりつつあるのは知っていたが、とうとう未知の体験をしてしまったのだ。

それが大人になるうえでは当たり前のことだと思っても、確信はない。

誰かに聞いてみたいけれども、和貴に言うのは照れくさい。かといって数年前に引き取られた義弟の弘貴《ひろたか》は幼すぎ、友達にも自分からは口にしづらい。

悶々《もんもん》と悩んでいた貴郁は、寝返りを打った拍子に時計に視線を向ける。

「……あ」

そういえば、十時になったら書斎に来てほしいと深沢に言われていた。昔は十時まで起きていたら深沢に嫌みを言われたのに、変わるものだ。

そろそろと足音を忍ばせて書斎へ向かうと、深沢が待ち受けていた。彼は読《よ》み止《さ》しの本を机に置き、戸口に立つ貴郁に声をかけた。

「精通が来たそうですね」

「精通……？」

大事な話があると言われたので、てっきり進路についてだろうと思って構えていた。しかし、深沢の用件はまったく違い、貴郁の肉体の秘密を暴くためのもので、我ながら露骨に動揺してしまう。

「朝、下着が汚れていたでしょう」

「……はい……」

「誰の夢を見たか、覚えていますか」

「…………」

どうしてそんな個人的な事情まで深沢が把握しているのかと、貴郁は不気味さすら覚えた。

深沢は貴郁などどうでもいいのではないのか。彼は和貴以外に興味がないくせに、今更なぜ貴郁を気にかけてみるのだろう？

「黙《だんま》りですか。――結構、今夜は、あなたに見ていただくものがあります」

「見るって、何を？」

「あなたが大人になった儀式ですよ。精通が来た以上は、肉体的に大人になったということですから」

訝《いぶか》しく思う貴郁の心情など一片も慮《おもんぱか》らず、深沢は歩きだした。

「こちらへどうぞ」

深沢に先導され、貴郁は怪訝《けげん》に思いつつも彼の後ろをついていく。

「これからは、お静かにお願いします。絶対に声を出してはいけません」

「はい」

彼は廊下の一番端にある和貴の部屋のドアを、ノックもせずにいきなり開け放った。

「……！」

驚愕《きょうがく》に息を呑むまで一拍の間があったのは、部屋が薄暗くてその様子があまりよく見えなかったせいだ。暗がりに目が慣れると、信じられぬほどにおぞましい光景が視界に飛び込んできた。

こともあろうに、和貴が、あられもない格好で木製の椅子に縛りつけられていたのだ。

全裸の和貴は椅子の左右の肘かけに足を載せ、膝のあたりでそれぞれの手とまとめて括《くく》りつけられている。口には猿轡《さるぐつわ》を嵌《は》められ、目隠しもされており、明らかに尋常な格好ではなかった。

頭をがんと殴られたような衝撃があった。

これが卑猥《ひわい》で性的なものだと、貴郁にも直感的にわかる。

夏に遊びにいった友達の家で、こっそり見せられた危な絵。あれを目にしたときと同じ昂奮《こうふん》が、躰の奥から迫《せ》り上《あ》がってきた。

そうだ、昨晩の夢も和貴が出てきたような気がする。そして目覚めたときには、下着が汚れていたのだ。

「…………」

動揺する貴郁をよそに、和貴は腿《もも》を震わせながら懸命に腰を浮かせている。ややあって貴郁は、父が体内に既に何かを挿《い》れられており、尻を突いてそれが更に潜り込むのを避けているのだと気づいた。

こんな格好は自分でできるわけがないから、誰かに——否《いな》、深沢に強いられたに決まっている。

深沢は和貴の背後に回り、その猿轡を外す。

「…な、直巳、もう……許して…脚が…」

懇願する和貴の声は弱々しく、途切れがちだった。

普段は和貴のほうが立場が上で、深沢に哀願すること自体が信じ難い。

決して声を出すなと言われたことも手伝い、貴郁は言葉もなく立ち尽くした。

男同士だという事実には、嫌悪感はなかった。

ただ、これが二人の本来の関係であり、本当の姿なのだと思うと、衝撃で足が震えた。

深沢との冷たいやり取り。貴郁や弘貴との心あたたまる会話。家族としての生活。

唐突に、気づいた。

これが真実だ。

自分が見ていた世界は、全部嘘だった。

和貴が懸命に作っていた虚構にすぎないのだ。

「座ってても構いませんよ。つらい思いをするのはあなたですが」

「くるしい……」

「いい、の間違いでしょう？　それに、私を怒らせるとわかっていながら、勝手な真似をするあなたが悪い。いい加減に学習してはどうですか」

滔々《とうとう》と述べる深沢の声は、驚くほど冷淡だ。

「だって…」

「だって、何ですか？」

「昔馴染《むかしなじ》みだ……仕方ない…だろう…」

「そう言って襲われかけるのだから、学習しない。あなたの愚かさはたちが悪い」

そういえば、夜会から帰宅したときには既に深沢と和貴は口論をしたあとのようだった。これが二人の問題ならば、貴郁がいなくてもいいはずだ。一刻も早く、この腐敗した場所から立ち去りたかった。

「あの…」

黙っていろと言われたものの、恐る恐る貴郁が声をかけると、和貴が顕著な反応を示した。

「貴郁!?」

悲鳴のように和貴が叫び、貴郁は口を噤《つぐ》む。

「聞き間違いでしょう」

「そう、なのか？」

「そうですよね、貴郁さん」

「！」

息を呑んだあと、和貴が震える声で疑問を紡いだ。

「…なん…で、貴郁が……！」

「余興ですよ。折角ですし、見物者がいたほうがあなたも盛り上がる」

「よせ！」

和貴が首を振り、それから見えない貴郁に向けて語りかけた。

「出て、いきなさい、貴郁。ここにいてはいけない」

懸命に呼吸を整え、こんな状況でも父としての威厳を維持しようと必死になっている。

「おまえが…見ては、いけない…」

……憐《あわ》れだ。

こんなところを見せられては、彼の尊厳など粉々だ。なのに、滑稽にも和貴は自分自身を取り繕おうとする。虚像を保とうと必死になっている。

「そんな格好を見せておきながら、今更でしょう？」

「黙れ！」

珍しく怒気を孕んだ声で和貴が叱った。

「第一、ここも濡《ぬ》れていますよ」

そう言った深沢が性器の尖端《せんたん》をぴんと弾《はじ》いたので、和貴は躰を跳ね上げた。掌で包み込むように花茎《かけい》をあやされ、彼が懸命に首を振る。

「ふ…もう……もう、嫌……」

陶器のようになめらかな膚を薄紅《うすくれない》に染めた和貴の姿に、異様なまでの昂奮が押し寄せてくる。

いつしか躰の中心が再び熱くなり、貴郁は和貴から目を離せなくなっていた。

「これが清澗寺家に生きるということだ。覚えておいたほうが双方のためです」

「やめて……お願い……」

堪《こら》えきれないらしく、和貴がとうとう泣きだした。

「お願い…もう、嫌…ッ…」

綺麗だ。

なんて綺麗な人なんだろう。

汗をうっすらと纏う肉体は、薄い灯火《ともしび》を受けて仄《ほの》かに輝いているようだった。

「直巳……」

和貴は貴郁の存在を忘れ、憐れに啜《すす》り泣《な》く。

「この世界であなたに残されているのは私だけだ。それを覚えていなさい」

迸る言葉は、深沢が普段から馬鹿丁寧な口調で告げるそらぞらしいものとはまるで違った。

「おまえ、だけ……直巳……」

応じる和貴の声は甘く、媚びるようだった。

これが真実だ。

惨《むご》いほどの独占欲を、深沢は和貴に向けている。

そして和貴は、屈辱と悲哀に満たされながらも、懸命にそれに応えているのだ。

そこにあるのは歪んではいるものの、確かな絆《きずな》だった。

「んんー……」

唇を塞がれる前に和貴が何かを言おうとしたが、それは言葉にならなかった。

もうここにはいられないと、貴郁は廊下に出た。

気づくと貴郁の肉体は、痛いほどに張り詰めている。和貴の痴態を目にして昂奮してしまったことは、疑うべくもなかった。

彼は自分の父親であるが、同時に欲望に打ち震えるただの獣《けだもの》でもあるのだ。それを認められるのかという命題を、深沢に突きつけられた気がした。


その晩、貴郁は眠れなかった。

優しくて完璧な父の二面性を見た気がして、怖かったのだ。

苦しんだ末に漸く眠れたのに、父の淫夢を見てしまい、朝起きたときにはまたも下着を汚していた。

情けなく惨めな目覚めだった。

翌朝、貴郁が小食堂に向かうと和貴の姿はない。

これまでも時折父が朝食の時間に遅れたり、何も摂《と》らずに珈琲だけで済ませることがあったのは、要するに疲労で食欲がなかったのだろうと判明した。

美しく脆《もろ》い当主の和貴と、彼を支える献身的な義弟である深沢。自分たち二人の義理の息子。

不格好でありながらも、貴郁なりに協力して家族を作ってきたつもりだったが、自分が信じていた家庭というものは、砂上の楼閣にすぎなかった。

綻びができたこの楼閣を、貴郁には修繕できるだろうか。それとも、いっそ己の手でぐちゃぐちゃに壊してしまうべきなのか。

「……おはよう」

小食堂に現れた和貴の顔色は、決していいとは言えなかった。あんな真似をされれば当然だと、貴郁は内心で歯噛みする。

返事をしない貴郁に、和貴が不安げな、阿《おもね》るような目を向けてくる。

——だめだ。

その淋しげな顔を目にしたとき、憑きものが落ちたように貴郁の心は決まった。

見たいのは和貴のこんな表情ではなく、笑顔だ。この人の喜ぶ顔を見るためなら、何でもしたい。

和貴の作ろうとした、玻璃《はり》の如《ごと》き偽りの家。

彼が望むのであれば、手伝ってやろうではないか。それが息子として、貴郁にできる唯一のことだ。

「父さん、おはようございます」

和貴は極めて言いづらそうに口を開いた。

「貴郁、その……昨日は」

「見てしまってごめんなさい」

「僕を軽蔑しないのか？」

「軽蔑する理由がありません。僕はあなたの息子です。これからも一生、父さんを助けて、支えたいんです」

和貴の表情が文字どおりぱっと明るく輝いた。

よかった。貴郁の答えは間違っていなかったのだ。

見惚れてしまうくらいのやわらかな表情に、貴郁の胸はせつなく疼く。

深沢がなぜ昨晩のあの行為を自分に見せたのか、貴郁には理解できていた。

あれは貴郁が和貴の息子として相応しいか否かを測る、試験だった。

貴郁の幼年期は終わり、既にこの肉体は雄となった。男として成長した息子が牙を剝《む》かないように、深沢は牽制《けんせい》してきたのだ。

なぜなら、貴郁が和貴に対して抱くこの気持ちが極めて厄介なものだったからだ。

「ありがとう、貴郁」

「…いえ」

父親の一挙一動に見惚れ、心と躰を疼かせる貴郁の幼い思いくらい、深沢はとうの昔に見透かしていたに違いない。

そう、自分は和貴のことを好きだったのだ。

今までそれに気づかなかっただけで。

けれども、この人はほかの男のものだ。

仮に貴郁がこの淡い恋心を打ち明ければ、当然、和貴は自分を拒むだろう。彼にとって、貴郁はどこまでいっても息子でしかない。それはあんな状況下においても保護者然とした態度を取った点からも、明白だった。

「おまえのような息子を持てて、僕は幸せ者だね」

微笑む和貴の幸せそうな表情に、貴郁はこれでよかったのだと苦い感情を噛み締める。

「誰にだって、秘密はあります」

「おまえにもあるのか？」

「――はい」

父であり兄でもあるこの人に恋をしているという、秘密。

絶対に、誰にも言えない――特に、和貴には悟られてはいけない。

複雑な心理から生み出された貴郁の短い肯定を聞いた和貴は、不意に真顔になった。

「世の中にはおまえの秘密を暴こうとする者もいるかもしれない。だけど、おまえは決してそれを許してはいけない」

和貴は、貴郁がどんな秘密を抱いていると思っているのだろう？

父親の正体を知ってしまったことだろうか。

それとも、誰にも言えない恋心を抱くことか。

いずれにしても、その秘密は貴郁だけのもの。

誰にも共有できない。できるはずがない。

「知られたら、おまえが不幸になってしまう」

「はい、父さん」

深沢は貴郁の中に芽生えた、父親への淡い思慕の芽をあっさりと摘み取った。

初恋すら知らぬうちに貴郁は自分の思いを否定され、大抵の望みは叶《かな》わぬものなのだと苦い諦念《ていねん》を植えつけられたのだ。

4

「清潤寺《せいかんじ》君」

大学の構内を出た貴郁《たかふみ》は、大股《おおまた》で近づいてくる人物に目を細めた。

よくも悪くも華やかな存在感の人物は、かつて藤《ふじ》城《しろ》と銀座で出くわした黒田篤行《くろだあつゆき》だった。

こうして人通りの多い場所でも、篤行は長身と垢《あか》抜《ぬ》けた洋装が一際目を惹《ひ》く。

特に赤門《あかもん》付近にいるのは戦地帰りのひょろりとした制服姿の学生や、戦時中も食うや食わずの状態で学問に打ち込んできた教授陣ばかりだ。篤行の美貌と逞しい肢体は完全に浮き上がっていた。

無論、貴郁は彼と何かを約束したわけではない。こういう派手な存在感の人物は苦手だったし、一緒にいても気後れがする。自分の生真面目なところが堅苦しく、面白みがないと受け取られるのがわかっていたからだ。

それでも相手を無視するわけにもいかず、貴郁は渋々口を開いた。

「……こんにちは、黒田さん」

彼と会うのは、今日が三度目だ。

銀座での出会いのあと、秋穂《あきほ》がとある華族の邸宅で開いたささやかな演奏会に招待され、断りきれずに出席したからだ。

「元気そうで何よりだ。君は線が細いから、夏ばてでもしてるのではないかと思ったよ」

篤行が唇を綻ばせると、男らしい面差しに甘いものが滲む。だが、女性に騒がれるのが必定の青年に微笑まれても、普段から周囲の美形を見慣れた貴郁にはさしたる感慨もなかった。

「藤城なら、この時間は大抵会社ですよ」

新星利殖《しんせいりしょく》クラブなる会社を設立した藤城は、多忙により学校に来られない日も前以上に増えた。どうやら泰貴《やすたか》を仲間に引き込んでいるようだが、弟が犯罪に手を染めない限りは貴郁も黙認する構えだった。弟が心配でないといえば嘘になるので、兄として忠告もしたが、所詮は彼も他人だ。この程度の身の処し方がわからなくては、清澗寺家の一員には向かない。

そういう意味では、おそらく自分は冷酷なのだろう。

「目当ては藤城君じゃない。たまたま近くを通りかかったから、君に会えないかと思って。ただ、研究室がわからないので、困っていたんだ」

「僕に？」

意味がわからないと、貴郁は眉を顰める。

「もし時間があるなら、学内を案内してくれないか？　日本の大学に興味があるんだ」

オックスフォードに留学していたそうだし、日本の大学が珍しいのだろうと思い当たるが、かといって見ず知らず同然の彼につき合う義理はない。

「すみません、これからアルバイトで急ぐんです」

「残念だな。だったら、送るよ」

やけにしつこいな、と貴郁は不審感を抱いた。

篤行が本当に貴郁に会うために立ち寄ったのなら、家族の誰かに下心があるのではないか。和貴か、弟たちか、あるいは歳を取らない美貌の祖父か。

いずれにしても、彼らに近づく手立てにするなら、貴郁は不向きだ。火遊びを洒脱《しゃだつ》な戯れとは思えないし、橋渡しをしてやるのも御免だった。

「この昼時です。僕だって女性ではありませんから、結構です」

「わかった。また次の機会を狙おう」

「次？」

「言葉どおりだ。じゃあ、また」

引き際を心得た篤行は踵《きびす》を返し、呆気《あっけ》に取られた貴郁を残して御茶《おちゃ》ノ水《みず》方面へ向かう。

気味の悪い男だった。もしや本当に、彼は貴郁に関心を抱いているのだろうか。

自分にはそんな価値などないのに、興味を持たれるのは困る。落ち着かない気分になってしまう。

蒸すような夏の暑さがべったりと躰に纏わりつく

せいで、よけいに気持ちが悪いのかもしれなかった。

あたりに夜の帳《とばり》が降り、清潤寺邸全体がぬるい静寂に包まれている。

今夜に限って父のところに来客がなく、邸内がしんと静まり返っていた。

こうした静謐《せいひつ》は嬉しいものだ。

如何に父が望んだとはいえ、和貴《かずたか》が神経を擦り減らす場面にしばしば遭遇するのは、貴郁にとってもつらかった。

小食堂で紅茶を淹《い》れたついでに椅子に座り、貴郁は机に頬杖《ほおづえ》を突く。

暫く放心していると、「貴郁」と不意に声をかけられた。同時に肩を叩かれ、驚愕と緊張に飛び跳ねそうになる。

「はい！」

背後に立っていた和貴は不思議そうに首を傾げ、そして微笑を浮かべる。

「すまない、驚かせたね」

「いえ、僕がぼんやりしていたせいです」

和貴に触れられた部分が熱い。じくじくとそこだけ熱を帯びそうで、夏場だからと薄地のシャツを身につけていた自分を呪う。

厄介なことに、貴郁はまだ自分の初恋を捨てきれていない。我ながら女々しくも情けなく、しつこいものだ。

紅茶を淹れていたのを思い出してポットを見ると、茶葉はすべて開ききっており、この食糧難の折に貴重なものだったのにと残念に思った。

「じつは、折り入っておまえに話があるんだ」

和貴はどことなく不安そうな面持ちで、「これを」と手にしていた封筒を差し出す。

「見ていいのですか？」

「どうぞ」

中身の便箋を広げると、達筆で女性の名前が書かれていた。

黒田秋穂。

続けて書かれた経歴によると、彼女は来春には音楽大学を卒業する予定で、演奏家を志しているとか。

要するに、見合いのための釣書だ。

ああ、そうか。

篤行がわざわざ大学に来て貴郁に会ったのも、合点がいった。妹の結婚相手の候補が気になるのは、兄として当然の話だろう。

結婚など遠い先だと思っていたので実感はなく、かえって動揺にさえ襲われなかった。

「見てのとおり、縁談だ。まだ学生だし気乗りはしないだろうと思ったけれど、おまえも立派な大人だ。勝手に握り潰すのもよくないと思ったからね」

「相手も、相当見る目がありませんね」

自嘲気味に呟いた貴郁の言葉を聞き咎《とが》め、和貴は首を振る。

「そんなことはない。おまえは自分への評価が低すぎる。優秀なだけでなく、優しくて責任感が強い子だ。どこに出しても恥ずかしくないし、あちらはおまえの将来性を買ったんだ」

「ありがとうございます」

硬い声で礼を告げて和貴の表情を窺うと、彼の顔色は冴《さ》えず、この縁談にさほど乗り気でないようだ。

「父さんはこの縁談には反対ですか？」

「そうだね……僕は家のために、人の心や将来をやり取りするのは嫌だ。先方はこれまでも何度か匂わせていたけど、正式な申し込みでないからおまえには言わなかった」

やはり、和貴は賛成しかねるという立場らしい。

「それに、彼女はあまり評判がよくないんだ。芸術家肌で奔放で、ジョルジュ・サンドになぞらえる人もいる」

恋多き女性——要は男にだらしがないのだろう。彼女はいかにも気が強そうだったが、そんな人物が見合いをするだろうか。

「直巳《なおみ》さんは何と？」

「これからは華族の時代ではなくなる。有力な事業家と組むのは正しい手段だと言っていたよ」

貴郁の身の振り方であれど、先に深沢《ふかざわ》に相談したと示唆され、貴郁は苦笑する。結局、和貴が頼りにするのはいつも深沢で、貴郁では心許《こころもと》ないのだ。

「すまない、やはりお見合いは嫌だろう。僕から深沢に、よけいなことはしないよう伝えておくよ」

「そうではありません」

「もしかしたら、その……自信がないのか？」

和貴が気遣わしげな理由は、すぐにわかった。

あれから深沢は幾夜も貴郁に二人の性交を見せ、あるいは手伝わせた。

泣きじゃくる和貴の両腕をこの手で拘束するように要求され、貴郁は仕方なくそれに従い、深沢に抱かれる和貴の艶姿《あですがた》を観察した夜もある。

そういった秘密の戯れが貴郁の心に影を落とし、女性を愛せない気質になったのではないかと、父親として案じているに違いない。

「――いいえ。直巳さんがいいとおっしゃるのなら、きっと申し分のないお話なんでしょう」

「そうだね、あれで彼の人を見る目は確かだ」

深沢はまだ貴郁を疑っているのだろう。

この家の長男は、未だに父親に恋慕しているのではないかと。

深沢は虚無と絶望の種を貴郁の心に蒔《ま》いただけでは飽き足りず、結婚という方法で己を清澗寺家から切り離そうとしている。そう気づいた貴郁は深沢の大人げない執念深さに呆れ、同時に慄然とした。

生憎、そんな憎悪を向けられずとも、貴郁には嫌というほどわかっている。

和貴にとって自分はただの息子であり、弘貴《ひろたか》や泰貴と大差のない存在だ。

「でも、うちはもうすぐ華族ではなくなるのでしょう？　あちらには何の利もないと思いますが」

「利益抜きで、おまえを欲しがる人はたくさんいる。おまえなら、清澗寺の悪い評判を覆してくれるだろう。おまえは僕の、自慢の息子だ」

和貴は目を細め、どこか眩しげに貴郁を見つめる。

そうやって、勝手な願望を押しつけないでほしい。

貴郁の秘密を知らないくせに。

女性どころか、貴郁は父以外の誰も愛せない。何にも関心を持てない。自分の生にすら興味がない。

——結局、そういうことだ。

最初から最後まで、和貴は貴郁の本質を一度たりとも理解してはくれなかったのだ。

その結論が、貴郁と和貴の十数年に及ぶ関わりの集大成だった。


弘貴の誘拐に藤城への殺人未遂など、面倒なことは次々と清澗寺家に降りかかってきたのに、見合いはとんとん拍子で決まった。顔合わせに至らずに破談になると思ったものの、相手側は清澗寺家を選ぶくらいだし、醜聞《スキャンダル》を気に留めない家風らしい。

見合い当日、貴郁は和貴を伴って黒田家を訪れた。人目につくのを嫌った和貴が、店や寺ではなくどちらかの家を訪れるかたちにしたいと言ったが、清澗寺家は人の出入りが多いせいだ。

黒田家はＧＨＱに接収されなかったのが不思議なほどに洒落《しゃれ》ている、美しい洋館だった。


「貴郁君」

玄関先で貴郁と和貴の二人を出迎えたのは、案の定、篤行だった。髪を撫でつけて正装に身を包み、惚れ惚《ほれぼ》れとする美男子ぶりだ。

「今日はよろしくお願いいたします」

頭を下げた貴郁に対し、洋装の秋穂は「こちらこそ」とやわらかく笑む。短く切った髪が似合うし、はっきりとした目鼻立ちは意志が強そうで美しい。

まさに美男美女の兄妹だった。

「清澗寺貴郁です」

「黒田秋穂です」

釣書によれば、秋穂の祖母はロシア人で、その美貌は四分の一混じった異国の血が作り出したものだった。当主の宗晃《もとあき》は妻を早くに亡くし、後妻ももらわずに男手一つで子供を育て上げたそうだ。

「申し訳ありません。父が少し遅れることになってしまって、代わりに兄が」

秋穂の紹介に、篤行が一歩足を踏み出した。

「黒田篤行です。とはいっても、既に貴郁さんとは面識があるのですが」

「――何だ、貴郁……そうなのか？」

「はい」

一昨日、関連会社である黒田鉄鋼《くろだてっこう》の工場で大きな事故があり、事態確認のため彼は急遽《きゅうきょ》、そちらへ向かったのだという。事故はすぐに収束して帰京するようにしたが、汽車の運休が重なり影響が出ているらしい。和貴も忙しい身の上であり、宗晃の都合で見合いを延期にするのは申し訳ないと、定刻どおりに顔合わせは始まった。

冷酷無比と噂される宗晃に対面するのが怖かったため、その時間が先延ばしになったことに、貴郁は心の片隅で安堵していた。

当事者の二人が居心地が悪そうにしているのを目にして、和貴がふわりと笑む。

「こういうときに、父親がいると邪魔かもしれませんね」

「ならば、私が邸内を案内しましょう。収蔵室に西洋画のコレクションがあります」

篤行が優雅な身の熟《こな》しで立ち上がり、和貴を先導して歩きだす。彼らが談笑しつつ去ったので、貴郁と秋穂は広い応接室に取り残された。

「浮かない顔。お見合いは乗り気じゃないの？」

二人きりになった途端、鋭い質問をされて貴郁はたじろいだ。無論乗り気ではないが、それを直に問われると思わなかったのだ。

「申し訳ないのですが、じつはあまり」

正直に答えてから、貴郁は続ける。

「いずれ結婚しなくてはいけないのですが、あなたのような才能のある女性を、古いしきたりで家に縛りつけるのは気が引けます」

「結婚が義務みたいなおっしゃりようね」

秋穂の言葉は、刃《やいば》のように鋭利だった。

「十割が義務とは思えませんが、そういう側面は捨てきれません」

「……そうですか」

彼女は唇を綻ばせ、真っ向から貴郁を見つめる。

「ならば、それでいいんじゃありません？」

「え」

「私は義務でいいわ。その代わり、お互いに自由にやりたいの。結婚したからといって、女が家や夫に縛られるのは古い考え方よ。勿論《もちろん》、夫が妻や家に縛られる必要もないわ」

彼女の真意が見えずに黙っていると、秋穂は「おわかりにならない？」と重ねて聞いてきた。

わからないと言おうとしたとき、ドアが叩かれた。

「どなた？」

「私だ」

くぐもっているが、印象的な声だった。

「あら、お父様。もうお帰りになったのね」

「おまえの見合いだ、急いで帰ってきたよ」

財界の有名人に相対する緊張に、心臓が震える。一族のためにも、失礼があってはならないからだ。

それでも平静を装い、貴郁が宗晃に挨拶をするために腰を上げると、大柄な男性が近づいてきた。

「遅れて申し訳ない。秋穂の父の、黒田宗晃です」

圧倒される。

最初に抱いたのは、言い知れぬ畏怖の念だ。

これが、黒田宗晃。

ロシア人との混血という出自と酷薄な気質から、宗晃は『氷の皇帝《ツァーリ》』などと呼ばれると耳にしていた。

なんて、美しい人なのだろう……。

皇帝どころか、冥府の王《ハデス》の如き、気高くも凍える美貌だった。なよなよとしたところはまったくないが、ギリシア彫刻も顔負けの完成された美しさだ。

宗晃は、二人の子供たちよりもずっと、異国的な容姿の持ち主だった。瞳も髪も色素が薄く、全体的に硬質で冷ややかな顔立ちのせいか、口許に浮かべられた笑みすら皮肉げに見える。

和貴と年齢はさほど変わらず四十代後半らしく、年相応の迫力と貫禄《かんろく》を兼ね備えていた。若い頃はさぞや怜悧《れいり》な印象の美青年だったに違いない。

視線を見えない糸と針で縫い止められたかのように、精悍な風貌の男性から目を逸《そ》らせられない。

「……貴郁さん？」

訝しげに秋穂に問われ、貴郁は我に返った。

「あ、いえ……すみません」

「お父様が突然いらしたから、驚かれたのね」

秋穂がわざと膨れ面を作ると、宗晃は「すまなかったね」と申し訳なさそうに応じる。

「このとおり、秋穂ははっきりとした物言いで可愛げのない娘です。相応しくないと思えば、お断りしていただいて構いません」

「まあ、酷《ひど》いわ、お父様」

秋穂が抗議の声を上げるのも、耳に入らない。

流麗な仕種《しぐさ》で自分の傍らに腰を下ろした宗晃を、なぜかとても意識していたためだ。

二人がけの長椅子では彼に触れてしまいそうで、貴郁は無意識のうちに距離を取って座り直した。

「君の噂は以前から聞いていてね。一度会いたいと思っていたんだ」

「僕の噂を、ですか？」

「そうだ。じつは、昔、顔を合わせたこともある」

「すみません、全然覚えていなくて」

縮こまる貴郁に、宗晃は「いいんだよ」と笑んだ。

「君の母上の葬儀だから、もう十何年も前だ。覚えていないのも当然だろう。あのときは篤行も一緒で、君はほんの三つか四つの子供だった」

「そうだったのですか。その節はありがとうございました」

生母の雪恵《ゆきえ》は、貴郁が清潤寺家の養子になって半年もせずに亡くなった。貴郁と引き替えに得た金を正則《まさのり》が蕩尽《とうじん》した結果、更に生活が苦しくなって躰を壊したのだ。雪恵の葬儀に出席した記憶はあるが、思い出せるのは会場で転んで泥だらけになったことと、柩を覗き込んだときの恐怖くらいのものだ。

「母上に似て美しく成長したね。鼻筋や目のあたりに面影がある」

しばしば言われるお世辞だったが、自らが美しいがゆえにかえって美辞麗句とは無縁そうな宗晃に言われるのには驚き、二の句が継げない。

「忘れ難い、美しい女性だった」

追憶を言葉の端々に滲ませて物語るその瞳は、落葉のように淡くせつない色味をしていた。

貴郁が黙しているのを何か誤解したようで、宗晃は咳払《せきばら》いをする。

「失礼、年寄りの思い出話はよくないな」

「いえ、母についてはよく覚えていないので……」

父と比べられるのは苦しいのに、なぜか、母を重ねられるのは不快ではなかった。

「そうか。貴郁君は、藤城君と学友なんだろう？」

「はい」

「彼は篤行と親しくて、私も食事をしたことがある。藤城君が、君のことをべた褒めでね」

彼らに噂をされていたとは、大層恥ずかしかった。

「藤城は優秀な男です。彼に比べたら僕なんて……」

「謙遜するものではない。優秀で真面目だと聞いていたし、君が『赤門文華《あかもんぶんか》』に寄せた論文を読んだ」

自分がかつて趣味で書いた論文の話題を出され、貴郁は言葉もなく頬を染める。

「中でも万葉集《まんようしゅう》に関する考察は興味深かった。当時、世の風潮を一刀両断するのは、なかなか大胆な試みだったからね」

「あ、あれは筆名を使っています。卑怯《ひきょう》な負け犬の遠吠《とおぼ》えですから……」

論文の発表時、筆者は非国民と激しく詰《なじ》られた。

万葉集を手に特攻に向かう青年たちは自己犠牲に酔っているのだと遠回しに一石を投じ、それなりに物議を醸したのだ。

「それより、どうして僕だとおわかりに？」

「調べればわかるものだ」

清潤寺家の一員が文学に現《うつつ》を抜かすと思われても嫌だったので、あえて筆名を用いたのに、知られているとは思ってもみなかった。

「君の論文に関してなのだが、少しいいか？」

「はい！」

宗晃が身を乗り出してきたので、貴郁も思わず引き込まれてしまう。宗晃が何を言いだすのか、貴郁は興味を抱きかけていた。

彼と話をしたい。自分の書いたものを読んで、宗晃がどう感じたのかを知りたかった。

「もう、お父様ったら」

置いてけぼりにされていた秋穂が、口を挟む。

「お忘れでしょうけど、これは私のお見合いよ」

「ああ、そうだったね。貴郁君と話をするのが楽しくて、つい」

秋穂の指摘に、宗晃は再び謝罪した。

そうしたところは娘を溺愛する父の表情で、貴郁は微笑ましさすら覚える。

宗晃が冷酷なだけでないのは、よくわかった。

「では、私は退散しよう」

「え」

思わず腰を浮かせ、貴郁は相手を引き留めようとした。社交辞令でも何でもなく、彼と一緒にいたいと思えたからだ。

心が強く動く。

こんな風に誰かとの関わりを強く求めるのは、貴郁には滅多にないことだった。

けれども、引き留める間もなく、宗晃は部屋を出ていってしまう。

「ごめんなさい、父は変わり者なの」

「いいえ、素敵なお父上ですね」

それは心からの賛辞だった。

「あら、清澗寺伯爵のほうがずっと素敵だわ。あの美貌でいったいおいくつなの？」

「年齢の話をすると怒られるんです。なかなか歳を取らないのを、気にしているみたいで」

「若く見えるのは素晴らしいわ」

秋穂は鈴を転がすような声で笑ってから、不意に真顔になった。

「――ねえ、貴郁さん」

美しくも凛《りん》とした声だった。

「私はいい妻にはなれないけれど、あなたが欲するものをあげられると思うわ」

「僕の欲するもの？」

「ええ。あなたは特別な人だもの。普通の家庭には収まらないでしょう？」

確かに自分は特殊な家庭の育ちだが、それを指しているのだろうか。貴郁は曖昧に首を縦に振る。

「だから、あなたも私で満足してくださらない？

我が家の財力なら、持参金だって思いのままよ」

冗談めかしてなまなましい金の話まで持ち出され、貴郁は目を瞠る。

「そんな結婚……あなたに利点がない」

「あるわ。私の代わりにあなたがいれば、安心して演奏に打ち込める。妹がいなくなるのなら、新しいかすがいが必要でしょ？」

「結婚して出ていくのは、あなたのはずです」

「――まあ、そうね。兄はあれで一途《いちず》なの。あんなに女性に人気があるのに、未だに初恋の人をずっと思っているんですもの」

いったい何が楽しいのか、秋穂は上機嫌だった。

「私は自由が欲しいの。いずれはこの家から出ていきたい。代わりにあなたたちが我が家にいてくれれば、私は自由になれるわ」

「家が嫌いなのですか？」

「嫌いでないけど、別段、好きでもないの」

秋穂を妻にする実感は湧かなかったが、聡明《そうめい》で感触は悪くない。何よりも、この縁組みは和貴を安心させるだろう。

「あなたこそ、僕でいいのですか？」

「ええ、あなたでなくてはいけないの」

それで胸のつかえが取れ、心が軽くなる。

既に指摘されたとおり、貴郁にとって結婚は義務で、それ以上のものにはなり得ない。しかし、ここまで秋穂に望まれ、新しくできる義父とも楽しくやれるのであれば、少しはましかもしれなかった。


「兄さん、結婚するって本当？」

見合いから約一か月。

朝食のときに弘貴に聞かれ、さすがの貴郁も苦笑する。放出物資のパンを囓《かじ》っていた泰貴は「おまえ、何言ってるんだよ」と止めたが、弘貴は好奇心旺盛なだけに気になっていて仕方がないらしい。

テーブルに両手を突き、身を乗り出している。

「ねえ、どうなの？」

「まだわからないよ」

「だって三回も会ってて、今日もこれから出かけるんでしょう？　決まったようなものじゃないか」

貴郁が見合いのあとに色よい返事をしたため、周囲は急速に婚姻に向けて盛り上がっていた。

「演奏会の招待で、ほかのお客さんもいる。秋穂さんが僕で満足してくれるか、まだわからないよ」

貴郁が控えめに告げると、「そんなことないよ」と弘貴は首を振った。

「兄さんは僕から見ても、すごく素敵だもん。大人っぽいし、綺麗で優しいし！」

「僕が？」

「うん。うちに来る米兵が褒めてたよ。まるで日本人形みたいに綺麗な顔だって」

「それは彼らが美とは何かを知らないからだ」

愚かなものだと貴郁はため息をつく。

「ううん、僕もそう思ってたから嬉しかった。自分の気持ちを代わりに言ってもらえてるみたいで」

弘貴の素直さに当てられ、貴郁は思わず口を噤む。

「父さんがすごく喜ぶね。孫が見られるよ。僕たちにも、甥《おい》っ子か姪《めい》っ子《こ》ができるんだ」

「孫か……弘貴、想像できる？　父さんがおじいちゃんになるなんてさ」

弘貴と泰貴が楽しげに言い合うのを聞きつつも、貴郁は半分は上の空だった。

長男が真っ当な婚姻を考えている事実に、和貴は喜んでいるらしい。父は政略結婚を望んでいないが、それでも、貴郁の決断は嬉しいもののようだ。双子がそれぞれ男性に走ったせいもあり、和貴は心中複雑だったのだろう。

「じゃあ、そろそろ出かけてくる」

「行ってらっしゃい」

今日は午後から秋穂が自宅でヴァイオリンの演奏会を開くそうで、貴郁はそこに招待されていた。

二度目の訪問となる黒田家の邸宅は、やはり見事だった。テラスに椅子とテーブルを並べ、客として十数名の男女が招かれている。ドレスを身につけた秋穂が颯爽《さっそう》とやって来ると、ヴァイオリンを構えて演奏を始めた。

秋穂の演奏にはうねりがあり、迫力と情感に満ちている。

最初は貴郁も聞き惚れていたが、なにぶん場所が悪かった。テラスで直射日光に当たっていたせいか、頭が割れるように痛くなってきたのだ。

どこかで休みたい。とりあえず厠《かわや》にでも行こうと思って廊下に出たが、眩暈《めまい》がして足がふらつく。そんな貴郁の躰を、誰かが背中から支えてくれた。

「あ」

宗晃だった。さすがに恐縮したものの、思うように動けない。

「具合が悪そうだ。こちらへ」

「すみません……」

誰もいない応接室のソファに座るよう促され、貴郁はそこに腰を下ろす。

ぼんやりとソファの背に凭れていると、傍らに腰を下ろした宗晃が「寄りかかるといい」と薄く笑んだ。

「え？」

「自分の服をそんなに握り締めて、心細いんだろう」

気づくといつもの癖で自分の躰を抱き締めるようにしていたので、貴郁はまるで子供のようだと頬を赤らめた。

「おいで」

殆ど知らない相手なのに、彼の肩に体重を預けると、なぜだか心が安らぐ。

厳しいと評判の宗晃の優しさを感じ、嬉しかったせいだろうか。

「音楽は好きかい？」

「ええ、でも善《よ》し悪《あ》しはわかりません。秋穂さんの演奏が素晴らしいということしか」

「それが最大の賛辞だ。我々素人にもわかるような演奏ができるのは、才能がある証拠だからね」

貴郁の言葉を好意的に変換する宗晃の声が、やわらかく耳許《みみもと》で響く。

宗晃の肉体は想像以上に筋肉質で、固く引き締まっていて逞しい。

「黒田さんもご趣味は音楽ですか？」

「いや、私の趣味は狩猟だ。特に兎狩《うさぎが》りがいい。狙った獲物を追い込んでいくのは、楽しいものだよ」

優雅かつ冷徹そうな宗晃であれば、狩猟もよく似合うだろう。

「狩猟は決して野蛮なものではない。だが、このご時世では暫く無理だろうな。野生の兎はいい食料だ」

「確かにそうですね」

躰と躰が触れ合った部分から、言葉を交わすごとに広がる振動が、相手の存在を強く意識させる。

誰かに自分自身を預けるのは、斯《か》くも安心できるものなのだ。

和貴が時々深沢や自分の肩に頭を預けてうたた寝するのには、そんな意味があったのかもしれない。

何気なく息を吸い込むと、宗晃の匂いを感じた。

整髪料だろうか。

とくん、と心臓が一際強く音を立てた。

躰がかっと火照ってくる。

——どうしよう。

宗晃の肉体を意識してしまったせいで、指先まで熱くなってきた。覚えのある感覚に、貴郁は狼狽《うろた》えた。

こんなにあからさまに肉体が反応していては、怪しまれてしまいそうだ。

秋穂にだって、ここまで強く欲望を感じた記憶はない。いや、それどころか秋穂に性欲を抱いた覚えがないのだ。

おかしいではないか。

結婚するかもしれない秋穂よりも、その父親を強く意識しているなんて。

彼に触れた部分に心臓が移動したかのように、そこから血が勢いよく押し出されている気がした。

生身の人間との接触が、こんなにどきどきすることだったなんて知らなかった。

だけど今は、とにかく眠ったほうがいい。

そうすれば忘れられる。誤魔化《ごまか》すことだって可能になるはずだ。

「そう、少し寝なさい」

宗晃の手が貴郁の目許《めもと》に触れるので、ますます目を閉じざるを得なかった。

「でも」

「私は君の岳父《ちちおや》になるんだよ。父の言うことは聞くものだろう？」

冗談めかした宗晃の声に、胸が甘く震えた。

この人が、自分の父になるのだ。

この理想的な、美しくも立派な人が。

「父親とは、息子のことは何でも許すものだ。だから、君は私に甘えなさい」

ことりとその言葉が、脳の奥に滑り落ちていく。

「……いいの、ですか？」

「勿論。この先は、私にすべてを委ねていい」

「はい……」

「では、眠れるね？」

耳打ちするように囁《ささや》かれて、急激に意識が眠りの淵《ふち》に引き込まれていく気がした。

この人が自分の、新しい父になる。

父に愛されるためには、その言葉には従うべきだ。だから、そう……今は、眠らなくては……。


「………」

淡々とした声に促され、貴郁の意識は薄れていく。

そのまま宗晃に凭れて夢現の境を彷徨《さまよ》っていると、遠くで扉が開閉する音がした。

「父さん……貴郁君も。何かあったのですか？」

篤行の声だ。

「気分が悪くなってしまったらしい」

「可哀想《かわいそう》に、顔色が悪い。家に帰さなくて平気でしょうか」

「途中で更に具合が悪くなっても困る。暫くここで休ませよう」

「わかりました」

大きな手指が髪を撫でてくれるのを感じたが、瞼《まぶた》が重くて目を開けられなかった。

この優しくあたたかい手は、篤行だろうか……。

「彼は警戒心が強いのに、よく父さんの肩で寝ましたね」

「清澗寺の人間は、暗示には弱いと聞いている。それは実証済みだろう？」

「ああ、そうですね。そこも可愛いな」

尚《なお》も髪を撫でる篤行の声に、甘さが滲む。

「篤行、それ以上触ると起こしてしまう」

どこか冷ややかな忠告に、篤行が息を漏らした。

「早くうちに来ればいいのに。そうしたら、もっと可愛がってあげられる」

何を話しているんだろう？

そう思ったけれど、眠くてもう何も考えられない。ただ、ぬくもりが離れたのだけがとても残念で、とても淋しく思えた。

「ものには順序がある。急いてはことをし損じると言うだろう？」

「まずは秋穂と結婚してもらわないといけませんね」

「そういうことだ」

彼らの謎めいた応酬の意味を考えようとしたが、貴郁の意識はそこでふっと途切れた。

5

「秋穂《あきほ》さん」

朝の光の中、先に起きて窓を覆うカーテンを開けた貴郁《たかふみ》は、遠慮がちに彼女の肩を軽く揺さぶる。しかし、当の秋穂は鬱陶《うっとう》しそうに薄い上掛けを引っ張り上げ、耳のあたりまで隠してしまう。

「起きなくていいのか？」

「いいの」

「演奏会があるんだろう？」

「明日よ」

掠れた声に貴郁はため息をつき、そっと寝台から離れる。彼女に光が当たらないように再びカーテンを閉め、自分は身支度と洗顔を済ませた。

卒業を前に秋穂を娶り、以来、貴郁は黒田《くろだ》邸で暮らしていた。婿入りしたわけではないが、黒田家側が強くそれを望んだし、清澗寺《せいかんじ》家側も思春期の双子がいては落ち着かないだろうと、新居を構える運びになった。尤も、和貴《かずたか》は貴郁が出ていくと想定していなかったようで、意気消沈していた。

貴郁夫婦がこの家で暮らすのは、二人の新居が完成するまでとなっている。役所の許可を得て土地を購入したものの、物資不足で工事には至っていない。

どうせ黒田家で暮らすのであれば、関連会社で仕事を覚えてはどうかと提案され、自然と貴郁の就職先は、義兄の篤行《あつゆき》が勤務する黒田《くろだ》繊維《せんい》に決まった。

そこまでは、それなりに順調だった。

けれども、結婚して二か月も経たぬのに、新婚夫婦の生活は既に異常な事態に陥っていた。

夫として秋穂に触れたのは新婚初夜からの数日で、あとは「疲れているの」と拒まれた。貴郁も性欲を感じていたわけではなく、義務的に行為に及んだだけだったので、同じ寝台で横になっても妻に触れないのが当たり前になった。

初夜の際、彼女は冗談交じりにこう言ったのだ。

——あなたは金で買われてきたのよ。

どういう意味かとさすがに憤る貴郁に、黒田家が法外な持参金を約束しただけでなく、清澗寺財閥に多額の融資を決めたと告げた。

深沢《ふかざわ》が辣腕をふるったところで、清澗寺財閥の経営は簡単ではなかったのだ。この婚姻は閨閥《けいばつ》作りのための政略結婚なのに、貴郁だけがその事実を知らされていなかったことになる。

そのとき、秋穂と貴郁のあいだには買ったものと買われたものという、明確な一線が引かれた。

同時にそれは、たとえ何があろうとも、貴郁が秋穂と離縁するのは好ましくないという現実を知らしめた。

つまり、仮面夫婦としての生活を維持しなくては、生まれ育った清澗寺家に迷惑がかかる。

それだけは避けなくてはならなかった。

朝から暗鬱な気分で貴郁が階下に下りると、食堂では既に宗晃《もとあき》が席に着いていた。

「おはよう、貴郁君」

「おはようございます！」

義父の姿を見た途端に鬱屈が吹き飛び、歓喜に心臓が飛び跳ねそうになる。

我ながら赤面したくなるほど声が弾んでしまったのは、山陽《さんよう》方面に出張していた宗晃と顔を合わせたのが予想外だったからだ。

宗晃は黒田商事を経営し、会社自体は隣り合っている。だが、職種が違えば生活も変わり、多忙な宗晃と顔を合わせるのは朝夕くらいのものだ。

「新婚生活はどうだい？」

「楽しくやっています」

そう答える以外に何があるのか。

破綻《はたん》しかけた結婚生活で救いがあるとすれば、それは宗晃の存在だった。

妻の実家での暮らしはもっと気詰まりかと思っていたのに、冷酷な男という噂に相違し、宗晃は貴郁を常に気遣ってくれる。その彼に望まれて「お義父《とう》さん」と呼ぶことに貴郁は躊躇わず、寧ろ喜びさえ覚えた。

「貴郁君は現金だな」

「！」

唐突に第三者の声が割って入り、貴郁ははっと顔を上げる。見れば、食堂の傍らの配膳室から篤行が出てくるところだった。二人きりだと思っていたので、貴郁は驚いてしまう。

そのうえ、そこは使用人の領分で、篤行が出入りするべきではない場所だからだ。

「君の分も朝食を頼んできた」

「配膳室に入るのは、マナー違反だ。貴郁君が驚いてるだろう」

「すみません。それにしても、貴郁君は本当に父さんに懐いていますね」

篤行の何気なさそうな指摘に、貴郁は頰を染める。自分の恥ずかしい秘密を覗き見られたような気がしたからだ。

「私は貴郁君の理想の父親そのものだからね。違うかい？」

「どうしておわかりなのですか？」

自分の思いを言い当てられ、まるで心が通じたようで嬉しくなった貴郁は素直に頷く。

「俺にもわかるよ。清澗寺伯爵は頼りたくなるというより、守ってあげたくなる父親だからだろう？」

代わりに篤行が冗談めかして答えた。

冷静沈着で揺るぎなく、子を導いてくれる力強い父。

小説の中でしかお目にかかったことのないような、貴郁がこれまでに得られなかった頼り甲斐のある理想の父親に、ここにきて漸く巡り合えたのだ。

殊に宗晃とは文学談議をするのも楽しく、早く帰った晩など、貴郁は彼の帰宅を心待ちにした。

「それにしても、貴郁君、今日は随分顔色が悪いな」

篤行はそう呟き、貴郁を見下ろしてくる。

「………」

篤行のような美形に間近で見られるのに気が引けて、貴郁はふっと俯いてしまう。

自分の容姿が好きになれない貴郁が鏡を見るのは洗顔や身支度のときくらいで、それも全体を一瞥《いちべつ》する程度だ。そのため、自分の顔色の差などまるで気づかなかった。

「風邪でも引いたのか？」

「いえ……光の加減だと思います」

「——それならいいんだ」

篤行は何か言いたげな面持ちになったものの、気持ちを切り替えたように話を変えた。

「よかったら、週末は一緒に出かけないか」

「篤行さんと、二人で？」

「うん。伊世《いせ》家が金に困って古美術品を売るそうだ。できれば日本人に売りたいらしく、俺のところにも声がかかったんだ」

薩摩《さつま》出身の伊世家の放出であれば、絵巻物や骨董《こっとう》品《ひん》などがあるかもしれない。

「でも、買うお金なんてありません」

「見るだけでもいいだろう。国外に出てしまったら、生涯拝めない代物もあるはずだ」

言われてみれば、そのとおりで、貴郁は素直に「はい」と首肯した。

「よかった」

「え？」

「やっと笑った。このところ元気がないから心配してたんだ」

篤行の言葉に、貴郁は彼が自分を気遣ってくれていたのだと思い当たる。

「それはおまえに懐いていないんだろう？　貴郁君は私には笑ってくれるよ」

「そんなところで張り合うなんて、父さんも大人げないですよ」

篤行が肩を竦め、食卓には久しぶりに長閑《のどか》な一時《ひととき》が訪れた。


手にした映画のチラシは粗末なものだったが、題名を見るだけで心が躍る。

先日伊世家に共に出かけたのを契機に、貴郁は篤行とちょくちょく出歩くようになった。同じ会社で、帰宅の時間を合わせるのが簡単だったせいでもある。


それまで貴郁は小説一辺倒で映画には関心がなかったが、篤行と初めて日比谷《ひびや》映画劇場《えいがげきじょう》を訪れ、外国映画の素晴らしさを知った。

映画を見た夜は決まって篤行と遅くまで感想を語らい、秋穂が戻らない苛立《いらだ》ちと淋しさを紛らわした。

当初は篤行のおおらかさがかえって苦手だったが、慣れてみると彼は親切で人の感情の機微を読むのが上手く、貴郁を決して不快にさせなかった。

出会った当初に貴郁が見せた剝き出しの警戒心を知っていたせいか、篤行は少しずつ間合いを詰めてくれているようで、その配慮が有り難い。

楽しい習慣のおかげで、今や貴郁はすっかり篤行に心を許しつつあった。

肝心の秋穂との関係を除けば、新婚生活はおおむね順調だ。根幹にある問題は根深いものの、家族との関係が円滑なのは不幸中の幸いだろう。

「あの、お義兄《にい》さん」

篤行の部屋を訪れると、インクが袖につかないように腕捲《うでま》くりをして書類を繰っていた彼は顔を上げた。

普段は万事につけきちんとした彼らしくない格好が新鮮だ。端整な面に穏やかな笑みを浮かべ、篤行は「何だい？」と問う。

彼をお義兄さんと呼ぶのにも、違和感がなくなってきた。そういう風に呼ぶと、彼は本物の家族になったようだと喜んでくれる。

長男としてずっと気を張ってきた貴郁自身、頼れる兄ができたのは純粋に嬉しかった。和貴は兄であって兄でない、特殊な存在だったからだ。

篤行は篤行なりに、貴郁がこの家で過ごしやすいようにと心を砕いてくれている。一つ一つの行為からあたたかな気遣いが滲み、貴郁は篤行の優しさにはいつしか感謝するようになっていた。

この人が義兄で、本当によかった。

「忙しいんですか？」

「ああ、月末までにまとめたい案件があるんだ。どうかしたのか？」

「……いえ」

貴郁は平静を装い、後ろ手にしていたチラシをくしゃりと丸める。そのまま身を翻して部屋を出るつもりだったが、立ち上がって追いついてきた篤行が目敏《めざと》くチラシを取り上げた。

「もしかして、この映画に行きたいのか？」

「そういうわけじゃないけど、面白そうで」

見透かされたせいで、ぎくしゃくしてしまう。

「公開はいつまで？」

「来週いっぱいです」

「それなら、予定を調整できるか考えてみるよ。明日にでも相談しよう」

「はい」

「大丈夫、そんな顔をしなくていい。俺も君と……義弟と一緒にいられるのが楽しいんだ」

篤行の笑顔につられるように、貴郁は「楽しみにしています」と微笑んだ。


「貴郁様」

自室を訪れたのは、家令《かれい》の安原《やすはら》だった。昨日話し

おずおずと宗晃に視線を向けた貴郁は、それきり、目を逸らせなくなった。

「…………」

見つめれば見つめるほどに、宗晃の硬質の美貌から目を離せなくなる。

冷酷な企業家が見せる、素顔。この世界でそれを見られる人間は、そう多くはないはずだ。

もっと間近で宗晃を見たいという思いつきに襲われ、貴郁は大胆にも義父に覆《おお》い被《かぶ》さった。

「あの」

一応は起こす振りをし、小声で呼びかけても、宗晃は目覚めない。

「お義父さん……」

凍える美ともいえる端然とした麗容に魅入られ、貴郁は陶酔すら覚えて目を潤ませた。

触れたい。

この人に、触れたい。

それは衝動だった。

心の赴くままに貴郁は彼の髪に唇を寄せ、接吻ともいえぬ触れ合いを試みる。

——ああ……。

甘い陶酔が一気に全身を駆け抜け、幸福感で貴郁を満たした。

他人の体温をこの唇で盗む快楽。

それはなんて心地よいことなのか。

あの日感じた昏く後ろめたい快感とはまったく違う、甘く軽やかな悦《よろこ》びが貴郁を打つ。

まるで乙女のように胸が震え、頬が熱く火照った。

……好きだ。

その言葉は、天啓のように降ってきた。

そう認識した瞬間、心臓が一際激しく脈打った気がした。

そうか。

僕はこの人を、好きなんだ。

好きだと意識するたびに心臓が血液を送り出すようで、頭がくらくらした。

男同士が禁忌だという発想は、生憎、清澗寺家で暮らしていれば抱きようもない。

こうして触れたくなるのも、触れられるとどきどきするのも、全部……好きだから。

好き……。

「お義父さん……」

うっとりとした声で改めて呼びかけて、貴郁は我に返った。

父――そう、父だ。

この人は血が繋がっていなくとも、父なのだ。

またしても、自分は父親に欲情してしまった。

急に恐ろしくなった貴郁は、がたりと立ち上がり、急いで宗晃を見やる。

なんて恥知らずな真似をしてしまったのか。

どうかしている……！

自分の仕打ちに戦《おのの》いた貴郁は、慌てて戸口に駆け寄ってドアに飛びついた。

半開きのドアは軽々と開き、貴郁は啞然《あぜん》とする。

「おっと」

……嘘。

扉の向こうにいたのは、篤行だった。


もしや、今の自分の不埒《ふらち》な行為を見られたのではないか。

火照っていた躰に冷水をかけられたように、すうっと血の気が引いていく。

「すみません、どいてください」

義父を起こさぬように小声で頼んだが、篤行はその場に立ちはだかったまま動かない。

「昨日の映画の件だ」

こんなときに何を持ち出すのかと、貴郁は訝った。

「週末、時間を作れるんだ。予定を合わせたいから、部屋に来てほしい」

「あ……はい」

もしかしたら、篤行は何も見ていないのかもしれない。篤行の普段と変わらぬ口調からは、何も判断できなかった。

腕を摑まれた貴郁は半ば強引に、二階の端にある篤行の部屋に連れていかれる。

「今夜、秋穂は帰らないとか」

「聞きました」

夫を置き去りにして遊ぶ妻に対する怒りは感じたが、それを篤行の前では表現できない。

「怒らないのか？」

「腹を立ててはいるけれど、それを向ける相手は篤行さんじゃありません」

「大した自制心だな。俺たちは家族ぐるみで君を騙《だま》したようなものだ。それでも腹を立てないのか？」

「騙した？」

意外な発言に、貴郁は眉を顰める。

騙されたつもりはなかったからだ。

そのうえ、篤行がこうして立ち入った事情に触れるのは珍しい。

「秋穂があんな女だと知っていたけれど、君には言わなかった」

いきなり話が、核心に触れた。

「――最初からこういう筋書きだったのですか？」

ぽつりと呟いた貴郁の声音を聞き、彼は不意に痛ましげな表情になった。

「もしかして、全然知らなかったのか？」

「変わってる人だと思ったけど……夫に欲しいと言ってもらえて、嬉しかったですから」

秋穂は自由が欲しいと言っていたから、ある意味では彼女は嘘をついてはいない。

「それに、十分に幸せです。秋穂さんは僕には勿体《もったい》ない人です」

「模範回答だな。幸せなのは、父がいるからか？」

「！」

宗晃のことを持ち出されて、弾かれたように顔を上げる。顕著な反応をしてしまってから、貴郁はひどく後悔した。ここで反応すれば負けなのに、世慣れぬところを見せてしまった自分に腹が立つ。

「図星みたいだね」

それまでの優しさを掻《か》き消《け》し、どこか酷薄な笑みを篤行は口許に刻む。

見られていたのだ、と貴郁は漸く確信した。

ならば、何としても誤魔化さなくてはいけない。

この婚姻が破綻しては、貴郁は和貴にも宗晃にも顔向けできなくなるのだ。

「僕は、お義父さんともお義兄さんとも上手くやっています。新しい家族に馴染んでいるという意味で……」

「では、さっきのキスの意味は？」

あの程度は大したものではないはずだ、と言い切ってしまいたかった。疚《やま》しいところがあると認めれば、この均衡は崩れてしまう。

「それとも、君の家ではあれが普通とでも言うつもりか？　何しろ君は、あの清澗寺の長男だ」

一歩近づいた篤行に恐れをなし、貴郁は後退《あとずさ》る。

血筋を楯《たて》に取るのは卑怯だ。

「僕は清澗寺家の人間ですが、僕の感情と血筋は無関係です」

「君の言い分を聞くなら、血筋も関係なしに父のことを好きなんだろう？」

返す言葉に詰まり、貴郁は黙り込む。

「おまけに、実家のことを考えれば秋穂とも別れられないはずだ」

腹の奥が冷えてくるような錯覚に囚われた。

言外に、篤行に脅されているのだ。

駆け引きに慣れていない貴郁は、どうすれば切り抜けられるのかわからなかった。それに、貴郁は宗晃への特別な感情を、先ほど初めて自覚したのだ。

でも、己の淡い思いを宗晃本人に知られてしまったら、不潔だと思われるかもしれない。もう、話しかけてもらえないかもしれない。

穏やかな朗読の時間。文学談議をする楽しみ。理想の父である宗晃に慈しまれる喜び。貴郁がやっと得た安らぎが、すべて消え失せてしまう。

それだけは、嫌だ。

「――どうすればいいんですか？」

弱く呟く貴郁を見下ろし、篤行は静かに告げた。

「俺に口止めをしてもらおう」

「口止め？」

貴郁は首を傾げる。

金で解決できるなら有り難いが、そんな余裕が貴郁にないのは、篤行だって百も承知のはずだ。

「お金はお給料くらいしかありません」

「金では買えないものだよ、欲しいのは」

普段は理知の光を湛えた目が爛々《らんらん》と光った気がして、貴郁は怯《ひる》みつつも一応は問う。

「何ですか？」

「…君の躰だ」

一拍を置いてから放たれた篤行の言い分に、貴郁は本気で困惑した。

「どうして」

「君みたいな人間には、それが近道だからだ」

彼が何を言いたいのかが更に不可解で、貴郁は眉間《みけん》に皺《しわ》を刻む。

「俺はずっと君を欲しいと思っていた。躰目当ての下衆《げす》な男と思ってくれて構わない」

ますます妙な話だった。

「すみませんが、まったく意味がわかりません。僕は男だし、篤行さんは僕のどこがいいんですか？」

「男女の区別なんて、黒田家の人間も気にしないよ。無論、君の外見に惹かれたわけではない。そういう連中と一緒にしないでほしい」

「当たり前です。僕の外見なんて、そんな貧相なものは何にもなりません」

「何を言ってるんだ？　君は本当に……」

篤行はそこで言葉を切り、それから口許を自嘲気味に歪める。

「口で言っても、君には理解できないだろうな」

「だって……篤行さんの言うことが、僕にはよくわかりません」

貴郁は完全に途方に暮れていた。

清澗寺一族の者として色眼鏡で見られることは覚悟していたものの、貴郁は家に流れる放恣《ほうし》な風潮には染まれなかった。ゆえに、浮気を堂々と求める篤行の提案など論外だ。

かねてより狙いを定めるほど清澗寺家の血肉は魅力的かもしれないが、貴郁は一族の誰とも似ていないと言われている。

自分は淡泊で面白みがなくて、つまらない男だ。父や弟たちとは違う。清澗寺家の中で、貴郁だけが異物なのだから。

「どちらの父親も悲しませたくないだろう？」

追い詰められた貴郁がもう一歩後退ると、寝台に阻まれて弾みで腰を下ろす羽目になる。

「あの、僕は清澗寺の人間だけど、こういうのは好きじゃなくて……」

言い訳をしながら貴郁は狭い寝台を這《は》うように逃げたが、すぐに壁際に追い詰められてしまう。

「好きになれるよう、俺が一から全部教えてやる。君が嫌がる真似は絶対しない。気持ちいいことだけしかしないよ」

のしかかってきた篤行が、貴郁の胸のあたりを左手で強く押した。息ができずに顔をしかめていると、抵抗が弱まったことに気づき、篤行が手だけ伸ばして貴郁のズボンの前を緩める。

「嫌……」

熱っぽい息が頸筋《くびすじ》にかかり、貴郁は震えた。

「嫌か？　もう昂奮してるじゃないか」

唐突に前に触れられて、貴郁は竦み上がる。

本当にそこが反応しているのだ。

この異常な事態から逃げ出したくて、躰が現実から逃避しているのかもしれない。

羞《は》じらいに頬を染め、何とか篤行を思い留《とど》まらせる方法を考えようとする。体格差では敵《かな》わないので、論破するほかないからだ。

「あっ」

だが、篤行の長い指に貴郁の性器を捕らえられ、絡みつくように撫でられると思考を乱されてしまう。

「ほら、わかるだろう？　普通は嫌だったら、こうはならないよ」

節と節までが長くて綺麗な指だと思っていたが、その手はまるで一つの生命体のように奔放に動く。

「追い詰められると、怖くて反応するんだな」

不安から貴郁は眉根を寄せ唇を強く嚙み、許しを請うように篤行を見やった。

「本気で抵抗する気がないだろう？　君は無意識のうちに受け容れてるんだ」

「……だって…こんなこと、されたら……」

反応しかけていた貴郁のものはすぐに力が漲《みなぎ》り、

ぬちゅぬちゅと湿り気を帯びていた。先走りが溢れてきたのだ。

「弄《いじ》られたら抗《あらが》えなくなるのか？」

「そう、です……」

それを聞いた篤行は、呆れたような顔になる。

「ここに咥え込んでも何も感じなければ、君の言い分を認めるよ。一度だけで許してあげよう」

揶揄するように篤行は言うと、貴郁の秘蕾《ひらい》を指先でそっとさすった。

ここ——そうだ。ここに和貴が何度となく楔《くさび》を打ち込まれていた。それを思い出すと、窄《すぼ》みが疼くように震えた。

「嫌です…ッ…」

怯んでいてはいけない。こんな愚かしい取引は、理不尽にもほどがある。

「放してください！」

正気に戻った貴郁は逃れようと手を振り回したが、あえなく男の腕に捕らえられてしまう。

「仕方ないな」


彼はそのまま貴郁の両手をネクタイで縛りつけ、炯々《けいけい》と光る目で見下ろした。普段は紳士的な篤行の中にある獣性を目にし、貴郁の躰は竦んだ。

「何ですか、これ……解《ほど》いてください」

「だめだ」

短い宣告は酷薄で、貴郁は焦りに躰を頻《しき》りに捩《よじ》る。

「君に拒否権はないんだ」

「僕は、こんなことしたくない」

「存外、往生際が悪いな。今日くらいは優しくしたかったんだが」

呟いた篤行がサイドボードを探り、そこから何かを取り出した。小さな瓶の中身を指に取ると、貴郁の双丘《そうきゅう》の狭間《はざま》に塗りつける。

「ッ」

潤滑剤だ。

幼い頃から和貴の営みをさんざん目にしてきた身としては、それくらいの知識はあった。

「嫌だ！」

「騒ぐと父が来てしまう」

その脅しは何よりも効果があり、貴郁は息を呑む。

「さっきも言ったろう。ここで感じなければ、もう二度としない。誓うよ」

「お義兄さん……やめて、お願い……」

「義兄弟《きょうだい》らしく仲良くしよう。弟を可愛がりたいだけだ」

二人が義兄弟であるのを思い出させようと、あえて兄と呼んだのに、それは逆効果だったらしい。

急に強気になった指が無造作に入り込み、絶え間ない異物感にどっと汗が噴き出す。

痛い、嫌だ、痛い……。

「くう……うぅ……んっ」

「苦しそうだな。力を抜いて」

「…嫌だ……や、やだ……」

震え声で必死になって訴えても、篤行は止めてくれなかった。

彼にこんなにも無体をされるとは、貴郁の恋心はそこまで罪深いものなのか。

「い、たい……痛い……」

そこに力を込め、貴郁は篤行を拒もうとした。しかし彼の指は意志を持って貴郁の体内を蠢《うごめ》き、肉《しし》の門をこじ開けようとする。

貴郁の躰の中に埋もれた、閂《かんぬき》を。

「やだ……いやです…感じて、ない…から…」

「こんな音をさせて？」

尻を指で掻き混ぜられるとにちゃにちゃと水音にも似た湿ったそれが耳に届き、その猥《みだ》りがましい音を恥じ、貴郁は頬を染める。

「それは、薬の音……」

「躰の中で、君があたためて溶かしてるせいだよ。ほら、こんなに熱い」

詭弁《きべん》だ。そう言いたいのに、指が体内を這い回る奇妙な感覚に気圧《けお》され、声にならない。

「ふ…っ…」

こんな真似をされて、自分はどうなってしまうのだろう。

なぜか脳裏に浮かんだのは、深沢に抱かれて声を上げる和貴の姿態だった。

ぞくりとした。

「反応してきたな」

「！」

父を思い出したために甘いものが一瞬にして込み上げ、貴郁は己の醜さに戦慄した。

こんな風になるなんて……嫌だ……。

「ん、んっ……」

躰を捻ると敷布が汗で纏わりつくようで、気持ちが悪い。空気さえもねっとりと重い湿度を孕み、貴郁の全身を圧《お》した。

「二本目もすんなり入った」

篤行のありのままの指摘に、頰が火照る。

「本当なら、もっと愉《たの》しませたいところだが……俺も余裕はない。悪いね、貴郁君」

囁いた篤行が指を引き抜き、圧迫感が消えたと気を緩めた貴郁は息をついた。しかし、すぐにそこに熱いものを押しつけられ、凝然とする。

それが何か、直感でわかったためだ。

「いやっ…」

最後まで言えずに言葉が途切れ、奥歯をがちっと嚙み締める。全身に力を込めて篤行を拒もうとしたが、狡猾《こうかつ》な指が初めて直に性器に触れた。

「あ……」

他人の手で過敏な部分を弄玩《ろうがん》される刺激は直接的で、貴郁の躰はすぐに解《ほど》けてしまう。

「あ、あっ…だめ……」

力が入らなくなった貴郁の腿《もも》を両手で押して腰を持ち上げ、篤行は悠々と挿入を続ける。

「…嫌……いや、だ……」

敬語で取り繕う余裕もなく、貴郁は切れ切れに訴えたものの、抵抗など無意味だった。

「う、う……んぅう……っ」

入ってくる。同性に、よりにもよって自分の義兄に征服されてしまう。縛られたままでもいいから振り回した手にも力が入らず、苦痛から涙がぽろぽろと零れた。

「すごいな。中が…熱い……しかもぬるぬるだ」

「もう…抜いて……」

「もう少しだ」

抜いてもらえると勘違いした貴郁が躰を緩めた拍子に、彼は腰をぐっと突き入れてきた。

「あーっ……！」

痛い。

肉と肉がぶつかる音がし、貴郁は自分の肉体が完全に雄に征圧されたのを実感した。

——けれども。

苦しいのに、痛いのに、それだけではないはずだとこの躰はなぜか識《し》っている。

呼吸が浅くなり、心臓はばくばくと震え、理性が少しずつぼやけてかたちをなくし始めている。

「落ち着いたか？」

「ん…？」

質問の意味を問うまでもなく、いきなり篤行が動きだした。

「あうっ！」

腰を押さえ込まれたままの前後への抽挿《ちゅうそう》は激しく、篤行らしからぬ荒々しさに貴郁は戦いた。

「い、たい……痛い、痛い……」

自分の中に、他者が入り込んでいるのだと改めて実感する。まるでものや玩具《おもちゃ》のように易々《やすやす》と征服され、息をするのも苦しい。

「うあ、あっ……あぐ…ぅ…っ」

快楽なんて、どこにもない。男に蹂躙《じゅうりん》された部分が引《ひ》き攣《つ》り、痛苦に涙が溢れた。

けれども、本当にこれは、苦しいだけの行為なのだろうか。貴郁が目にした和貴は確かにつらそうではあったが、最後にはいつも甘くせつなげに声を上げ、気持ちよくてたまらないと深沢に訴えていた。

それに、忘れ難いあの雨の夜の淫夢。

時折見るあの夢の中で、貴郁は快楽に喘《あえ》いでいた。

あれと今の行為は、いったい何が違うというのか。

「あッ！」

刹那、躰の奥で火花が散った。

「ここ、いいんだな」

篤行の切っ先が貴郁の身中の一点に触れ、そこを抉《えぐ》ったのだと解するまでに暫《しば》しの時間を要した。

「あ…！　あぁぁ…っ…なに…っ…」

まるで電流が走るようで、貴郁は狂騒に駆られた。

「そんなに感じるのか？」

そうじゃない、間違っている。感じているのではなく、躰の機能が狂ってしまっただけだ。

「ちが、あ、は……あァ……」

臓腑《ぞうふ》の深奥から熱いものが湧き起こり、自分の指先にまで波及していく。

溶けてしまう。砕けて、壊れて、思考が消えてしまう……。

「急に絞り込んできた。もっと狭くする気か？」

それが快いのか、篤行の声が掠れている。

「んんぅ…あぁっ…ひ、あ、あ、…」

ずくずくと勢いをつけて激しく貫かれ、貴郁は口を半開きにしたまま男の容赦ない突きを甘受した。

「すごい躰だな。中に俺を引き込んで、離さない」

何を言われているのか、わからない。

ただ、熱くて暑くて、躰も脳も溶けかけている。

「やだ……ちがう……」

呻《うめ》く貴郁の性器からは蜜《みつ》が溢れ出し、しとどに濡れている。

二つの肉体が、なまなましいほどの生そのものの行為に溺れているのだ。

「出すよ」

「え、だめ…待って…あ、まって、まっ…」

正気が一瞬戻り、貴郁は喘ぎながら篤行を押し退けようとしたものの、抵抗は無意味だった。

「待って、中……だめ…怖い…、…ーっ！」

腸《はらわた》に雄の体液を浴びせられている、義兄の所有物として徴《しるし》をつけられてしまった——そう自覚した瞬間、貴郁はなぜか達していた。

「熱い……」

よりによって射精された弾みで達してしまったという事実を受け止めきれず、荒く肩で息をしていると、篤行が顔を覗き込んできた。

「感じたんだろう？　そうでなければ、こんなに出さないよ」

「わから、ない……」

腕を解かれたけれど、動けなかった。

「全然俺を放そうとしない。もっと欲しいのか？」

その言葉に貴郁は躰を弛緩《しかん》させるのではなく、無意識のうちにそこに力を込めて篤行をきつく絞り込んでいたのだと気づいた。

「だめ、もう……だめ……おにいさん……」

「本当に？」

問いながらぬくぬくと小刻みに抜き差しされ、貴郁の唇から短い吐息めいた喘ぎが漏れる。

また、奇妙な感覚が這い上がってくる。

これが何か把握できない。体内から生じるこの感覚に、いったいどんな名前をつけるべきかも。

「ふ、ああん……あ、…だめ…だめ…ぇ……」

繋がった部分から、責め立てられた場所から、どろどろに溶けてしまいそうだ。

「嫌じゃないなら、続けるよ」

「い、やだ……怖い……」

これが快楽なのかすら、定かではなかった。

理性の淵から滑り落ちるような恐怖に、貴郁は怖いと頻《しき》りに訴えたが、汗ばんだ膚を押しつける篤行は聞いてはくれなかった。

「どこが？ こんなに欲しがってるくせに？ 抜こうとしても、俺を中に引き留める」

そんなわけがない。強引な営みは、つらいだけだ。

「抜こうか？」

「や…ああ、擦れる…ッ……」

楔で過敏な内壁を擦られ、貴郁は悲鳴を上げて思わず篤行にしがみついた。咄嗟に彼の腰に脚を絡め、何とか安定を取ろうとする。

「嫌なんだ？ 抜かれたくない？」

「も、抜いて…あ、っ、動かさないで……」

「嘘つきだな。必死にしがみついて、抜いてほしくないんだろう？ 旨《うま》そうに味わってるよ」

「あァっ！」

握り込まれるように花茎に触れられただけで、そこからはどっと蜜が零《こぼ》れた。

「いいみたいだ。――動くよ」

「あ、あっ……やめ…ッ…だめ、うごかな……」

言葉に、ならない。

躰の深部が引き攣るように痛いのに、それだけではなかった。じくじくと熱いものがひっきりなしに下腹部から生まれ、湧き出している。

「可愛いよ」

身を屈めた篤行が、貴郁のこめかみにくちづける。

「やだ…いや、やめて……こわい……」

みっともないほど甘ったるく啼《な》きながら、貴郁はまたも精を放っていた。

これ以上続けられたら、おかしくなってしまう。

父があれほど望んだ清潔なままの自分では、いられなくなる。


「清潤寺君、まだ帰らないのか?」

同僚に声をかけられ、貴郁は顔を上げる。

「もうそろそろ帰ります」

昨日の今日では家に帰りたくなくて残業をしているうちに、書類の不備に気づいた。ほかの書類にも同じ箇所で間違いがあり、いっそ書式ごと改善できないかとあれこれ確かめていたら、こんな時間になってしまった。

「帰りたくなさそうだな。やっぱり実質的な婿殿はやりにくいのか? お隣の部長はやり手だし」

「そ、そういうわけじゃないです」

篤行のことを仄めかされ、貴郁は慌てて首を横に振った。篤行は当然宗晃の後継者と目されているが、安直に高い地位を与えられもせず、一つずつ実績を積み重ねている。

今も、隣室から丁々発止のやり取りが聞こえる。

「……だから、そうじゃないだろう。業績の予想が立てにくいのはわかるが……」

耳に届く真剣そのものの厳しい声は、自分の前ではひたすら優しい篤行からは想像がつかない。

「すごいなあ、相手が気の毒だ。黒田親子はやり手だから、家でも怖いだろう?」

「いえ、お二人には優しくしてもらってます」

「へえ」

同僚はすこぶる意外そうな顔つきになった。

そういう意味では、宗晃も篤行も仕事と私生活を完全に分けている。仕事に関して、家で文句を言われたことなどない。

「突然頑張り始めたから、舅《しゅうと》の威光に甘えるなって嫌みでも言われたのかと思ったよ」

「まさか」

くだらない話をしつつ、同僚とは社の前で別れた。

舅の威光……か。

周りからはそう見られていたのかと、貴郁は改めて恥ずかしくなった。自分などが目立つのは嫌みかもしれないと与えられた職務だけをこなしていたが、周囲からは状況に甘えていると見えたかもしれない。

ならば、もう少し仕事を頑張ろう。

しかし、決意とは裏腹に、足取りはひどく重かった。

書店に立ち寄り時間を潰し、駒場の黒田邸にほど近い、新居の工事現場を覗いていく。まだまだ工事は進んでおらず、空き地に不法侵入者が住みつかないよう、厳重に柵が巡らされている。そこには『利権漁《あさ》り』『売国奴』と書かれた嫌がらせのビラが貼りつけてあった。

早くこの家が竣工《しゅんこう》すればいい。宗晃と離れるのは嫌だが、篤行が怖くてならなかった。

帰宅した貴郁が自室に向かうと、すかさずドアがノックされる。秋穂ではないとわかっていたために答えずにいたところ、篤行が入ってきた。

まさか篤行のほうが帰宅が早いとは思わず、まったく心の準備ができていなかった。

「遅かったな」

「寄るところがあったので」

篤行と関わりたくないので、貴郁はなるべく素っ気なく答える。

もう、自分から興味を失ってほしい。秘密を暴かれたくはなかった。

「そう怯えないでくれ」

苦笑した篤行が手を伸ばしたので、貴郁は反射的にそれを避けた。

「怯えてなんていません」

「ならば、どうして俺の目を見ない？」

眉を顰めた貴郁がまともに篤行を見返すと、目許を和ませた彼がそっと頬に触れる。

「それでいいよ」

あんな真似をしたくせに、屈託なく笑える篤行の心境がわからない。

自分が何か、おかしいのだろうか。

いたたまれなくなって目を逸らそうとしたが、それでは気魄《きはく》負けしてしまう気もし、貴郁は彼の淡い色味の双眸を尚も真っ向から見つめ返す。

「食事は？」

「食欲はありません」

「じゃあ、時間はたっぷりあるな」

「どういう……」

篤行は貴郁の腕を摑み、力強く引き寄せる。

「あっ」

抵抗する間もなく、貴郁は彼の腕に落ちた。

広い胸に抱き竦められて体温が近くなれば、昨日の暴虐を思い出してしまう。

「まだ怖いか？」

「！」

耳朶《じだ》に彼の息が触れた瞬間にびくっと躰が震え、その事実に貴郁は狼狽する。

違う——恐怖じゃない。

だから、怖いのだ。

もっと激しい恐慌に襲われるのではないかと予想していたものの、そこまで取り乱さなかった。

それどころか今感じたのは、恐怖とは別の種類の甘すぎる刺激だ。

「貴郁君？」

「やめてください」

小声で拒否して彼を押し退けようとしたものの、彼我《ひが》の力量差は圧倒的だった。そうでなくとも上背があり、体格のいい男が腕に力を込めれば、細身の貴郁など簡単に押さえ込まれてしまう。

「今日は優しくするよ」

「口止めは済んだはずです」

拒絶の声が震えるのは、理性より先に血肉が反応しかけているからだ。

「一度と言ったつもりはない」

「そんなの、ずるい……」

「感じなければ許すと言っただろう？　君が何回射精したか俺は覚えてる。おまけに、中に出されるたびに達《い》ったくせに？」

「……僕はこんな関係、望んでなんていません」

呼吸が速い。喉が渇いてきている。

感じたことなんてない。抱き竦められて生じることの肉体の浅ましいまでの疼きに、言い訳をしなくてはいけないのに。

「本当に？」

あのとき、篤行に抱かれて貴郁はそれまで見失っていたものに触れかけた気がした。

何もかも他人事《ひとごと》でやり過ごし、一人の世界に閉塞していくはずが、唐突に生そのものに触れたのだ。

そのなまなましさが、怖かった。

「僕たちは、義理でも兄弟なんです」

「それくらいわかっている」

「どうしてこんなことをするんですか？　あなただったら、いくらだって相手は見つかるはずなのに」

まだ往生際悪く問う貴郁に対して、篤行は思いがけず真摯《しんし》な視線を向けてきた。

「言ったはずだよ、君を欲しいと」

彼の戯《ざ》れ言《ごと》に騙されるほど、貴郁は甘くない。

貴郁は篤行の手から逃れようとしたが、尻を撫でさすられて躰が震えた。

いきり立つ篤行の欲望を感じて、頬が火照る。

「あ、だめ……だめです……」

抗いながら、はっと気づいた。

篤行の欲望を如実に感じているのは、自分が彼の下腹部にそこを擦《こす》りつけているせいだと。

口ばかりしか抵抗できない己の浅ましさに、かあっと耳まで熱くなる。

「挿《い》れたいんだ。君も欲しいだろう？」

顎を捕らえて強引に振り向かせた篤行に唇を押しつけられ、貴郁は「ン」と小さく鼻を鳴らした。

「んふ……ん、ん……」

口腔《こうこう》を厚い舌で掻き混ぜられ、思考が濁っていく。

「……ンぅう……」

下顎《かがく》の窪《くぼ》みで唾液が溜《た》まるあたりを擦られると、躰に力が入らなくなり、貴郁は手をだらんとさせて篤行の望むままに唇を貪られた。

「君みたいな人間は、罠《わな》で誘い込まないと手に入らない。だから、秋穂に協力させて、まずは君をあの家から奪って義弟《おとうと》にした」

あり得ない告白に、貴郁は目を見開く。

「あとはじっくり料理して、俺のものにする。誰にも邪魔はさせない」

熱っぽい言葉の羅列は、鼓膜すら溶かしそうだった。恐ろしくなった貴郁は篤行の腕の中で踠《もが》いたが、その力強さから逃れられない。

「僕は、こんな状況は不本意です。絶対…嫌…っ…」

「嫌？　こんなに反応しているくせに？」

布の上から蕾《つぼみ》を撫でられていやらしく身を捩る貴郁に、篤行が唇を歪めた。

「あ、やだ……おにいさん……だめ…」

負けたくない。

こんなものは、快楽ではなくて理不尽な暴力だ。

そう思っているのに、躰が言うことを聞かない。

まるで、凍りついたように動かなかった。

無意識のうちに発した、お義兄さんという単語が自分の心を縛りつけているのだろうか。

「わかっている。納得がいくまで、どれだけ抵抗してもいい。流されているように見えて、君はそんなに従順じゃないだろう」

囁いた篤行の吐息が耳たぶに触れ、甘ったるい誘惑に鼓膜が溶けてしまいそうだった。

「君自身が何もかも知っても俺を拒むなら、そのときは潔く諦める」

篤行はそう言うと、貴郁の首に嚙みついた。

6

あれから、爛《ただ》れた夜を何度重ねただろう。

篤行《あつゆき》は九州《きゅうしゅう》への長期の出張に出て当面戻らない予定で、夜はぽっかりと時間が空いている。

帰路に書店に寄った貴郁《たかふみ》は、運の悪いことに米兵にしつこく絡まれ、逃れるまでに時間を要した。手っ取り早く女性が欲しければ悪名高い特殊慰安施設《RAA》があるが、男娼は街に出なくては難しいらしい。

漸く表通りに出た貴郁は、「清潤寺《せいかんじ》」と声をかけられた。

「久しぶりじゃないか」

聞き覚えのある声の主は藤城《ふじしろ》で、偶然の邂逅《かいこう》が嬉しく貴郁は唇を綻ばせる。

「また面倒なのに絡まれてたな」

藤城にからかわれて、貴郁は微かに眉根を寄せた。

「見ていたなら、助けてくれればいいのに」

「そういう主義じゃないって前に言ったろう。どうしたんだ、こんなところで」

「本屋に寄った帰りだよ」

「ああ、平田書店《ひらたしょてん》か。あそこは今時珍しく、経済書や実用書が充実してるからな」

粗末なバラック店舗だが、店長が努力して書籍を仕入れ、何とかかたちになっている店だ。

「うん。会社の書類を合理化しようと思っているんだけど、そのときに法律上の……」

頷いた貴郁はそこまで言いかけ、藤城には興味がないだろうと口を噤む。

「意外だな、随分仕事に打ち込んでるじゃないか。新婚生活はどうなんだ？」

情報通の藤城の元に秋穂《あきほ》の悪評が届いていないのかと訝ったが、そこには触れないことにした。

「秋穂さんは才能があって素敵な人だし、あちらのご家族も大事にしてくれる」

「婿でもないのに嫁さんの家族と暮らすなんて、僕ならぞっとしないな」

藤城は半分は安堵したとでも言いたげな様子だが、残りの半分は微妙な素振りだった。

「どうした？　何か言いたそうだ」

「いや、どことなく君の様子が変わったから、少し気になった」

「ちょっと疲れているだけだ。大丈夫だよ」

じつのところ、篤行との歪な関係は、貴郁を悩ませる大きな心労となっていた。

篤行は口止めと称し、三日と置かずに執拗《しつよう》に躰を求めてきたからだ。拒み続ければいくら篤行でも諦めるだろうと思ったが、そう甘くはなかった。強く押されれば貴郁にも弱みがあるし、触られるとどうしてなのか躰が勝手に熱くなってしまう。それが快感だという明確な認識もないのに、躰だけ繋げる関係に慣れる自分が、底知れず恐ろしかった。

そのうえ、義理の兄弟が仲良くするのを好感しているのか、宗晃は貴郁と微妙に距離を置いている。それもまた淋しく、貴郁を落ち込ませる要因だった。


「悪いな、心配をかけて」

「いいよ」

言いながら唐突に藤城が手を伸ばし、貴郁の頬に無造作に触れる。

「！」

驚きに顔を跳ね上げた貴郁を不審げに見やり、藤城は目を眇《すが》めた。

「何だ、気に障ったか？」

「ううん、違うんだ」

藤城は友人だし、そのうえ弟の思い人だ。なのに、触れられただけで動揺し、貴郁は情けなさすら覚えた。

「昔はキスくらい平気だったくせに、どうした？　妙な色気が出てきた気がするし、やっぱり何かあったんじゃないか？」

恥ずかしい指摘を受け、焦燥に口の中が乾く。

「……悪い冗談だ。僕だって人の夫になれば、貞操観念くらいできるよ」

「君を色眼鏡で見ないようにはしているが、さっきもしつこく絡まれてただろう。何ていうか、疲れている様子も妙に色っぽいというか……」

「――最近、あの手の輩《やから》に絡まれる回数が前より多いのは認める。でも、原因はわからないんだ」

貴郁が渋々白状すると、藤城はそうだろうとでも言いたげに大きく頷いた。

「気をつけろよ。治安も悪いしな」

「僕の心配なんて、君らしくないな」

「手助けはしないが、口は出す方針だ。第一、君は生き残った数少ない同期だ。早く立ち直ってもらわないと困る」

「立ち直る？　僕は特に問題を抱えているわけじゃない。いつもと何も変わらないよ」

気遣いは嬉しいものの、藤城は考えすぎだ。

「それなら聞くが、君は何のために生きている？　答えは見つかったのか？」

やわらかな声で紡がれる言葉はそれでいて鋭く、刃で心臓を抉《えぐ》られるような気がした。

「無為に生きているだけなら、死んでいった者に失礼だ」

「……そう、かもしれない」

藤城の言は痛いくらいに的確で、答える言葉を持たぬ貴郁にはつらすぎるものだった。

「個人的な目的でいいんだ。君はもっと、生きることにおいて足掻くべきだ」

「ご忠告、耳が痛いよ」

貴郁はまだ、どうやって生きるべきなのかを決められない。

戦争が終わり、貴郁は多くの友人を失った。今も人々の多くはその日暮らしで、困窮しきっている。贅沢《ぜいたく》なものだが、貴郁はただ生きるためではなく、己の生き方を探すだけの余裕がある。

なのに、貴郁にはその生きる縁《よすが》がない。

ただ一つ、藤城は間違えている。

貴郁には最初から、何もなかった。

何も知らないまま、ここまで来てしまった。

焦燥が胸を灼《や》くのはそのせいかもしれない。

貴郁はまだ生きてはいない。生の実感を知らぬ人間は、生きながらにして死んでいるようなものだ。

「貴郁君」

小食堂で声をかけられた貴郁がはっと顔を上げると、宗晃が探るような面持ちでこちらを見ていた。

「はい、お義父さん」

「具合でも悪いのか？」

いけない。

夕食後に何もないテーブルの前でぼうっとしていては、宗晃が気遣うのも当たり前だ。

「いえ」

「秋穂も篤行もいなくて淋しいのか？」

篤行の不在はまだ二日目だ。彼の名前を出され、貴郁の心は簡単に揺らいだ。

「そうじゃないです！」

「淋しくないのか？」

「あの、淋しくないといえば語弊があるけど……久しぶりにお義父さんと二人きりになれて、ええと、緊張してしまって」

嬉しくて、と素直に言えなかった。

宗晃への歪な片想《かたおも》いを自覚している以上は、昔のように無邪気には振る舞えない。

「私がいると緊張するのか」

「あ、いえ、その……嬉しいんです」

「私も嬉しいよ。今夜は君を独占できるからね。好きなだけ甘えてくれていい」

「そんな」

照れてしまって微かに頰を染めた貴郁に、宗晃は「寝る前に部屋においで」と告げた。

「今夜も朗読ですか？」

「それもいいが、秘蔵のウイスキーがある。篤行がいないときに君と楽しもうと思ったんだ。あれは私に似て底なしだから、すぐ飲み尽くされてしまう」

少々無礼があっても酔いのせいで許されるだろうし、宗晃と過ごせる時間は魅力的だ。

貴郁が少し時間を置いてから宗晃の部屋を訪れると、彼は小さなテーブルにグラスを二つとそれからウイスキーの瓶を用意していた。

「どうぞ」

「ありがとうございます」

それぞれ椅子に腰を下ろし、勧められてタンブラーを口許に運ぶ。琥珀色《こはくいろ》の液体は芳醇《ほうじゅん》な香りだが、貴郁には苦かった。微妙な顔をしていると、宗晃は「口に合わないのか？」と尋ねた。

「いいえ、お酒が珍しいんです。だいぶ前に、お酒ですごく失敗してしまったので、それ以来あまり飲んでいなくて」

それがあの雨の夜だ。

酩酊しきって妄想に溺れた、浅ましい夜。

「では、無理につき合わせてしまったのか。悪いことをしたね」

「そんなことはありません！　雰囲気だけでも楽しみたかったから嬉しいです」

それに、こうして宗晃と穏やかな時間を持てるなんて滅多にない。

声を弾ませた貴郁は、もう一口だけとウイスキーを口に運んだ。

「そうか。私もこうして君と二人で夜を過ごせるとは、思ってもみなかった」

「…………」

「清澗寺伯爵とつき合いはあったが、真面目な長男は社交界が嫌いだと聞いていたからね。秋穂の婿にしたいと何度頼んでも、やんわりと断られた」

「僕みたいな不肖な息子では、父も外に出すのが恥ずかしかったのでしょう」

わずかなアルコールが舌を軽くし、自分でも笑えるくらいに卑屈な言葉が溢れた。

「卑下しなくていい。君はお母さんに似て、とても綺麗だよ。自覚がないのは残念だ」

そういえば、彼は母を知っているのだ。

かねてから聞いてみたかったことを、アルコールの力で、今宵ならば口に出せる気がした。

「前から伺いたいと思っていたんです。母とはどんな関係でしたか？」

「私の一方的な片想いだ。求婚も受け容れてもらえなかった」

　宗晃はさらりと告げる。

「信じられません。お義父さんはとても魅力的なのに、母はなぜ受け容れなかったんですか？」

「私が怖かったのだろう」

　確かに、こんなに存在感と迫力のある男性に魅入られたら、普通の女性なら怖くなってもおかしくはない。けれども、だからといって冬貴《ふゆき》に靡《なび》いた母の女心は、貴郁には永遠の謎となりそうだ。

「君を見ていると、あの美しくたおやかな人を思い出す。だから放っておけない。私は君のことを、とても大切に思っている」

「ありがとうございます」

　宗晃は、貴郁の求める頼れる父親像そのものを体現している。ずっと、こんな父が欲しかったのだ。

「私は君の理想の父親になりたい。もっと甘えてくれていいんだ」

「今のお義父さんが、理想そのものです。夢見ていた父親像だって、初めてのときに思いました」

「君も素晴らしい息子だ」

　息子として認められる歓喜。同時に酔いがぐるぐると回り、貴郁はこれ以上ないほどに頬が火照るのを感じた。

　——いっそ。

　いっそ、彼に篤行との不適切な関係について打ち明けてみてはどうだろう。

　実家への融資がある以上、貴郁は離縁されるわけにはいかない。かといって、篤行との関係は苦しすぎて、続けるのも限界だった。

　秋穂は二人は不仲だと言っていたけれど、篤行は宗晃を尊敬しているし、父に忠告されれば無体をやめてくれるかもしれない。

　その結果がどうなるかはわからないが、このまま後ろめたさを抱きつつ篤行の行為に翻弄され続けるよりは、よほどましに思えた。

　それに、この人なら自分のすべてを許してくれる。すべてを委ねられる。

　なぜだろう、理由もなくそう信じられたのだ。

「——あの」

「何だい？」

「お義兄さん、結婚しないのでしょうか？」

「どうして？」

「それは……その……」

貴郁は口籠もった。

こうした話題や駆け引きが不得手な貴郁では、いざとなると切りだすのが難しい。

「篤行は昔から君に執心している。初恋だというから、大したものだ。あれでは結婚など到底できまい」

驚くべき内容を平然と告げた宗晃は、貴郁の前に立ち、両の手で貴郁の頬を包み込んできた。

今の言葉を問い質さなくてはいけない気がするが、淡い色味の瞳に魅入られ、頭が痺れてくる。

「話したいのはそれだけではないね？」

酔いのせいか、彼の掌の冷ややかさが心地よい。

気づくと貴郁は、自然と口を開いていた。

「——はい。折り入って相談があるんです」

「言ってごらん」

頬を抑えられ、目を逸らすのを許されない。貴郁は魔法でもかけられたように、先を続けていた。

「その、お義兄さんと……僕は……」

「肉体関係を持ったんだろう」

愕然とした貴郁の双眸を射貫くように見つめ、宗晃はどこか酷薄な笑みを浮かべる。

「先を越されるのも、今回は仕方がない。君はそれだけ魅力的だ」

「僕が……？」

威圧されるのは、その瞳に宿る光が義理の息子に向けられるものではないと思えたからだ。

おまけに、宗晃の台詞《せりふ》は貴郁には理解不能だった。

「そうだ。今も、相談を口実に私を誘惑しているようにしか見えない」

「誘惑……？」

顔を近づけた宗晃に唇を塞がれ、貴郁はあまりの異常事態に凍りついた。

信じられない。

呆然とする貴郁の唇のあいだから、宗晃の舌が入り込んでくる。肉厚なそれに口腔を探られたが、信じられない事態に何もかもが麻痺《まひ》し、指一本動かせなかった。

「んっ……」

相手は義父だ。挨拶はまだしも、こんな性的なキスをするのは間違っている。なのに、熱の籠もったキスを続けられ、頭の奥がぼうっと滲んだ。

「は…ふ…」

どうしよう、気持ちがいい。

そのうえ、自分はこのキスを覚えている。

どこで？

篤行にやり方が似ているのだろうか。

わからない。思い出せない。

でも、気持ちよくてたまらない……。

「んふ、ぅ……う……」

ねっとりと糸を引いて彼の唇が離れ、貴郁は蒼褪《あおざ》めたまま椅子の上で身を逸らした。

彼がどうしてこんなキスをしたのか、意味を知るのが怖かった。

「目が潤んでいる。これだけで感じたのか」

囁いた宗晃が一歩詰め、貴郁の耳朶を軽く嚙む。

「ッ」

そのまま耳殻《じかく》から襟のそばまで舌を這わされ、曖昧な感覚が中枢から迫り上がってきた。

「口の中が、随分敏感なようだ。仕込み甲斐がありそうだな」

キスの余韻が引かず、貴郁の思考はすっかり停止状態だった。

「おいで」

抗うこともできずに寝台に誘導された貴郁は、二人分の体重でそれが軋《きし》む音に我に返った。

「お義父さん、待って……何を……」

「息子を可愛がってあげるんだ」

「だ、だめです、そんなの……」

義父が自分に何か恐ろしい真似をしようとしているのがわかり、貴郁は狼狽する。

「黙っていれば誰にもわからない。篤行も私も君と秘密を持ち合い、これで五分五分だ」

宗晃の大きな掌が貴郁の下肢の付け根を撫で、その膨らみを確かめた。

「それに、感じているだろう？」

触れられるとよけいに昂奮が込み上げ、痛いくらいに張り詰めているのだと自覚してしまう。

「でも……」

宗晃のことは好きだけど、それは理想的な父親への初恋めいた憧《あこが》れのはずで、肉欲などではない。

「君はキスだけでこうなるのか？」

反応しきった部分に触れられて、息を呑む。

「反応するのは、君が私を雄として受け容れている証拠だ」

たとえ義理であっても、父は父だ。

義兄を相手にするよりもずっと罪深い。

目の前にあるのは、決して踏み越えてはいけない一線だった。

「だけど、あなたは僕のお義父さんで……」

「君に父と呼ばれるのはいいね。悪いことをしているようで、とてもそそる」

冷淡な男の目はあやしく煌《きら》めき、貴郁の心身を痺れさせていくようだ。

「これは、悪い…こと…です……」

混乱していた。宗晃は貴郁の思い描く、理想の父そのものなのだ。そんな人物が自分に触れて悪徳を唆《そそのか》すなんて、信じられない。

「一種の背徳だが、悪行と呼ぶほどのことでもない。善行でもないがね」

いけないと知っているくせに、宗晃が服を脱がせるのをさして抗わずに受け容れてしまう。肌理《きめ》の細かい膚を唇と舌で辿られると、躰の奥底から沸々と泡のように快感が立ち上ってきた。

酔っているんだ、きっと。

だから心よりも先に躰が反応し、この愉悦を求めている。それを止められないだけだ……。

「既に、義兄と寝たのだろう？　ここでもう一つ義父と罪を重ねても、大した違いではないはずだ」

「ん、く…っ……」

小さな胸の突起を指と舌で弄《いじ》られ、貴郁は喘いだ。

「いつから篤行を義兄と呼ぶようになった？　前は不慣れだったくせに、随分、板についた」

篤行は一度目は乱暴に征服するだけだったし、二度目のときは尻で貴郁を達《い》かせることに腐心して性器以外には殆ど触れなかった。篤行は前戯よりも貴郁の征服に関心を抱いているのか、愛撫《あいぶ》ではなく挿入に時間をかけ、それが普通だと思っていた。

だが、宗晃は違った。

宗晃は貴郁の乳首を弄るだけでなく乳暈《にゅううん》全体を舐《な》め回《まわ》し、そこがぽってりと赤くなるまで味わった。

それだけでなく両手で胸を撫で、膨らみがないのを確かめるかのように執拗にさする。

突き詰めれば性行為という点では同じなのに、そのやり口にはこんなに違いがあるとは。

「やめて…やめ…て…ください…」

胸に触れられると、自分は女ではなく骨張った肢体の男なのだと強く意識する。そのくせこうして求められれば逆らえず、抵抗もできない心性は雌そのものだ。その証拠に、圧倒的な強者に弄ばれて肉襞《にくひだ》が淫《みだ》らに震えている。

まるで、雄による征圧を求めているかのように。

「怖がることはない。ここだって十分に熱くなっているよ」

理性に反して屹立《きつりつ》したものを指であやされ、貴郁は息を乱した。宗晃の手練手管は老獪《ろうかい》そのもので、意地悪く翻弄されて喘ぐほかない。

「あ、あっ……だめ、それ…いやだ…」

胸への刺激も耐え難かったが、性器への愛撫はもっとつらかった。

どうしよう、この感覚は耐えられない。

この人の手で達くなんて、いけないに決まってる。

宗晃と築いたかりそめの親子関係が、壊れかねない。

「どうして？」

「だって、そこ…は……」

だから我慢したいのに、そんなに触れられたら、撫でられたら、爆《は》ぜてしまいそうだ。これ以上弄ばれれば、自分がどうなるか予測もつかなかった。

「なるほど、達きたくないのか」

「あっ！」

鋭く察した宗晃に軽く性器を指先で押さえ込まれ、貴郁は悲鳴に近い声を上げた。

「控えめで可愛い声だ。奥ゆかしいのもいいが、折角、篤行がいないんだ。君の声をもっとたくさん聞かせてもらおう」

先ほどまでは序の口で、宗晃のやり口は狡猾《こうかつ》だった。情熱的な篤行とは違い、貴郁の肉体を嬲《なぶ》るのを完全に愉しんでいるのがわかる。

射精を阻止されたまま、もう一方の手で尖端やふくろを優しく揉まれ、貴郁はあえなく息を弾ませた。

「くぅ……うぅン…っ……あ、んっ……」

直接触れられていないのに、先走りがとろとろと溢れ出す。溜まった雫を吐き出してしまいたくて、貴郁は必死で躰を捩った。

「…や、放して…ッ…」

「達きたいのか？」

当たり前だ。こんなところで生殺しのようにされていたら、頭がおかしくなる。

けれども、宗晃の手で達するのだけは人として許されない。義理とはいえ、親子の一線を踏み越えてしまう行為だ。

「い、いえ……」

「存外、強情だな」

達きたくないわけじゃない。ほかでもない宗晃の手で達かされることが、怖いだけだ。

「本当に嫌なのか？　つらそうだよ」

「ふ……」

仕方なく微かに頷いた貴郁を見下ろし、宗晃は喉を震わせて笑った。

「達きたいと言ってごらん」

いけないとわかっている。だが、躰は正直で、理性によるこれ以上の抗いに耐えきれそうにない。

「う……」

「言ってみなさい。父親に逆らうのは嫌だろう？」

優しい声で促され、貴郁ははっとする。

自分の理想とする父をやっと見つけたのに、これでは嫌われてしまう。

だめだ。宗晃だけには嫌われたくない。

「それとも君は、私以外の父を見つけるつもりか？」

宗晃に嫌われたら、誰が五人目の父になってくれる？

貴郁はまたも、理想の父を捜して彷徨《さまよ》わなくてはいけないのか。

「君は私の可愛い息子だ」

甘い声が鼓膜を擽り、貴郁を支配していく。

「何があろうと、君は我が子だ。父親には……」

すべてを委ねていい。

頭の中に、なぜか自然と宗晃の台詞の続きが浮かんできて、彼はそのとおりに述べた。

「だから、素直に言ってごらん。どうしてほしい？」

耳を甘嚙みされ、自分の中にある何かが溶けた。

「い、いきたい、です…」

操られるように、掠れた声で欲望を訴えてしまう。

淫らな欲求を口にしても、宗晃は自分を嫌わずにいてくれるだろうか。

「そうだ。君は私の大事な息子だ。父親は子供のことをすべて受け容れるものだ。いい子にして、私にだけ、たっぷり可愛いおねだりをしなさい」

よかった……。

安堵に躰の力が、くたりと抜ける。

「達きたい……達きたい、達きたいです…」

義父が褒めてくれたのが嬉しくて、貴郁は夢中になって言い募った。

「いい眺めだ。私に一生懸命擦《こす》りつけて、雄が欲しくてたまらないようだ」

「ん、ふ…早く…、達かせて……」

「篤行にも、こんなに可愛くねだるのか？」

「！」

篤行の名前を出されて怯えた顔をしたのに気づいたのか、宗晃は指の動きを弱めた。表面を緩やかに愛撫されるだけになり、もどかしさに腰を衝《つ》き上《あ》げるように震わせてしまう。

これで達かないことのほうが、不思議だった。

「どうなんだ？」

「しない……」

「なぜ？　篤行には、はしたないところを見せたくないのか？」

「そう、じゃない……お義父さん、だから…っ…」

「相手が父親だから、ねだるのか。君は可愛い息子だ。ご褒美をあげなくてはいけないね」

　とうとう、零れた露で湿った花茎に指が絡められた。ぬちゃぬちゃという淫猥《いんわい》な音とともに義父の指が巧みに動き、貴郁の性感をいっそう高める。

「あ、ん、お義父さん……おとうさん……」

　気持ちいい。

　初めて篤行にされたときは愛撫すら怖くてたまらなかったのに、今はよくてよくて頭がおかしくなりそうだった。自分でもその違いが、わからない。

「お義父さん、達きたい……い、達かせてくださ い……」

「出したいと言ってごらん」

「出したい、です…おとうさん、…出したい…」

　譫言《うわごと》のように達きたいと繰り返していると、宗晃が聞こえよがしのため息をついた。

「父親にそんなにねだるとは、はしたない」

「ごめん、なさい……」

　浅ましく振る舞いすぎて機嫌を損ねてしまっただろうかと、貴郁は懸命に謝った。

「ごめんなさい…でも、もう…いきたい…変になりそう、です……」

「ご褒美の前に、お仕置きしたほうがいいのか？」

「あうッ！」

　またも性器をきつく締められ、全身を電撃が貫いた気がした。衝撃で口を閉じていられず、唇の端から唾液が溢れ出す。

「これでわかったろう？　どう取り繕おうとも、君はあの家の人間だ」

　ひくひくと間歇的《かんけつてき》に躰を震わせつつ、貴郁は頭の片隅で男の声を聞いていた。

「快感に弱くて、倫理観などお飾り程度にしか持ち合わせていない。そのうえ、罪悪感は欠片《かけら》もない」

　理解はできずとも、恐ろしいことを言われているのはうっすらと認識していた。

嫌だ。聞きたくない。認めたらきっと、貴郁は破滅してしまう。

そう――これが快感だと認めてしまえば。

だから、認めてはいけない。

「お義父さん……達かせて、ください……」

「まだ取り繕っているね。肉欲が理性を凌駕《りょうが》するのもまた、生きている証《あかし》だ」

「……………」

「私は君を嫌ったりしない。だから、もっといやらしくおねだりしてごらん」

怖くてたまらなかった。宗晃の口にする恐ろしい真実など、圧倒的な快楽で押し流してしまいたい。

悦楽こそが、貴郁を救い出せる。

だいたい、どうしてここまで必死で抗っているのだろう。

このまま焦らされたら、気でも狂ってしまうかもしれないのに。

「これが気持ちいいのだろう？」

「きもち……いい……？」

「そうだ。認めてしまいなさい」

父親がそう言っているのだ。

もう、逆らう理由はないはずだ。

尖端に浮かんだ雫が、つうっと幹を伝って落ちる。

これだけでは、足りない。

総身に溜まった欲望を、全部吐き出したい。

「精液…出させてください…っ…、お義父さんにされて…いっぱい、出したい……」

はしたない願望を口にすると、躰がもっともっと熱くなる。もっと気持ちよくなれる気がした。

「お義父さんの手で、達かせて……おとうさんで、いきたい…気持ちよく、して…おとうさん……」

「いいだろう」

「…ーっ！」

お義父さんと繰り返している最中《さなか》に彼が指を緩め、貴郁はひくひくと震えながら白濁を吐き出した。

「きもち、いい……」

よかった、すごく。

なまあたたかい精液が貴郁の腹だけでなく、顎にまで飛び散る。

「私の言うとおりにできたね」

羞じらいに頬を赤らめる貴郁の性器を宗晃が再び撫でると、それは性懲りもなく再び熱を帯びる。

貴郁の腹に散った精液を指で拭い、宗晃は「濃くていい体液だ」と囁く。

「君も舐めてごらん」

精液を掬《すく》い取《と》った指を突きつけられ、貴郁は迷わずにそれを口に含んだ。

「美味しいだろう？」

「……ん、ん……はい、お義父さん……」

「いい子だ」

微笑んだ宗晃が今度はそこに顔を寄せ、彼に不似合いなほど熱い舌先で貴郁の性器を舐《ねぶ》る。

「あっ！　お義父さん……そこ……」

「もう一度練習だ。達きたいとおねだりできるね？」

もう、拒絶する理由はない。

その夜、貴郁は義父による濃密な躾《しつけ》を甘受し、己が快楽に屈する雌であると自らの肉で学んだ。


「父さん、貴郁君を知らないか？」

篤行の声が耳に届き、宗晃と共に書斎にいた貴郁の心臓は一際激しい音を立てた。

「さあ」

マホガニーの机に向かい、椅子に腰を下ろした宗晃は冷静で、呼吸すら揺らさない。貴郁が口に含んだ宗晃は、こんなにも熱くて火傷《やけど》しそうなのに。

「そうか……」

「どうかしたのか？」

「久しぶりに外出に誘おうと思ったんだ。天気もいいし、四阿《あずまや》にいるかもしれない」

「そうだね」

篤行が貴郁に気づかないことのほうが、奇蹟的《きせきてき》だ。貴郁は宗晃の足許《あしもと》に座り込み、昼間から彼に淫らな奉仕をしていたからだ。

たまたま死角になっていたが、篤行があと数歩部屋に踏み込んでいれば、すべてが明らかになっていたはずだ。

篤行が出ていくまでのあいだ、貴郁は気が気ではなかった。

「もういいよ。続けなさい」

「ん、ん……んむ…ッ…」

再び最中に踏み込まれてはたまらないと、貴郁はより熱を込めて男への奉仕を再開する。口淫《こういん》は嫌いではないが、篤行に見つかって修羅場になるよりは早く終わってほしい。

「篤行は観察力が足りないな。もう少し注意力がなければ困る」

平坦《へいたん》な声で呟いた宗晃が貴郁の髪を撫でる。

喉まで塞ぐ性器の大きさに、眩暈がしそうだ。

こんな真似、篤行にだってしたことがない。

なのに、宗晃にしゃぶるように言われると逆らえなかった。憧れる相手に求められるのは、初めてだったからだ。

自分が思いを投げかけた相手が、それを返してくれる。その幸福感に支配され、貴郁は篤行の目を盗んで宗晃の寝室に通い、愛撫に理性を溶かされた。

卑猥な台詞と宗晃の好む作法を覚え、篤行よりも義父の前で達した回数のほうが多いくらいだ。

「あ、あの…もう……」

「ん?」

「おっきくて…疲れて……」

いつまでも達かない宗晃への奉仕に疲労し、さすがに顎が外れそうになる。

「君も悦んでいるなら問題ないだろう? 篤行が来たおかげで、もっと感じているね。君は恥ずかしいところを見られるのが好きなようだな」

冷淡な指摘とともに室内履きの爪先《つまさき》で付け根を押され、貴郁は惨めな快感に呻いた。

宗晃の指摘どおりに、そこは張り詰めてぬるぬるになって、早く解放されたいと訴えている。

「出してほしいか?」

「ん、く」

自分の持ち合わせた常識では、これはいけないものだと理解していた。やめなくてはいけないとも、わかっている。なのに、欲望はすぐに理性を凌駕してしまう。何よりも、宗晃の望む優秀な息子になりたくて、貴郁は過ちだとわかっていながらも、この爛れた行為にのめり込んだ。

「では、そう言ってごらん」

「出して、ください……お口に……」

宗晃は何も言わない。

「お義父さんの、濃い精液……お口に出して……」

父という単語を口にした瞬間、思い出したのは和貴の艶やかな白皙《はくせき》の美貌だった。

「っ」

途端に強い昂奮が込み上げ、貴郁はぶるっと身を震わせる。達きそうなのだと気づいてくれたらしく、宗晃は喉を震わせて笑った。

「そろそろか。君にしては、よく堪えたな」

君主の風格を漂わせる義父の優しい声に、とうとうご褒美をもらえるのだと貴郁はうっとりとする。

「ください」

身を屈めて、室内履きの上から宗晃の足先にくちづけ、わざと尻を掲げて服従を示した。

先ほど和貴を思い出したせいで、彼を貶《おとし》めてしまった気がした。

それを忘れるためにも、もっと強い快楽が欲しい。

「いいだろう。口を開けて、目を閉じなさい。今日は顔にかけてあげよう」

「はい……お顔にください、お義父さん」

顔は嫌だ。だけど逆らえずに、言われたとおりに目を閉じて口を大きく開く。そんな貴郁の顔に向けて、宗晃がそれを扱《しご》いた。

自分より強い雄に奉仕し、その精を浴びせられて存分に穢《けが》される——不純な悦楽。

「……ーッ」

熱い体液が転々と飛び散り、貴郁は触れられてもいないのに達していた。

惨めな快感だとは百も承知だった。そのくせ貴郁は舌先で男の幹に描かれた精液の軌跡を辿り、浅ましく残滓を啜《すす》ったうえ、「美味しい……」と陶然と呟いてしまう。

雄に尽くし、そう口にするよう躾けられたからだ。

実際、宗晃の精液は美味しいと思う。性器も精液も、一回しゃぶると癖になってしまった。

圧倒的な強者である義父に支配される背徳の悦びに、躰がどろどろに蕩《とろ》けてしまいそうだ。

奉仕を再開しようと躙《にじ》り寄《よ》った貴郁の肩を、宗晃は冷静に軽く押し退けた。

「今日はここまでだ。篤行のところへ行きなさい」

「あ、あの……待って、ください」

「ん？」

このままでは、終わるに終われない。

そもそも貴郁は、一回も宗晃から挿入されていなかった。己の痴態をいやというほどに晒し、はしたない悦楽を貪り、こうして口淫も教えられた。けれども、残酷なまでに冷静な宗晃は、決して貴郁に挿入しようとしないし、篤行と違い痕も残さない。

貴郁は未だに、義父の支配の本質を知らないのだ。

だが、篤行との関係で、貴郁は他者と繋がることを知ってしまった。貴郁にとっては射精の手段でしかなかったが、敬愛する宗晃に抱かれるのがどれほどの悦楽なのか、純粋に味わってみたかった。

一旦快感の糸口を摑むと、貴郁は貪欲《どんよく》になった。

今日こそ、宗晃に抱かれたい。彼の逞しいもので深々と貫かれて、臓腑の一つ一つまで義父の精液で満たされたい。冥府の王に蹂躙され、支配されたい。

「あの……」

「親子として、存分に交流できた。君もそうだろう」

「……はい」

もしかしたら、宗晃の定義ではこれは濃厚な親子の交流にすぎないのかもしれない。ならば、挿入までは宗晃も想定していないのも納得がいく。

不完全なまま書斎を辞した貴郁は、ふらふらと夫婦の寝室へ戻り、精液を拭った。寝台に身を投げ出し、いっそこのまま自慰をしてしまおうかと迷う。

そろそろと下肢に手を這わせたとき、ドアをノックする音が聞こえ、貴郁は目を開けた。

「あ、はい」

掠れた声で答えると、篤行が顔を見せた。

「探したよ。部屋に戻っていたのか」

「すみません、納戸にいたので……」

「そうか」

篤行はにこやかに笑うと、貴郁に「出かけないか」と話しかけてくる。

「映画でもどうだ？　新作がかかってる」

「ええ……」

言い淀《よど》む貴郁の変調に気づいたらしく、篤行が「具合が悪いのか？」と問いかけた。

「……あの」

寝台に腰を下ろしたままの貴郁は、傍らに立った篤行を見上げ、その逞しい腿に触れた。自慰よりももっと簡単に、燻《くすぶ》る熱を吐き出す方法があるのを思い出したのだ。

「ん？」

「出かける前に、その……して……ください」

勇気を出して顔を上げると、一旦目を瞠った篤行は、小さく唇を綻ばせた。

「何を？」

「口止め、させてください」

宗晃とああなった以上口止めなど無意味なのに、その口実で義兄を誘う自分が卑怯だと思った。

「どうやって？」

促された貴郁が赤面しつつおどおど性交をねだると、篤行は「いいよ」と快諾した。

安堵した貴郁が先ほどまで義父に口淫をしていた記憶を反芻《はんすう》して唇を舌先で舐めると、寝台に膝を突いた篤行が接吻を仕掛けてきた。端《はな》から濃厚に口腔を探られて、すぐにぼうっとしてくる。

「ここでして、いいのか？」

夫婦の寝室で初めて行為に及ぶ点に、篤行は躊躇いを覚えているようだった。

「早く、してください」

「珍しいな。君が積極的なのは」

実際、貴郁が篤行を求めることは一度もなかったが、今は我慢が利かない。

「だめ、ですか……？」

「嬉しいよ」

篤行は唇を綻ばせると、貴郁のシャツをはだけさせる。ついで彼はズボンと下着に手をかけ、ぎょっとしたように動きを止めた。

「どうした？　すごく濡れてるじゃないか」

「欲しくて……」

達したあとに着替えなかったのは、失敗だった。ばれてしまうだろうかと不安になったが、篤行はそれを好意的に解釈した。

「感じやすいのに、つらかっただろう」

情けなさから涙がぽろりと零れたせいで、何を勘違いしたのか篤行がぎゅっと抱き締めてくる。

「俺のせいだな。君をこんな躰にしたくせに、仕事にかまけて何日も放っておいてしまった」

あたたかい……。

篤行の気持ちが、ぬくもりとして伝わってくるようだった。

でも、こんな躰にしたのは篤行よりも宗晃の責任のほうが大きいのだ。

「ごめんなさい」

好きだという彼の言葉を、今なら信じられる気がした。

篤行は、貴郁を素直に求めている。やり方は強引でずるかったけれど、宗晃のような意地悪さはない。駆け引きとさえいえない一途さが仄《ほの》見《み》え、少年が初恋の少女を懸命に求めるような、そんなところがあった。

なのに、宗晃と篤行の各々が自分に真逆の命令をすれば、自分はきっと宗晃に従うに違いない。

それはおそらく、宗晃により強く惹かれているせいだろう。

その不条理が、苦しいのだ。

「泣くな。嫌がられるのはいいけど、泣かれるのはきつい」

優しく髪を撫でられると、そのぬくもりに心が安らぐ。篤行がくれるものは、一つ一つがあたたかさで満ちていた。

「男に告白されて、君が拒むのもわかる。だけど俺は、君に正直になってほしいだけだ。どうしたいのか、君に決めてほしいんだ」

「僕に……？」

貴郁が首を傾げると、汗ばんだ髪が揺れた。

「そうだ。でも、この頃は、最後には欲しがってくれるようになった。俺が嫌いってわけじゃないんだろう？」

「嫌いだったら、こんなの……耐えられない」

「そうだな」

囁いた篤行が、再びくちづけてくる。

口内を舐め回されると理性がどろどろになり、貴郁の中に生まれる悔恨や逡巡《しゅんじゅん》を融解させていく。

早く、欲しい。

義兄を裏切っている罪悪感はあるが、今は、強い欲望が良心を容易く裏切った。

篤行との行為では快楽を認識できなかったが、躰が精を吐き出す手段を欲している。

「たまらないな」

「え……？」

夢中になってキスをしていた貴郁は、とろりと蕩けた目で相手を見上げる。

「そんな色っぽい顔されて、我慢しろってほうがおかしい。先に挿れていいか？」

「ン……嬉しい……」

挿れてもらえる昂奮に、全身が甘く疼いた。

「前と後ろ、どっちがいい？」

「後ろからがいいです」

顔を見たら、相手が宗晃でないと意識してしまう。

「お義兄さん、来て……」

これ以上我慢できず、貴郁が自ら躰を返して尻を差し出すと、たまりかねたように篤行が挑んできた。

7

小田原《おだわら》駅から宮《みや》ノ下《した》に向かうタクシーの車中、篤《あつ》行《ゆき》は目に見えて上機嫌だった。正確には、東京から小田原に行く列車内でも、貴郁《たかふみ》と対照的にずっと嬉しげな顔だった。

「浮かない顔だな」

「仕事が忙しかったたから、少し疲れて」

息をつく貴郁の肩を、篤行がぽんと叩く。

「そのご褒美のための小旅行だ。もっと嬉しそうにしていいんだ」

篤行に抱かれる一方で、素知らぬ顔で宗晃《もとあき》に躰を弄られる関係は続いている。だが、二人との関係を丸く収めるには、秋穂《あきほ》との夫婦生活をやり直せばいいのではないか。あの二人だって秋穂が可愛いだろうし、貴郁夫婦が上手くいけば、よけいな手出しはしなくなるかもしれない。

一計を案じた貴郁は彼女を小旅行に誘ったのだが、出発の前日になって「気乗りがしないの」と言下に拒否されてしまった。

すっかり打ちひしがれた貴郁に、篤行が自分と一緒に行こうと提案してくれた。それも、貴郁が考案した書類の様式が画期的で、仕事の効率化に著しく役立っているからその報奨との名目だった。

「あまり褒められても、困ります。僕が贔屓《ひいき》されてるって周りに思われてしまう」

「俺も父も、仕事では実力主義だ。それは信じてくれていい」

「はい」

「ああ、また仕事の話をして悪かったな。今日は骨休めだし、久しぶりにゆっくりしよう」

少し黒田家《くろだけ》を離れて一息つきたかった。

篤行が一緒なのは誤算だが、彼とは話も合うし、普通にしていれば問題はない。

温泉旅館に着いた二人は宿帳への記入を済ませ、

早速、露天風呂《ろてんぶろ》に向かう。

「やっと二人きりになれた」

湯船に浸《つ》かった篤行に言われ、貴郁は首を傾げた。

「ずっと二人でしたよ」

「そうじゃない。列車でもタクシーでも人の目はあるだろう。正直、落ち着かなかったよ」

「ああ、お義兄さんは目立ちますから」

「違うよ。皆、君を見てた」

笑いながら篤行は貴郁に向き直った。

「僕？　お義兄さんに不釣り合いだからですか？」

貴郁は戸惑い、口許に手を当てて考え込む。

「違うよ。君が色っぽくて綺麗だからだ。もう少し何とかできないのか？」

「何とかって」

「俺としては、色気を抑えてほしいところだ」

「ありもしないのに、抑えるなんて無理です」

苦笑した貴郁が頭《かぶり》を振ると、篤行はわざとらしく深々とため息をついた。

「自信過剰も困るが、無自覚なのは更にたちが悪いな。君はどうしてそんなに自分の外見に自信がないんだ？」

「——父が、美しいからです」

貴郁は珍しく素直に告げる。

「僕は、常に父に似てないと言われてきました」

「君は君なりに魅力的だよ。確かに伯爵とは見かけは似ていないかもしれないが……」

篤行がどこか不快そうに言葉を濁したので、貴郁は不審げに彼を見やる。すると、篤行は「気のせいだ」と言ってわざと水滴を飛ばしてきた。三十前の男とは思えぬ稚気《ちき》に、貴郁も愉快になった。

夕食も素朴で美味しく、義兄と映画や会社のことを語らっているうちに、だんだん眠くなってきた。

並べられた布団の一方に潜り込むと、不意に、篤行が「そっちに行っていいか？」と尋ねてくる。

嫌だ、と思った。

折角和やかな時間を楽しんでいるのに、関係を持てば、終わったあとに淫らな自分が呪わしくなる。

それを読み取ったのか、篤行が穏やかに告げた。

「今夜は何もしないよ。君だって、家を離れてたまには休みたいだろう」

たまにはとの言葉に、どきりとする。

篤行に内緒で宗晃と関係を持つ、尋常ではない日日が続いている。若いとはいえ、貴郁の躰は疲れ切っていたが、その原因を知られたくない。

「だめか？」

「――いいですよ」

拒むのも面倒でそれを許すと、布団に潜り込んだ篤行が背中から貴郁を抱き締めた。

「！」

「言ったろう、何もしない。このままでいい」

薄い浴衣《ゆかた》越しに、篤行の均整の取れた肉体を感じる。だが、何度か呼吸を繰り返しているうちに、緊張が少し消えて貴郁は落ち着きを取り戻した。

それどころか、こうされるとあたたかくて、気持ちいい。まるで隅々まで、篤行の優しさに包み込まれているみたいだ。

「少し落ち着いたか？」

「はい……」

忘れていた。

人の体温は、こんなに優しいんだ。

物心がついてから貴郁に与えられたぬくもりはいつもおざなりなものか、あるいは、己を傷つけるためのものだった。こんな風に落ち着いた触れ合いがあることを、貴郁はいつも忘れてしまう。

そういえば、篤行の体温に包まれて安堵するのは二度目だ。

「――僕はあの家にいてもいいんでしょうか」

「ん？」

「秋穂さんは僕を必要としていない」

こうしていると、篤行を裏切っているのだという後ろめたさをひしひしと感じた。

「だったら君はどうして秋穂と結婚した？」

篤行の声はやけに真剣で、貴郁は困惑した。

「――清潤寺《せいかんじ》家を出たかったからです」

「なぜ？」

「実家にいては息が詰まったんです。家族の中で、いつも、僕だけが違う人間のように思えていた」

珍しく素直に、貴郁は真情を吐露した。

最初から、貴郁には生の実感が希薄だった。

常に何かが物足りなくて、それが何かわからず、踠《もが》きもせず、ただ生きているだけだった。

結婚すれば、そこから抜け出せるのではないかと思ったのかもしれない。何かが劇的に変化し、欲しいものを手にできるのではないかと。しかし、それは夢物語にすぎなかった。

「君は清澗寺家が嫌いなんだね」

「違います」

嫌いなのは、ちっぽけで卑小で劣等感の塊でしかない自分自身だ。和貴《かずたか》に似なかった自分を、好きになんてなれない。自分は和貴の息子にも恋人にもなれない、半端な存在なのだ。

「俺は嫌いだよ。清澗寺家は好きじゃない」

「…………」

「だが、君は好きだ」

声もなく、貴郁は彼の腕の中で躰を強張らせる。

「初めて会ったときから、ずっと好きだった」

「去年の、あのカフェーのことですか？」

「いや、もっと前だ。君は俺の初恋の人なんだ」

そういえば、宗晃もそんなことを言っていた。

「君の母上のお葬式を覚えているか？」

「ところどころは」

「そうか。俺が初めて君に会ったのは、そのときだ。目の前で転んだ君に手を差し伸べた」

「あ……覚えています、何となく」

言われると、朧気《おぼろげ》ながら思い出せた。

とても綺麗な、西洋人形みたいな少年。

あれが篤行だったのか。

「そうなのか？　嬉しいな」

「とても綺麗だと思ったんです。父に似ている、と」

「ありがとう。今はこの見た目で得をしてるが、子供の頃は違った。容姿のせいで遠巻きにされるばかりで、友達がなかなかできなかったんだ」

葬儀の日、転んでしまった貴郁に咄嗟に手を差し伸べたはいいが、内心では篤行は拒まれるのではないかと怖くてならなかったそうだ。

しかし、貴郁は篤行の手を取った。

何の躊躇《ちゅうちょ》もなく、穏やかな顔で。

それがたまらなく嬉しかったと、篤行は続ける。

「そのあと、教会の慈善バザーの手伝いで、君に再会した。小学生になった君は俺のことなんて忘れていたみたいだけど、話しかけると笑ってくれた。君目当てで、何度も教会に通ったよ」

篤行はガイジンと馬鹿にされたうえ、実家は成金で社交界では後ろ指を指された。皆に蔑まれ、やっかまれ、妬まれ、篤行が自分を嫌いになりそうで腐っていたとき、貴郁に再会したのだ。

貴郁はそのときも、篤行をありのままに受け容れた。思い切って篤行が自分の外見は気にならないのかと聞いたら、「誰にでも、変えたくても変えられないところはあるから」と小声で答えたのだという。

しかし、いつしか貴郁は教会に姿を現さなくなった。

「それが俺の初恋だ。以来、俺は君を手に入れるために、ずっと生きてきた」

申し訳ないが、貴郁にはその記憶がなかった。

「すみません……お葬式はうっすら覚えてますが、あとはあまり覚えていなくて」

「だろうな。俺にとっては人生を変える出会いだったけど、当人以外にはそうでもないものだ」

「ごめんなさい」

小さくなる貴郁の髪を後ろから優しく撫で、篤行は「いいんだ」と告げる。

「俺はあのとき、君に惚《ほ》れた。相手が誰であろうと、君なら分け隔てずに優しくするだろうと思った。そこが、たまらなくいいと思ったんだ」

「……そういう褒め方、やめてください」

「照れてるのか？」

「当然です」

勉学や真面目な態度以外で褒められるのに慣れていないので、貴郁は困惑しきっていた。

おまけに、篤行が褒めているのは貴郁の内面という、これまでに誰も顧みなかった部分なのだ。

「僕が昔のあなたに優しくできたのは、僕自身が異端だからです。僕が卑屈で、浅ましい人間だから……優しくされたいだけだ」

「それでもいい。俺が求めていたのは君だ。君の中にある、とても綺麗な部分だ」

背後から手を回してそっと胸に置かれて、心臓が震えるような気がした。

篤行の熱い吐息が、うなじを擽る。

「清澗寺は特別な家だ。君を欲しがったら面倒なことになるし、会いに行っても門前払いされた。実際、俺はぼんくらな学生だったし、家名が役に立たないなら、実力をつけるしかないと思って留学した」

「それだけのために？」

自分などのために、篤行がそれほどの努力をしていたとは、想像だにしなかった。

「初恋だからね。卒業して英国から戻って、改めて深沢《ふかざわ》さんやお父上にせめて会わせてほしいと申し込んだが、またしてもけんもほろろに断られた」

父はともかく深沢が拒絶したのは意外だった。深沢はそうやって難色を示し、貴郁の値段を吊り上げようとしたのだろうか。彼ならばやりかねない。

「縁談も、深沢さんには反対された。君を家の外に出すのは感心しないとね」

「僕では、上手くできないと思ったんでしょう」

「そういう感じではなかったが、最後には協力してくれた。それに、言い方は悪いが、凡庸な子供があの家でまともに暮らせるわけがない。君もまた、清澗寺なんだ。だから、あのときもすぐに君だとわかった。君の存在が俺を魅了する」

「…………」

何かが引っかかって考えようとしたが、篤行の情熱に満ちた言葉がそれを邪魔した。

「ずるい手を使って君に近づいたから、拒まれるのは理解している。でも、いつか……躰だけでなく、君のすべてを手に入れたい」

背後からきつく抱き竦められて、貴郁の心臓はばくばくと脈を打つ。

真っ直ぐな好意が、漣《さざなみ》の如く心を波立たせる。

嬉しい。

こんな風に誰かに愛され、求められるのは初めての経験だった。

「――篤行さんは、僕がどんな人間でも好きでいてくれますか？」

あえて篤行と名前で呼んだのは、貴郁の決意の表れだ。義弟でなくとも、求めてくれるだろうか。

「当然だ」

貴郁は自分の手を、恐る恐る篤行のその手に重ねる。ぴくりと篤行が反応したが、彼はそれきり身動《みじろ》ぎもしなかった。

貴郁との約束を守ってくれているのだ。

泣きたいような笑いたいような、言葉にできないせつなさが込み上げてきて、貴郁は唇を嚙み締めた。

篤行に抱かれるときに悦楽に浸れない理由が、わかるような気がした。自分は彼との感情面での結びつきを大事にしているからこそ、篤行との関係が変わってしまうのが怖かったのだ。

この人の真っ直ぐな愛を受け容れたら、幸せになれるかもしれない。

宗晃の冷酷さよりも篤行の情熱こそが、貴郁を変えてくれるはずだ。

宗晃との関係を終わらせなくてはいけない。

篤行が実態を知れば傷つくのは目に見えていた。

宗晃はべつに貴郁を好きなわけではなく、彼にとっての自分はただの玩具だ。だからこそ、簡単に関係は終わるだろうという希望的観測があった。

結果的に秋穂と離縁を迫られたとしても、もともとは貴郁が悪いのだから文句は言えなかった。

その過程で仮にすべてが露呈してしまったとしても、それでも篤行が自分を好きだと言ってくれるなら、自分はきっと生まれ変われる。篤行の気持ちは変わらないだろうと、貴郁は強く信じていた。

だが、貴郁は借金のかたに買われた男だ。

秋穂との結婚生活が破綻すれば、実家にどんな影響があるか知れない点が一番の不安だった。

日曜日の昼下がり。

久々に帰宅した長男を、当主の和貴はあたたかく迎え入れた。

「お帰り、貴郁」

「ご無沙汰しています」

貴郁が笑みを浮かべると、和貴は眩しげに瞬きをする。彼は礼服を身につけ、貴郁を出迎えるにしてはやけに改まった服装だ。

「少し、印象が変わったね」

「僕が？」

「だいぶ大人っぽくなった気がする。大の大人に言うべきことではないけれど……」

今日は米兵には遠慮してもらったそうだが、応接室には普段より多くの椅子が並んでいる。

「今日は僕以外に、誰か来るんですか？」

「そうだよ。こんな風に長椅子を並べるのは久しぶりだ。昔、国貴《くにたか》兄さんが上海《シャンハイ》から……」

「和貴様」

まずい話題に触れかけた和貴を深沢が窘《たしな》めたが、

「もう時効だよ」と彼は笑みを作る。

「兄さん！」

「お帰りなさい、兄さん」

嬉しげな声を上げて、弘貴《ひろたか》が纏わりついてきた。泰貴《やすたか》の反応は控えめだが、以前より表情は明るい。

「二人ともご機嫌だな」

「僕たち、出迎えにいったんだよ！　ほら！」

勢いよく振り返った弘貴たちから遅れて入ってきたのは、懐かしい人物だった。

「……叔父さん」

「貴郁君、元気だった？」

相変わらず若々しい外見の清澗寺道貴《みちたか》と、そして壮年にしても派手な美貌を持つクラウディオ・アルフィエーリの二人だった。道貴とクラウディオの二人も正装で、それがまた彼らによく似合う。

とはいえ、欧州《おうしゅう》を拠点に活動するといっても、クラウディオは敗戦国《イタリア》の人間だ。どうやって入国したのか心中で訝る貴郁に、和貴が朗らかに説明する。

「彼らは様々な伝《つて》を持っているからね。心配はいらないよ」

「何だ、もう集まっていたのか」

張りのある声が響き、和装の伏見義康《ふしみよしやす》と貴郁の父親である清澗寺冬貴《ふゆき》が、寄り添うようにして入ってきた。冬貴は確かに数年前よりも老けていたが、伏見と比べれば彼の加齢の緩やかさは一目でわかる。

清澗寺家の三世代が揃《そろ》うと場が一気に華やかになり、弘貴や泰貴も嬉しそうだった。

「お久しぶりです、お二人とも」

「タカフミも元気そうだな」

クラウディオはやわらかく言い、貴郁の躰を親しげに抱き寄せる。親しみの籠もった仕種だったので、貴郁は過剰に反応せずに済んだ。

「国貴兄さんとの連絡は？」

「まだ不透明だけど、手がかりはあるから大丈夫だ。次は絶対に連れて帰るから」

刹那、和貴の表情が暗くなったものの、道貴は慰めるように和貴の二の腕に手を添える。

「うん」

彼らにとって長兄に当たる清澗寺国貴は、逃げ延びた欧州からの帰国に苦労しているようだ。

「じゃあ、お祝いを始めよう。シャンパンは行き渡った？」

「はい」

「貴郁の結婚を祝して、乾杯を」

和貴の音頭に、まさか自分の結婚祝いだと思わず、貴郁は不意打ちのことに照れざるを得なかった。

乾杯のあとで、道貴が「おめでとう」と声をかけてくる。

「ありがとうございます」

「あまり気負わなくていいんだよ。家はただの場所だから。無理に続かせようと思わなくていい」

まさか道貴にそんなことを諭されるとは思わず、貴郁は目を瞠る。

「出ていった者の意見で申し訳ないけれど、人は自分の居場所を自分で作るものだよ。君に相応しい居場所があるのなら、そこで羽を休めればいい」

優しい声に、貴郁は自然と頷いていた。

独特の愛情と信頼で繋がれたこの家庭に、自分だけが入り込めないと思っていた。

だが、それは己がひねくれて受け容れなかっただけで、その輪の中に、いつの間にか貴郁もいたのではないか。ただ、貴郁一人が劣等感に縛られ、それを認められなかっただけで。

ものの見方を一つ変えれば、貴郁はいつでも幸せになれたのだ。

談笑する家族と離れてテラスへ行くと、深沢が一人で佇んでいる。彼は振り向き、珍しくやわらかな顔つきで貴郁を見つめた。

「新婚生活はいかがですか？」

「実態はおわかりなんじゃないですか？」

「おおむね予想はついています。苦しいのなら、いつ戻ってきてもいいのですよ」

意外な言葉に、貴郁は軽く目を見開く。

「双子たちはあのとおりですし、華族制は廃止が決まって和貴様も落ち着いた。あなたが出戻ってきても、大した問題ではありません」

「だけど、それでは黒田家からの融資が……」

「必要ありませんよ。そう言わないと、あなたの婚姻を和貴様が納得しなかったので」

深沢の言葉に、貴郁は呆然とした。

「これでも、悪いと思っているのですよ。一つくらい罪滅ぼしをしたくなったのです」

「何……？」

「あなたが自分の人生を生きられないのは、私の責任でもある。だから、一旦はこの家から切り離す選択肢を差し上げた。あとはあなた自身が選ぶべきです。ここはあなたの家だ」

初めてだった。初めて、深沢が認めてくれた。

おまえは清澗寺家の人間なのだと。

この家の異物として常に反目し合ってきた相手だからこそ、その言葉には大きな意味があった。

今更だなんて、思えない。

自分には、帰る家があるのだ……。

ならば、これは好機ではないか。

戻る家があるのだという希望に、宗晃との関係を断ち切る勇気が湧いてきた。

これから、自分の人生を始められる。

生まれて初めて、貴郁は己の意思で道を選ぶのだ。


「ああ先刻《さっき》のお百姓がものの間違でも故道《ふるみち》には蛇がこうといってくれたら、地獄へ落ちても来なかったにと、照りつけられて、涙が流れた、南無阿弥陀仏《なむあみだぶつ》、今でも悚然《ぞっ》とする――」

泉《いずみ》鏡花《きょうか》の『高野聖《こうやひじり》』は朗読にはかなり難しく、冒頭だけで貴郁はだいぶ疲れていた。

「このあたりでやめようか。疲れただろう？」

長椅子に座する宗晃に相対し、貴郁は微かな緊張を湛えて「あの」と切りだした。

「ご褒美が欲しいのか」

「違うんです」

愛撫を求めたわけではないのに、宗晃は貴郁の躰を抱き寄せてくちづけてきた。

この接吻が曲者《くせもの》だ。キスをされただけで貴郁の躰はなし崩し的に緩み、壊れそうになるためだ。

だが、今宵こそ宗晃と対峙《たいじ》すると決めていた。

「お義父さん」

「何だ？」

問いながら、宗晃の蛇のように狡猾な指先が、貴郁の花茎を衣服越しに探り、巧みに絡みつく。

それだけでびくんと躰が震えた。

「続きを話してごらん」

「も、もう……」

片方の手で円を描くように服地の上から撫でられただけなのに、下腹部が湿り気を帯び、ぬめった音を立てかけている。

自分の躰はあまりにも脆く、情けなさを覚えた。

「ん？　もう達きそうなのか？」

「違います…、こういうの、嫌で……」

「こういうのとは？」

「キス、したり……その……」

「ああ、次に進みたいのか」

あっさりと放たれた「次」という言葉に、貴郁の肉体は強張った。

「違います」

続けざまにシャツの上から乳首を軽く押されて、全身が汗ばんできた。

「違う？　ここに座って、説明してごらん」

宗晃に促されて、貴郁は彼の腿を跨《また》いで向かい合う。今こそ宗晃に、この関係に終止符を打ちたいと言うのだ。いざとなれば、離縁すら辞さないと。

なのに、この体勢ではまるで宗晃に結合を求めているようだ。義父の要求に逆らわなかった自分を、貴郁は今更のように後悔していた。

「僕はこういうのは…あっ、触らないで……」

「こんな体勢で男を誘っておきながら、今更だよ」

今度はぎゅっと乳首を潰された。全身が一気に汗ばみ、宗晃を押し退けたくとも手に力が入らない。

「違う、んです…僕は、もう……こういうの…」

ひっきりなしに弱い部分を責められ、呂律《ろれつ》が回らなかったが、貴郁は懸命に話を続けようとした。

「わかっているよ。この関係をやめたいんだろう？」

貴郁の下肢の付け根を撫でながら、宗晃は平然と言ってのける。

「は、はい」

よかった、思ったよりも好意的だ。宗晃は貴郁の気持ちを見透かして、からかっていたに違いない。

濃厚すぎる触れ合いの理由も、合点がいった。

「だが、君の躰がそれを了承するかは、また別の問題だ。……見てごらん」

ズボンと下着を引き下ろされると、既に反応しきった花茎が顔を出す。蜜を滲ませたそれを握られ、貴郁は真っ赤になった。

「あの……これは…っ…」

「人の躰と心は直結している」

宗晃はそう囁いて、貴郁の秘めやかな蕾に触れた。

「あっ！」

いつもは決して触れられない場所を探られて、心臓がぐしゃりと音を立てた。

「やだ…っ、…だめ、です……」

「君の躰はそうは言っていない。つまり、私に未練があるということだ」

微かに指がそこに沈められ、貴郁はびくっと全身を震わせる。

「だめ、だめ……やめて…ください……」

「そんなに可愛く哀願されると、もっと酷い目に遭わせたくなる。君は本当に男殺しだな」

「ちがう…ッ」

「まだ自分が何かわかっていないのか？　無自覚なのもそこまで来ると罪深い」

貴郁には理解できない言葉を羅列し、宗晃は狭い入り口を指先で掻き混ぜた。一方的な会話は、宗晃が醒めている証拠だった。

「もっと緩んでいるかと思ったが、篤行は意外と紳士だな。君を大切にしているようだ」

「は、あっ……ああっ……」

気持ちがよかった。

篤行が貴郁を行為に没頭させるまではかなり時間がかかり、快楽なのかどうかの境界も曖昧なのに、宗晃が相手だと違うのだ。


「そろそろ新居が完成する。仕上げに入ろうか」

仕上げ……？

「お義父さん、だめ、です……やめて……」

「どうして？」

「欲しくなるから…」

正直に口にしてしまい、貴郁ははっとした。

今も気づくと自分で腰を上下に揺すり、宗晃の指で快楽を得ようとしていた。

「何を？」

だめだと思うのに、これまでにさんざん宗晃に卑語を仕込まれてきたせいで、唇が勝手に動く。

「い、挿れて……ほしくなる、から…だめ……」

「これが欲しいのか」

指が抜かれ、前をくつろげた宗晃の硬いものが秘《ひ》蕾《らい》を撫で、貴郁は無意識にこくんと頷いた。

見なくても、とても大きくて熱いのがわかる。

お義父さんに、征服されたい。雌にされたい。

自然と息が上がり、じわりと唾液が湧いた。

「欲しいなら素直にねだればいい」

誘いかける冷えた声を耳にして、貴郁は一瞬、正気を取り戻した。

「い、いけません……」

またもそこを尖端で撫でられ、理性が揺らぐ。

蕾がじくじくと疼き、己の肉襞が宗晃のものを待《ま》ち侘《わ》びているのを実感させられた。

欲しい。大きいのが、欲しい。奥まで嵌めて、じっくり熱いものを浴びせてほしい。

でも、挿れられたら何もかもが終わってしまう。

宗晃にそうされたら、きっと二度と逆らえなくなるという予感はあった。彼は皇帝であり、支配者だ。貴郁など貪り喰らわれてしまうに決まっていた。

「だめです……篤行、さんに……」

貴郁は懸命に、抗いの言葉を口にする。

「篤行の気持ちに応えたくなったのか」

「は、はい」

涙で潤んだ目で宗晃を見つめると、彼は口許を歪めた。その表情さえも、色香を含んで冷えた美しさを湛えている。

「義兄に情が移り、応えるのも君の勝手だ。だが、躰が自由になるかはまた別の問題だ」

「！」

「それに、君が好きなのは篤行なのか？　兄という存在が欲しいだけじゃないのか」

もう一回そこを肉塊《にっかい》でなぞられ、蕾が勝手に綻ぶ錯覚に襲われる。いや、綻ぶどころか、大口を開けて食《は》もうとしているようだ。昂奮に下腹が熱くなり、少しでも刺激を与えられたら達しかねない。

「焦らされて悦んでいるようだな」

「ち、がう……」

すぐにでも欲しい。宗晃に挿れられたい。大きいもので空隙《くうげき》を埋めて、快感でいっぱいにしてほしい。だけど、それは肉体だけの問題だ。心は篤行に惹かれているのに、どうして……。

「諦めなさい。君の躰は、最初から私に屈服していたんだ。逃れられるわけがない」

「ふ」

再びそれを押しつけられ、貴郁は息を詰めた。躰に力を込めていれば、強引に貫くのは無理なはずだ。

「心と躰に密接な関係があると、何度も教えてあげたはずだよ。君はあまり覚えていないようだが」

宗晃が手を伸ばし、向かい合わせになった貴郁の顎を摑んでくちづけてきた。

「ん、ん、んー……」

舌を絡められると、自然に応えてしまう。

抜き差しするように淫らに蠢《うごめ》く舌は性交の再現のようで、意識すると中枢が熱く痺れた。

「君は私の息子をやめたいのか？」

「ッ」

そう、だった。

宗晃は自分にとって理想の父親だ。宗晃に可愛がられると、嬉しくてたまらないはずだ。

その証拠に、こうして触れられて促されるだけで、蕩けてしまいそうではないか。

でも、宗晃と離れるというのは彼の息子ですらなくなることだ。

「貴郁君」

そんな風に名前を呼ばないでほしい。

折角の決意が、揺らいでしまうからだ。

「出来のいい息子は、父親には従うものだ。父親に愛されたくてたまらない子は、特にそうする」

「お義父さん…」

欲しくてたまらなかった父親の愛をちらつかされ、貴郁の心は激しく揺らいだ。

「父には逆らえないだろう？」

それがだめ押しだった。

父に愛されたい。父に可愛がられたい。

大好きな、おとうさんに。

「い、挿れて」

自ずと唇が震え、声が掠れてしまう。

「聞こえないよ」

「挿れて……ください……」

大きいのを挿れられて串刺しにされたい。狭隘《きょうあい》な入り口を硬い切っ先で強引に押し広げ、ぐずぐずになるまで攻め抜いてほしかった。

「お義父さん、挿れてください。お願いします、挿れて……」

まるで譫言《うわごと》のように繰り返し、貴郁は細身の肢体を浅ましくくねらせた。

「私が欲しいのか？」

「お義父さんの……欲しいです…っ…」

言い終わらぬうちに、眩暈が貴郁を襲った。

自分の言葉に煽《あお》られて軽く達してしまい、頭がくらくらしている。

「いいだろう」

宗晃が両手を貴郁の細腰に軽く添え、「腰を下ろしなさい」と告げる。

「は、はい…っ……あ、あ、あんっ…！」

自ら迎え入れ、切っ先がめり込んだ瞬間、貴郁は白濁を撒《ま》き散《ち》らしていた。

信じられない。挿入され、侵略の気配を感じただけで射精してしまったのだ。

「もう達ってしまったのか」

「すみません……こんな……」

羞恥《しゅうち》と悲嘆に涙が溢れ、貴郁の頬を濡らす。

「は、はずかしい……」

「構わないよ。痛くはないのかい？」

「痛くない……」

篤行のときは認められなかったのに、今は違う。

素直にそうと認識せざるを得ないほどの、圧倒的な愉悦だった。

「素直に快楽を認めなさい」

だめだ、と理性が警告している。まだ引き返せる。ここで終わりにし、現実に立ち向かわなくてはならなくなると。

でも、我慢できない。

「きもちいい…です…」

宗晃が欲しかった。宗晃なら、きっと自分に快感を与えてくれる。絶望的に深く、脳をどろどろに溶かすような異形の快楽を。

「はいる、はいって……あ、ああっ」

昔、深沢に抱かれた和貴はいつもそうやって快感を口にして訴えていた。真似をしているわけではないが、同じことをしてしまう。

そうするとますます快楽が深くなるらしく、陶酔は大きなものになった。

「篤行はよく君を慣らしたみたいだな。とても素直に呑み込む」

「お義父さん、だから…ぁ…」

改めてソファに押し倒され、貴郁はすかさず宗晃の腰に両脚を巻きつけた。動きやすくなったのか、宗晃が一方的な抽挿を始める。

「あ、あっ、おとうさん、あ、ああ、あっ！」

短い間隔で宗晃に責め立てられ、押し寄せる快感に言葉も出てこない。

気持ちいい。

凄まじい純度の快楽に、目も眩むようだ。

「どこがいい？　躰の中にいい部分があるだろう？」

「そ、そこ……そこ、…そこっ…」

腰を揺すりながら、貴郁は鼻にかかった声で訴える。肉の歓喜を知った躰は陥落寸前だった。

「ここか」

探り当てたばかりの快楽の源泉を、宗晃の逞しい性器が容赦なく突き、責め立てた。

「うん…いい、いいっ……全部いい……」

そこだけではなくて、挿れられただけで達きそうなくらいに、いい。

こんなに気持ちいいのは初めてだ。

口を閉じていられず、喘ぐたびに唾液が溢れた。

「篤行も可哀想に」

「ごめん…なさい……お義兄さん…っ…」

小さな皮肉に、わずかばかり残された理性がちくちくと刺激される。

「で、でも、おとうさん、気持ちいい……お義父さん…」

惨めで、恥ずかしくて、涙が止まらなかった。

抱かれてはいけない人に犯され、容易く征服されながら、自分は途方もない悦楽を味わっている。

その背徳の悦びに、全身が酔っている。

「だめ、いきます、いく、いく……いくっ」

己の愚かさと醜悪さを呪いながら、貴郁は絶頂へ引き上げられる。躰を痙攣《けいれん》させるようにきゅうきゅうと蜜壺《みつつぼ》を絞り込んだが、老練な宗晃は耐えた。

「私のものにしてほしいのか？」

「してください…！　中に、たくさん……出して、お義父さんの、ものにして…っ…」

気持ちが良すぎて、もう、何を言っているのかわからない。

「早く、早く…出して……お義父さん…ッ…！」

「出すよ」

やがて躰の中に、熱いものが広がっていく。

「ン…おとうさんの……熱い……」

宗晃に射精されたと認識した貴郁は、恍惚《こうこつ》とその余韻に酔《よ》い痴《し》れた。

義父の体液は、腸の中でずっしりと重みを帯び、殊更熱く貴重に感じられた。

はあはあと息をついているうちに、昂奮に沸騰しかかっていた頭が一気に冷えてくる。

恐ろしいことを、信じられないことをしてしまった。絶望に駆られた貴郁は、言葉もなく打ち震える。

「これでも私から離れられるか？」

指一本動かせぬまま、貴郁は宗晃を見つめる。まだ繋がった部分は、まるで貴郁に栓をしているようだった。一滴一滴の雫がじわじわと貴郁の腸壁に染み込み、自分の肉体を侵し、支配していくような錯覚に駆られる。

「私にされることは何もかも快感のはずだよ。こうして髪に触れられても達きそうになる」

「ッ」

撫でられただけなのに、本当に全身が痺れた。己の躰がどうにかなってしまったようだ。

「ほら、また君の中がうねり始めた」

「ち、ちが…」

自分でも何に抵抗しているのか、わからない。

「見てごらん。君がどれほど魅力的か」

促された貴郁が凝然としたのは、窓に映った自分を見てしまったせいだった。

深々と串刺しにされたまま、貴郁は男に組み敷かれて緩みきった顔をしている。

こんな惨めな体勢なのに己の花茎は萎《な》えもせずに

そそり立ち、白いものを散らしていた。

己のぼやけた表情に、貴郁は釘《くぎ》づけになった。

自分はこんな顔をしていたのか。

地味で凡庸だと思っていた貴郁自身の相貌《そうぼう》は想像以上に艶やかで——あまりにも淫蕩《いんとう》だった。

やっとわかった。米兵に声をかけられ、藤城《ふじしろ》に心配される理由が。

貴郁が美の基準を和貴や弘貴に置いているからこそ、自分の容姿を認められなかっただけだ。

逞しい宗晃の腕に抱かれる貴郁は、父とも弟とも違う妖美な色香を芬々《ふんぷん》とさせていた。

貴郁の腹から精液を拭い、宗晃がその指を口に含ませてくる。

これがいい。この失墜、堕落こそがまさに悦楽。貴郁だけが味わえる歓喜の果実だった。

「自分の本性を理解したという顔をしているな」

冷えた声で宗晃は宣告する。

「君は顔貌だけでなく、その肉体も最上だ。おまけに肉が主、心が従でどんなに淫らにもなれるときている」

支配者の余裕で貴郁を睥睨し、宗晃は唇を歪めた。

「貴郁君、君は綺麗で可愛くて、そしてとびきりの淫乱だ。清澗寺家ですら持て余すほどのね」

衝撃的な言葉で己の本性を示され、胸が締めつけられるように痛んだ。

嘘だと断言できないのは、己の肉体の貪欲さを知ってしまったからだ。

心をいとも簡単に裏切る、肉の摂理を。

いざとなったときに貴郁が帰る家など、最早《もはや》この地上にはない。この冥府こそが、貴郁を閉じ込める淫らな牢獄《ろうごく》なのだ。

「私を溺れさせてごらん。その肉で」

貴郁の四人目の父親もまた、完璧な男ではなかった。

悪辣な暴君は律動を再開し、貴郁の肉体を過酷に蹂躙し始めた。

8

貴郁《たかふみ》の新居が漸く竣工した。

資材不足の折、予定よりだいぶ遅れたものの、小《こ》体《てい》な二階建ての家は想像よりも洒落《しゃれ》ていた。

新居は黒田《くろだ》邸から徒歩で二、三分だが、義理の父兄から離れれば、今よりも状況はよくなるはずだ。

「……またか」

敷地に捨てられていたごみを目にし、貴郁はため息をついた。黒田家をやっかむ連中の貼り紙や、敷地内に捨てられたごみ。こうした嫌がらせがあまり長く続くなら警察に届けたいが、取り合ってくれないのは目に見えていた。

既に日用品が運び込まれ、住環境はだいたい整っている。家具も質のよいものを揃えたが、骨董《こっとう》なので秋穂《あきほ》はあまり気に入らないようだ。

なるべく早く電気が通るよう話をつけ、使用人も手配し、週明けには心機一転、ここで新生活を送れるはずだった。

貴郁が欲しいのは、篤行《あつゆき》からも宗晃《もとあき》からも逃げられる場所だ。ここがそうした逃げ場になるよう、祈るほかない。

狭い邸内はしんと静まり返り、何もかもが死に絶えているようだ。

掃除に疲れた貴郁は二階の寝室に向かい、敷布をかけたばかりの寝台に横たわった。

「疲れたな……」

することがなくなると、ひとりでに当面の悩みを反芻《はんすう》してしまう。

無論、懊悩《おうのう》の原因は黒田親子だった。

宗晃に何遍もこの関係は嫌だと訴えたが、皇帝に逆らえるわけもなく、いつの間にか脚を開いていた。深い快楽の前に貴郁は膝を折り、雌にされる喜悦と恥辱を味わった。雄に隷従《れいじゅう》し、卑語を口走って精をねだり、支配者たる宗晃に褒められるのが嬉しかった。宗晃に射精されると躰がどろどろに蕩けて、内側から彼に侵略されていくかのようだった。

しかも、後ろめたいながらも篤行との関係も続いている。篤行は情熱の限り貴郁を苛《さいな》むものの、それがとても愛《いと》おしかった。頼れる義兄に愛され、存分に可愛がられるだけで幸せだった。

けれども、どうして、宗晃のときのような苛烈な快感を、篤行との行為では得られないのだろう。

貴郁は篤行との肉体関係よりも、彼との日常の積み重ねに救いを見出《みいだ》している。心と肉体は同調すると宗晃は主張するから、そのせいなのだろうか。

なるほど、確かに自分は清澗寺《せいかんじ》家に相応しい、いや、そこから追い出されるほどの淫乱なのかもしれない。

真面目なのは表向きで、一度男に触れられるとぐずぐずに溶けていく。自分なんてものはどこにもなく、快楽を与えてくれる相手に服従してしまう。

やっと自分で自分の人生を選べると思ったのに、貴郁のような醜悪な存在にはそんな資格すらないのだと思い知った。

毎日が苦しい。

誰のことも裏切りたくないのに、躰が自分自身をも裏切る。

自分はただの、淫らな肉だ。

肉塊に心が付属していること自体が、間違いだったのだ。

考えるのに疲弊し、貴郁はついに目を閉じた。

心労のせいか、すぐさま、貴郁は夢の中に引《ひ》き摺《ず》り込まれていく。

——貴郁、嫌だ……見ないで。

久しぶりに、父の夢を見た。

蒸し暑い夜、初めて父と深沢《ふかざわ》の性交を見たときを。

美しかった。

男に土足で矜持を踏《ふ》み躙《にじ》られ、子供の前で雌としての本性を剝き出しにされる。

今思えば和貴《かずたか》は、真っ当な性交ではなく非常識でとんでもない真似をされていた。あれを目にした貴郁の嗜好《しこう》が歪むのも、無理ないことだろう。

なのに、あのとき知ったのだ。

自分は和貴に――。

「ん」

鼻をつく異様な臭いのせいで、貴郁は唐突に目を覚ました。

何かが焦げるような臭いがする。

息苦しくて、それから、熱い。

床下か……違う、おそらく階下が暑いのだ。押し寄せる熱気に、冬なのに躰が汗ばんでいる。

「……？」

身を起こして周囲を見回した貴郁は、ドアの隙間《すきま》から入り込む黒い煙に眉根を寄せた。

煙……？

水道を引いていないので、用心のために貴郁は火を一切使わなかった。火事が起きる可能性はまず考えられない。どうして煙が出ているのだろう。

意を決した貴郁は立ち上がるとノブに手をかけ、ドアを押し開く。

「！」

我が目を疑った。

ドアの向こうは、既に火の海だったからだ。

立ち尽くす貴郁に向けて、火の手が伸びた。

呑まれる！

驚きに後退った貴郁は、慌ててドアを閉める。

逃げようと窓に駆け寄ったものの、寝室の窓は腰高で小さく、大の男が出入りする余地はない。

「火事だ！」

窓を開けて外に向かって声を張り上げたが、部屋に侵入した煙を吸い、ごほごほと咳《せ》き込《こ》んだ。

一刻も猶予はない。

こうしているあいだにも煙が足許を覆い、貴郁は狼狽えて周囲を見回した。

入り込んだ煙は頭上に立ち込め、少しずつ酸素の濃度が下がってきているようで息苦しい。

このままでは丸焼きになるのも、時間の問題だ。

けれども、狭い室内に逃げ場はなかった。

そうか、死ぬのか。

戦地で逝《い》けなかったくせに、こんなところで彼らの後を追う羽目になるとは。

貴郁は力なく寝台に座り込んだ。

――もう、いい。これでいい。

業火《ごうか》に焼かれて死ぬのは、自分にぴったりの結末ではないか。

自嘲に口許を歪め、貴郁は低く笑った。

肉欲に溺れ、篤行の真摯な思いを踏み躙ってしまった。二人の父親に邪《よこしま》な思いを抱き、弟を心から愛することもできなかった。

こんな自分は、罰されて当然だ。

生きる喜びを味わえなかったとしても、それは貴郁自身の罪深さのせいだ。

貴郁が死ねば、あの親子との不毛な関係は終わる。

こうして頭を悩ますこともなくなり、楽になれる。

二人に求められているこの数か月というもの、貴郁はなまなましい苦悩と欲望に苛まれ続けた。

こんな日々を過ごすのは、生まれて初めてだろう。

自分の中にある人間的な感情を揺り動かされ、初めて知る出来事の連続に翻弄された。


「…………」

毎日が苦しくて、つらくて、たまらなかった。

けれども、幸福を感じる瞬間は、確かにあった。

篤行の深い情に触れるとき、貴郁は楽に息ができた。

宗晃に頼るとき、親子の情を味わう喜びを得た。

苦痛があるからこそ、歓喜の味はより大きかった。

ならば、そこから楽になっていいのだろうか。

これが、生きること……なのか？

斯くも苦しみと喜びが曼荼羅《まんだら》のように織りなされることこそが。

傷つくのも苦しむのも、生きている証だ。

貴郁ははっとした。

あの二人がいなければ、貴郁は誰にも愛されることも愛することもなく、無為に死んでいたはずだ。

けれども、生きる意味は、もう、できていたのだ。

貴郁は既に愛の片鱗《へんりん》を味わい、彼らによって息を吹き込まれていた。

それに気づかず日々を自堕落に消化していたのは貴郁自身の咎《とが》といわずして、何というのだろう。

心臓が、一際大きく震えた。

――嫌だ。

こんなのは、嫌だ。

惨めなままで終わるのは嫌だ。

知りたい。

生きる意味。愛する意味。愛される意味。

死の意味でさえも、何もかも。

だから、ここで諦めて、終わりにするのは嫌だ。

生きていたい。愛し、愛されたい。

昂然《こうぜん》と顔を上げた貴郁の耳に、声が聞こえたような気がした。

「貴郁！」

嘘だ、そんなはずはない。

今や黒煙は部屋いっぱいに充満しており、もう、視界も霞《かす》んでいる。

「貴郁君！」

宗晃と篤行の声だった。

夢かもしれない。幻かもしれない。

でも。

彼らの元へ、行かなくてはいけない。

「ここです！」

貴郁は声を張り上げ、手探りでドアに近寄る。

「僕はここだ！」

そう、ここにいる。

ほかの誰でもない、貴郁という人間が。

「ここにいます！」

まだ生きて、やりたいことがあるはずだ。

「貴郁君！」

勢いよくドアが開き、篤行がまず飛び込んでくる。遅れてやって来た宗晃も、皇帝には似合わぬ汚れ方だった。

二人の顔を見た瞬間、安堵が押し寄せる。

膝が頽《くずお》れそうになったが、宗晃が手を伸ばして支えてくれた。

「よかった……」

二の腕を摑む宗晃の手に、自分の手を重ねる。その上から、篤行が手を載せてきた。

二人分の確かなぬくもりが、届いてくる。

煤《すす》で汚れてところどころ黒くなった彼らの顔を見ているうちに、涙が溢れ出した。

初めて、まだ死ねないと実感した。

生きていきたい。どんなに無様でも不実でも、生きることを諦めたくなかったのだ。


貴郁の新居は全焼し、警察と消防の手で放火と断定された。一番激しく燃えたのが、台所近くの外壁だったからだ。

そうでなくとも黒田家はその繁栄をやっかまれ、妬《ねた》まれている。要するに、貴郁たちはもっと警戒すべきだった。

「ん……」

目を覚ました貴郁は寝返りを打ち、枕元《まくらもと》に並べられたものに視線を向ける。

本、グラスに入った水、果物——特に果物などは貴重品で、自分に与えられるには勿体ない。

煙を吸った貴郁は大事を取って数日会社を休み、篤行や宗晃とは顔を合わせていない。

元気になるまで会いたくないと秋穂と家令に訴えたところ、それを聞き入れてくれたのだ。

いい加減、明日には会社に行こう。

火傷も水膨れ程度で済み、特に支障はないはずだ。だが、元気が出なかった。

「…………」

闇は深く、貴郁はまだ迷っている。

あのときの貴郁は、生きたいと切望した。

人を愛したいと、愛されたいと。

その相手は、誰なのだろう。

自分の心は篤行に傾いていたが、肉体は宗晃に服従していた。

だが、一方に決めなくてはいけないのは世の理《ことわり》だ。

仮に二人が自分を愛してくれているのであれば、己の態度をはっきりさせる必要がある。そうでなくては、命を懸けて自分を救いに来てくれた二人の思いの深さには到底見合わない。

思えば自分の人生において、他者からこんなにも濃密な情愛を注がれたのは初めてだった。
それが同時でなければ、どれほどよかっただろう。
両極にいる二人の男を一遍に知ってしまったから
こそ、貴郁は退路を断たれてしまった。
彼らのためにも、中途半端ではいられない。
この手ですべての決着をつけるときが来たのだ。

とうとう、結論は出た。

土曜日の夜、二人の時間が空いたのを機に、貴郁は彼らに話があると書斎に呼び出した。

貴郁は一人がけの椅子に、宗晃は長椅子にかける。

「貴郁君が元気になってよかったよ」

「本当にそうだ。篤行と三人で、どこかへ旅行にでも行こうか」

二人が口々に労《いたわ》ってくれるものだから、それもまた貴郁には重かった。

表情を引き締めた貴郁は、意を決して顔を上げる。

「この家を出たいんです」

「出るも何も、新居は燃えてしまっただろう。再建にはまた時間がかかる」

「そうではなくて、会社を辞めて……秋穂さんとも別れたいと思っています」

貴郁の言葉を聞いて、長椅子に腰を下ろしていた宗晃は眉を顰めた。

「秋穂の腹に子供がいるとしたらどうする？」

「え……」

信じられないことを耳にし、貴郁は目を瞠る。

「その可能性は無視できないだろう？」

「ただの、仮定の話でしょう」

実際にその可能性はあり、貴郁はひやりとした。

ここで逃げるのは無責任だと言外に告げられていると解したが、もう、決めたのだ。

「家族の仲は円満だし、君がこの頃仕事に打ち込んでいるのはわかっている。何が問題なんだ？」

宗晃に促され、貴郁は真顔で言葉を連ねる。

「この家に留《とど》まるのがつらいんです。融資の件も何とかなりそうだと、実家で聞きました」

「黒田家は、居心地が悪いのか？」

宗晃の問いは、しらじらしいものだった。

「そうでなくて……自分の不実を思い知らされる」

貴郁はそこですうっと息を吸い込む。

「篤行さんに黙っていたけど、僕……お義父さんと……その、肉体関係があるんです」

ぼかした言い方では通じないと思ったので、貴郁はなるべくはっきりした単語を選んだ。

腕組みをする篤行は無表情で、返事もなかった。

「ごめんなさい」

「誰に謝ってるんだ？」

「篤行さんに…」

惨めな告白を強いられたため、声が震えた。

「どうして」

宗晃に問われ、貴郁は口を開く。

「僕を好きだって言ってくれたからです。嬉しかったし、僕も篤行さんを好きになったけど……でも、だめなんです」

だめだとわかっているのに、涙が零れた。

こんなところで泣くのは男らしくない。

他人との感情の交錯に耐えかねて涙を流すなど、貴郁にとっては初めての体験だった。

「躰が言うことを聞かなくて。お義父さんに触られると、欲しくなって……自分でも止められない。僕には、あなたを好きになる資格なんてない」

「ならば私にすればいい」

「お義父さんのことも、勿論、好きです。でも、それはお義兄さんへの気持ちとは違うんです。僕はあなたを父として尊敬していて……」

それが、貴郁なりの結論だった。

どれほど悩んでも、二人のうちの一方を選べない。

乖離《かいり》した躰と心のせいで何も決められないなんて、優柔不断で惨めな告白をしている自覚はあった。

しかし、こうでもしないと自分はここから出ていくきっかけを得られないだろう。このまま篤行や宗晃を傷つけ、裏切り続けるよりはましだ。

「——一応、この子にも多少なりとも罪悪感はあったようだね。だが、篤行、おまえには荷が勝ちすぎたな。最後の最後で手を放されるとは詰めが甘い」

笑いを含んだ声で告げる宗晃の言葉は予想外のものので、貴郁は思わず顔を上げる。

「お言葉ですが、心の抑圧を外すのは、そう簡単ではありません。殊に、貴郁君は幼い頃からその状態に慣れているんですよ」

対する篤行の返答は淡々とし、こちらも貴郁には理解しかねるものだった。

「貴郁君」

「はい」

出し抜けに宗晃に呼ばれて、貴郁は小声で応じる。

「君が私に抱かれて悦ぶのは仕方ないことだ。君が兄よりも父という存在に弱い以上は、私のほうが篤行よりも分があった」

「どういう、意味ですか？」

「君は清澗寺伯爵を愛してはいるが、一方で逞しい父親を求めていたはずだ。頼り甲斐があり、自分を守ってくれる絶対的な父性を」

彼の言葉に、貴郁は知らず知らずに息を呑んだ。

「私は君の理想の父親そのものだ。私だけが君の欲しかったものを存分に与えられる——そう教え込まれた以上は、父という存在にコンプレックスを持つ君が私を受け容れ、逆らえなくなるのは当然だ」

教え込まれた……？

余裕をもって紡がれる宗晃の言葉に、貴郁は啞然として聞き入るほかなかった。

「最初に言ったはずだよ。心と肉体は直結しているよ。好きな相手に抱かれて歓喜を感じないほうがおかしい、と」

「最初って、いつですか……？」

何となく想像はつくのだが、貴郁は問うてしまう。答えを得なければ、先に進めない。

「何だ、そこまで戻らなくてはいけないのか」

宗晃は喉を震わせて笑った。

「三年前、篤行が君を拾った雨の晩だ。君が赤紙をもらって自棄になっていたときだよ」

「あれは……夢じゃ……」

いや、あれは現実だと心の中で薄々悟っていたのではないか。

何回も味わった様々な既視感の理由もどこかで勘づいていたのに、知らない振りをしていた。

「君はだいぶ酔っていたし、快楽に溺れて随分混乱していたからね。自分の本質を知ったことで戦地で自棄を起こしかねないと、我々はすべてを忘れるよう言い聞かせた。君は暗示に弱いから、見事に忘れてくれたようだ」

記憶の霧の彼方《かなた》に隠されたものを思い出そうとすると、ずきりと頭が痛くなった。

「もう思い出していい。すべて解放しなさい。君は私たちに何を望んだ？」

あの雨の晩、貴郁は宗晃に抱き締められて篤行にキスをした。

ありったけの情熱をぶつけるような接吻に応え、貴郁は自分の望みを打ち明けたのだ。

それは——。

「言ってごらん」

宗晃の凍えた声が、貴郁の鼓膜を刺激する。


大好きな父には、逆らえない。

「——愛されたい」

促されると、考えるより先に言葉が溢れ出した。

誰よりも強く、誰よりも深く。

愛されたいと願っていた。

「たくさん、愛されたい……」

「そのとおり。君は一人の愛情では到底足りない貪欲な人間だ。心も躰もできる限り愛されたい……単純な願いのようでいて、その深すぎる欲望で相手を干涸《ひか》らびさせてしまう。だから、君には唯一の存在など選べない」

身を屈めた宗晃に唇を吸われ、貴郁は呆然とする。

「父と君の関係は、知っていたよ」

「え」

貴郁は緩慢に顔を動かし、近づいてきた篤行の淡い色味の目を見返す。

「俺はずっと君が好きだった。君はとても綺麗で才能もあるのに、自分が何者かを知らない。輝き方すら知らず、強い朝陽《あさひ》に掻き消されそうな孤独な星だ。

だから、この手を取って、君がどんなに魅力的で、どれだけ俺が君に惹かれているかを教えたかった」

篤行は貴郁の手を取り、その甲に接吻する。

「だが、君が俺一人では満足できないだろうともわかっていた。あの晩、君の心からの望みを聞いてしまったからね」

「………」

「愛する人を、父と共有するのは不本意だ。でも、たとえ君が俺一人のものにならなくても、俺は君の欲するものを全部与えたい。それが俺の愛し方だ」

言い方は冷たくとも、熱いまなざしだった。

「本当は俺だけを選んでほしかったが、仕方ない」

貴郁の知る常識から照らし合わせれば、異常な判断としか言いようがない。常に明るく快活な篤行の胸中に、そんなどろどろした思いがあった事実に、貴郁は驚愕せざるを得なかった。

——否。

篤行は冥府の王の息子で、宗晃の血を色濃く引いているのだ。自分を窒息させるほどの優しさの中にある冷酷さ、躊躇わずに他者に君臨する傲慢さを、そこかしこで感じることはなかったか。

「君は愛されることを望んでいるくせに、とても臆病で、好意を注がれるのに慣れていない。それに、実の父親に抑圧され、鍵をかけられた状態では、並の方法では自分の望みさえ見つけられないだろう。それで少々荒っぽいやり方になった」

両手を強く摑まれて、貴郁は必死になって彼の言葉を解釈しようとする。

「私にとって、君は思い人の忘れ形見だ。君を可愛がりたいとずっと思っていた。愛を注ぐ、十分な理由になり得る」

「もうその鍵を開けて、檻《おり》から出て自由になってほしい。だから、逃げないで向き合ってくれ」

それぞれの訴えに、貴郁は混乱していた。

こんな都合のいい結論が、あるわけがない。

「どちらかでは、いけないのですか」

「構わないよ」

篤行は微笑み、そして貴郁の顔を上げさせる。

「でも、君の心はばらばらになるだろうね。感情は俺に、肉体は父に向いている。どちらかしか得られない関係で、君が我慢できるのか？」

くらりとする。

恐ろしい。

要するにこれは、すべて貴郁を手に入れるための策略なのか……？

自分でも意識せぬうちに、貴郁は違う種類の愛を二人と分かち合っていた。

貴郁がそれぞれに両極の愛を注ぎ、選べなくなるよう、二人は罠《わな》を仕掛けたのかもしれない。

いや、そんなことは考えすぎだ。

「俺たちを受け容れるなら、君は幸せになれる」

「本当、に？」

掠れた声で、貴郁は問いかけた。

「どちらもあげよう。俺の心も、躰も。無論、父もそうするだろう」

「今度こそ身も心も、二人分愛される。窒息するまで愛を注がれるのに、どこに不足がある？」

宗晃が揶揄を含んだ声音で、逆に問い返す。

「一人きり孤高に生きるのと、二人の男と地獄に落ちるのではどちらがいい？　俺たちが、君の望む奈落までつき合おう」

背徳と欲望で作られた、愛の獄《ひとや》。

いつの間にか貴郁には、逃げられないように手枷《てかせ》足枷《あしかせ》がつけられていたのだ。

このままでは、己は閉じ込められてしまう。

冥府に君臨する二人の父子の歪で、重苦しい愛に。

でもそれは、貴郁がずっと求めていたもの。

望んでも得られず、諦めようとしていたものだ。

「そのためには先に聞こう。君に堕する覚悟があるのか」

宗晃の問いに、貴郁は目を閉じる。

聞かれるのは、二度目だ。

もう間違えない。

目を開けた貴郁は真っ向から、美しい父子を交互に見つめた。

「……あります」

「君は俺たちにどうされたいんだ？」

貴郁はゆっくりと口を開いた。

「――父さんみたいに、愛されたい」


――君はどうされたい？

――いっぱい……愛されたい。

――愛？

貴郁の言葉に、美しい青年は怪訝そうな顔になる。

――父さんみたいに、愛されたい……父さんにもっと愛されたい……父さんよりも……父さんよりも、たくさん愛されたい……。

堰《せき》を切ったように溢れ出した言葉を聞いて、理解したと思《おぼ》しき青年は小さなため息をついた。

貴郁は和貴を好きだったが、それだけではない。最も憧れたのは、深沢の嵐《あらし》のような愛情を浴びる和貴の姿だった。

和貴に愛されたい。父に、兄に愛されたい。和貴のように愛されたい。


溢れるほどの愛情を注がれ、粉々に砕けてしまいたい。

愛されることで、いっそ壊れてしまいたかった。

――可哀想に。随分抑圧されてるみたいですよ。どうしますか？

――あの家の息子なら仕方がない。地獄の果てまでつき合ってあげよう。こんなに憐れで愚かな子は、きっとほかにいないからね。

思い出した。

あのときのやり取りを、はっきりと。

欲しがったのは、圧倒的な愛だ。

家族からの愛。恋人からの愛。父からの愛。兄からの愛。ありとあらゆる愛。

どうせなら全部欲しい。何もかもが欲しい。

そうでなければ、この飢えは満たされない。

孤独は癒やされない。

「あげるよ、貴郁君」

耳許でそっと篤行が囁く。

「俺たちの愛を全部あげよう。だから、怖がらなくていい。そのためにこんな茶番を仕組んだ」

茶番とは、どこからどこまでなのだろう。

それを判断する思考力は、これまでに二人の男によってとうに奪い去られていた。

宗晃の部屋に置かれた広い寝台に全裸で横たえられ、貴郁は義父と義兄を交互に見つめた。

まるでこれは儀式のようで、自分は屠《ほふ》られる供物だ。ならばこの二人は淫祠《いんし》の祭司か。

「折角だから、一度に味わってもらおう」

宗晃のたちの悪い提案で、彼らは着衣のまま貴郁の躰を弄び始めた。

全裸の貴郁を挟んで右に宗晃、左に篤行が腰を下ろす。篤行は邪魔なシャツを脱ぎ捨てて上半身は裸だが、宗晃は襟を緩めた程度だ。

この二人は互いの差違を、認め合っている。

彼らのように、貴郁もそうできればよかったのかもしれない。親子といえども、和貴と貴郁はまったく違う。勝手に比べて、劣等感を持つ必要などなかったのだ。


「ん……ふ……くすぐったい……」

どちらからともなく頬にキスをされ、瞼《まぶた》にくちづけられる。顎から耳にかけての線や耳朶のあたりを噛まれ、舐められ、貴郁の肉体は震えた。

こうして二人を前にすれば、手の動きも舌の長さもその熱も、何もかも違う。

「あっ！」

「俺と父さん、どっちのやり方がいい？」

左の胸の突起を口に含んだ篤行に問われ、貴郁は首を振った。

「わかんない…です……」

「右と左、どっちが感じるかでいい」

「はっ……か、噛むの…まって……」

「じゃあ、これは？」

「吸うのも、あっ、きもちい…」

二つの乳首をそれぞれのやり方で弄られ、びくびくと躰を震わせて反応していると、篤行が愉しげに笑った。

「すごいな。貴郁君がこんなに感じるのを、初めて見た」

「それはおまえが下手だからだ」

「下手なわけじゃない。貴郁君は遠慮していたんだ。もっと素直に要求してくれればいいのに」

「ん、んぅ…は…乳首、いいです…どっちも、あ、あっ……んんっ…」

どちらも気持ちよくて、胸が壊れそうだ。

「ほら、おまえの義弟が仲裁してくれている」

からかうような宗晃の声も、理解の埒外《らちがい》だ。

異常な行為だとはわかっている。自分の義理の兄と父を並べて、その二人にこうして欲望を暴かれて。

なのに、気持ちいい。こんな快感は初めてだと今でさえ思っているのに、二人に繋がれたらどんな風になってしまうのか。

「気を遣わなくていいくらい、もっとよくしてあげましょう」

「ああ」

宗晃は貴郁の腰の下に大きな枕を二つ入れて尻を浮かせると、「膝を立てなさい」と命じる。


素直に従った貴郁の花茎に脇から篤行が唇を寄せ、貴郁の足のあいだに収まった宗晃が尻の狭間を舐めてきた。

「ッ！ や、だめ……それ、嫌……！」

「なるほど、おまえのときはこうして嫌がるのか」

唾液で湿らせた指をいやらしく出し入れしながら、宗晃はおかしそうに言う。

「最初は、ですよ。だんだんよくなってきて、最後には感じますから」

一方、貴郁の傍らに腰を下ろした篤行は、震える性器を横啣《よこぐわ》えにした。

「嫌がって泣くのがたまらなく可愛い。欲張りなくせに愛されるのを怖がって……虐《いじ》め甲斐があります」

「ふ…あ……やだ、あっ」

「どうして嫌なんだ？」

「気持ちいい……よくて……恥ずかしい……」

躰に力が入らない。男に舐られた花茎も、解《ほぐ》されてずくずくと溶けていく秘蕾も、何もかもが自分のものではないようだ。微かに触れられるだけでも気持ちよくて、躰が疼いて止まらない。

「まだ羞じらっているのか。この子も、素直によがればいいんだが」

「貴郁君は真面目で常識的なところがいいんです」

楽しげに囁いた篤行が、愛《いと》しそうに尖端を舐める。ぴちゃぴちゃとわざと水音を立ててしゃぶられ、貴郁はあっという間に追い上げられた。

「だ…だめ、おにいさん、達く、達きそう……」

「いいよ、出してごらん」

「いく…！」

促されるように粘膜に包まれ、貴郁はたまらなくなって彼の口中に放ってしまう。

濃厚な精液を飲んだ篤行は、口許を甲で拭った。

「新鮮だな。貴郁君、父さんの前ではちゃんと達くって言えるのか」

貴郁は瞬く間に、これ以上ないほど赤くなる。

「私の好みに、たっぷり仕込んだからな。さあ、尻でも達きなさい」

「あ、そこ、だめ…だめ、お義父さん、また出る……でちゃう……」

尻を弄ばれているだけで、もうだめだった。

指の動きに合わせて躰が何度も跳ね、貴郁はまたも放っていた。

白い体液が飛び散り、あたりを穢す。

これだけ短い間隔で立て続けに快感を与えられると、躰にも脳にも負荷が大きすぎて現状を認識できない。放心状態で荒く呼吸を繰り返す貴郁を見下ろし、篤行が「どうしますか？」と宗晃に問うた。

「先におまえが挿れるか？」

「それもいいですが、父さんが挿れるとよがるんですね？　そこを見せてください」

「それなら、おまえは口を使うといい」

「躾は済んでいるんですか？」

「当然だ。この子は口も絶品だ。素晴らしい名器だよ」

貴郁の唇を指でなぞり、篤行は微笑んだ。

「口は初めてです。楽しみだ」

楽に奉仕をできるよう、篤行が枕で躰の高さを調

「そうですね」

「では、動こうか」

はっとするまでもなかった。

馴染んでいた部分を宗晃が強く抉り上げ、貴郁は耐えかねて声を弾ませた。

「ひぅっ！　あ、ああっ……あんっ」

「どうだ？」

泰然と聞いてくる宗晃には、まだ余裕がある。

「か、たい……おっき、あ、あっ…おとうさん、…そこ、そこ……いい、いいっ…突いて…ッ…」

「ここかな」

ずん、といいところを突かれて躰が跳ねそうになった。篤行のものが口から零れてしまっていたので、彼の手で再び奉仕に引き戻される。

「貴郁君、こっちも」

「んぅ、ん、んむー…ん、んく……ん、んっ…」

気持ちいい。よくてよくておかしくなりそうだ。

唇も粘膜も擦られて、快感に目が潤んだ。

「こんなに何度も犯していたら、孕めるかもしれないな。今も、欲しがって搾り取ろうとしている」

美味しいものを口いっぱいに頬張りながら、大きく逞しい楔で尻を掻き混ぜられる。宗晃の動きは悪賢くも余裕があり、どうすれば貴郁を乱れさせるか知り尽くしていた。

「ふ、あっ……あんっ」

「また口が留守になってるよ」

「だ、だって……んーっ、んく、んむっんっ」

甘く悲鳴を上げると、篤行が拗《す》ねたように髪を撫で、貴郁の口腔を秘蕾に見立てて抽挿してくる。

かねてより宗晃に喉も使って愛撫しろと言われていたのを思い出し、貴郁は懸命にそれに従った。

喉をなるべく開き、口腔全体を雄に奉仕する器官として見なす。いや、口腔どころかこの肉はすべて、雄への捧げものだ。

躰も心も、この人たちに作り替えられていく。

「父さん、もう……俺も限界だ」

「では、一旦出してあげようか」

二人がかりで満たしてくれるつもりだと知り、貴

郁は夢中になって腰をくねらせ、舌を思い切り猥褻《わいせつ》に蠢かした。唇できゅうきゅうとそれを絞り込むと、下も同じ動きをしたらしい。

「ッ」

どちらが先に達ったのか、わからなかった。

熱い。

満ちて、いく——。

二人が貴郁の中にどくどくと体液を注ぎ、上下の口を濃厚な精で満たす。

「んんー…ッ…」

精を授かる悦びに満たされ、貴郁も達していた。

篤行の精を飲みながら、貴郁自身もまた白濁を散らす。宗晃の精を一滴も零すまいと努め、全身で二人の愛を味わった。

「貴郁君」

「よくできたね」

結合を解いた二人が貴郁を抱きかかえ、顔を寄せて頬や耳、唇にキスをしてくれる。

そうしているうちに息が整い、貴郁は幸福感でいっぱいになった。

「お義父さん、お義兄さん……うれしい…」

心も躰も満ち足りていると、貴郁は生まれて初めて実感した。

「満腹になったかな」

「ううん……もっと…してください……二人で、愛して……僕の躰に、教え込んで……」

どれだけ愛されているかを、刻み込んでほしい。

「勿論だとも」

「俺も最後までつき合おう」

これが生きているということ。

体温と汗を感じ、膚を確かめ、自分の生を他者にぶつける。行為は単純だが相手がいなくてはできない、魂の交歓だ。

愛し、愛され、求め、求められる——貴郁は長らくこれを求め、これを望んでいたのだ。

無為に生きるのは、もう嫌だったから。

陽射《ひざ》しの中で目を覚ました貴郁は、まずは自分を抱き締めるように眠る篤行を、それから反対側に寄り添う宗晃を認識した。

夢ではなかったのだ。

信じ難い結末を選んだとは思うが、彼らが求めてくれる限りは後悔はなかった。

それどころか、やけに晴れやかな気分だ。

「起きたのか、貴郁君」

篤行が貴郁の顎に触れ、額にキスをしてくる。顔中に接吻を浴びせられてくすぐったさに身悶えしていたが、唇に触れられそうになり、貴郁は拒んだ。

「篤行さん、こっちはだめです」

「どうして」

「また、したくなるから、だめ……」

そうでなくともそばにいるだけで躰が疼きそうで、貴郁は自分の欲深さが怖くなった。

「それは大きな問題だな。昨日俺たちを搾り尽くしたのに、まだ余力があるのか？」

笑いを含んだ声で言われた貴郁は羞じらいに頬を染め、目を伏せる。

「ういういしくて、本当に可愛いよ」

可愛くなんてないと口答えしようとした貴郁の鼻面を囓り、篤行は愛しげなまなざしになった。

「あの晩、君を拾ったのは神の御業だと思ったんだ」

それが最初の夜の話だと、貴郁にも理解できた。

「僕だとわかっていたんですか？」

「声をかけたあとに気づいた。父もそれを知ったから、君を連れ帰ったんだよ」

篤行が何度も何度も貴郁の髪や額にくちづけ、それがくすぐったくも心地よい。

「でも、君がこんなに手強《てごわ》いとは思わなかった」

「どのあたりが？」

色事に関しては百戦錬磨であろう二人が、自分の攻略にそんなに手間取るとは思えなかった。

「君の本音を引き出すのが難しいという意味だ。つまり、君を閉じ込める殻はそれだけ固い」

「そうですか？」

そういえば、昨晩もそんな話が出たが、いつしか流されてしまっていた。

「自覚はないのか？　あれだけ伯爵に、真っ当に生きてほしいと望まれてるんだ。意識しなくても、本来の自分を押し殺してしまう。苦しくて当然だ」

確かに苦しかった。和貴は好きだ。好きでたまらないけれど、彼の望みを受け容れて真っ当に生きることは、本来の貴郁自身を殺すことでもある。そうしている限りは、貴郁は父の傀儡《かいらい》にしかなれない。

言われてみると、今まで自分を道化だと思いながら、心の奥底で感じていた苦痛の原因が、漸くわかった気がした。

和貴は確かに、子供たちにとって理想的な父であろうとした。惜しみなく愛情と財産を分け与え、我が子が陽の当たる道を歩むよう強く望んだ。

だが、それは和貴にとっての真っ当な生き方であり、貴郁が望むものとは違っていた。

彼は自分の目的のためであれば子供の生き方さえ歪めてしまう利己主義者で、深沢はそれを知っていても一切窘めなかった。

それでも、父のことを好きだ。

この呪われた血のせいでどれほど彼が苦しんできたか、貴郁は知っている。子供に同じ轍《てつ》を踏ませるまいと努力した事実も。

たとえ彼らが独善的で、己のためだけに子供の人生を踏み躙ったとしても、一概には責められない。

けれども、この愛の果実を囓った以上は、もう、親の望みどおりには生きられないのだ。

「傲慢だと知っていても、君を助けて……君の人生を生きてほしかった」

篤行の真摯な告白に、貴郁の心は熱く震える。

「お義兄さん……」

「二人で内緒話か？」

おはようと告げた宗晃は貴郁に覆い被さり、唇を吸う。彼のキスは心地よく、貴郁はうっとりとした顔で、つい舌を突き出してしまう。

「だめですよ、父さん。貴郁君はしたくなるから嫌だって……」

「欲しがっているなら、与えればいい。そのために共有するんだろう？」

「父さんの体力は底なしですね」

「おまえに言われたくはないな。あとは貴郁君の頑張り次第だ」

二本の指で舌を摘ままれ、引っ込められなくなった貴郁はせつなげに眉を顰めた。

「んぅう……」

「虐められてもいい顔をするから、この子は仕込み甲斐がある」

宗晃は笑いながら手を放し、今度は貴郁の唇を啄《ついば》んでくる。

一頻《ひとしき》りくちづけられて頭がぼうっとしてきた貴郁を解放し、宗晃は何事もなかったように続けた。

「今日は清澗寺伯爵と会食の予定があるが、少し気まずいな。君をこんな風に味わったと知られたら、大ごとになる」

「……僕がこんな荒療治をされたと知ったら、父は卒倒しますよ」

貴郁が珍しく軽口を叩くと、宗晃は唇を歪めた。

「劇薬を与えて追い詰めない限り、君は素直にならないだろう？」

「父さんの場合は、趣味でしょう？」

篤行の言葉を、宗晃は否定しなかった。

清澗寺家に育った貴郁はあの一族の隠す毒を味わい、時に掠《かす》め取《と》り、父との甘い時間を共有した。

だから自分には、和貴を救えない。

昨夜の狂態で、和貴がなぜ弘貴《ひろたか》だけでなく泰貴《やすたか》をも養子にしたのか、貴郁ははっきりと理解した。

自分はどこまでも清澗寺の人間だ。和貴が求める『清澗寺であって清澗寺でない子供』には決してなれない。

貴郁こそが破滅を望んでいる。破綻を前にして、ぎりぎりだが至上の悦楽を得ている。

『人には誰しも秘密がある』――和貴の語った秘密とは、おそらくこれだ。

貴郁という人間の、和貴との相似点。

父はずっとその本質を恐れ、互いに似ていないと言い聞かせ続けて、貴郁の性向を抑え込んでいた。

それが、貴郁にかけられた心の『鍵』なのだ。

しかし、和貴から漏れ出す毒が、清澗寺家に淀む瘴気《しょうき》が、結果的に貴郁の性向を決定した。

一族の典型ともいうべき、快楽に弱くそれに溺れる腐敗した性癖を、貴郁はほかの誰よりも濃く引き継いでいるのだ。

それゆえに、深沢に和貴の痴態を見せられても受け容れてしまえたに違いない。

すべてを知った今は、腹が決まった。

父であり、兄でもある和貴に囚われ続けた人生はもう終わった。

これからは、この父子と共に生きる。

和貴のつけた錠は、この二人によって外されたのだ。

自分を愛し、貪ってくれる二人に骨の髄まで喰らわれて、粉々にされる。秘密などどこにもないくらいに、心身のすべてを暴かれる。

和貴ですら知らないであろうその幸福は、如何ほどのものだろう。

想像するだけで恍惚としてしまう。

「僕でいいなら、二人で好きにしてください。僕はお二人のものです」

「君はまだわかっていないいんだな」

宗晃が聞こえよがしのため息をつき、愛しげに貴郁の髪を撫でる。

「我々の支配者は君だよ。私たちは二人とも、君に捕まったのだから」

父親の言葉を引き取った篤行が、貴郁の唇に優しくくちづける。

「そういうことだ」

貴郁のこの身を捧《ささ》げ、代わりにその愛を得よう。だから、一生こうして繋ぎ止めていてほしい。

父と子に交互に深い接吻をされながら、歓喜と幸福の混淆《こんこう》する陶酔の中に、貴郁の意識はどろっと沈んでいった。

暁に光る星

1

閨《ねや》には特有の、蒸れた空気が漂っていた。

清潔な敷布の上に横たわり、膝を立てた清潤寺貴《せいかんじたか》郁《ふみ》の腿《もも》を摑み、義兄の黒田篤行《くろだあつゆき》が激しく腰を打ちつけてくる。

肉がぶつかるごとに湿った音が生じ、篤行の精悍《せいかん》な顎から汗が滴《したた》り、貴郁の薄い腹に落ちた。

「ん、んんむ……ッ」

本来ならば喘《あえ》ぎが溢《あふ》れるはずの唇から不明瞭な声が無様に漏れるだけなのは、貴郁の口は義父である黒田宗晃《もとあき》の性器で塞がれていたからだ。

線が細く華奢《きゃしゃ》な貴郁からしてみれば、宗晃は理想的な容姿の持ち主だ。ロシア人との混血のせいで彫りが深く、がっしりとした体軀《たいく》は貴郁とはまるで種族が違う。そのためか男根も逞《たくま》しく、奉仕をしているると顎が疲れてたまらない。

「……く、ぅう…」

背中から首にかけて枕を入れてくれたが、宗晃はヘッドボードのそばにいるため、顔を仰《の》け反《ぞ》らせての奉仕は楽ではない。せめて宗晃が自分の上体を跨《また》いでくれたほうがやりやすいのに、時々宗晃はこういう意地悪な行為を求めてくる。

小さな痛みは密事《みそかごと》のスパイスだが、大きな苦しみは責め苦でしかない。年上の男はそれをよく知っており、貴郁をぎりぎりのところまで玩弄《がんろう》する。

「ん、ん、」

子犬のように啼《な》き声を上げながら貴郁が性器にくちづけていると、宗晃が「つらくないか?」と珍しく労《いたわ》るように尋ねてきた。

「平気、です」

息継ぎをしながら答えた貴郁は、はっとする。

美しい義父があえてそう問うたのは、貴郁の口淫《こういん》が単調になったと言いたいのかもしれない。

「貴郁君、こっちに集中して」

「アッ！」

充血しきった肉襞《にくひだ》を一際強く突き上げられて、突然大きな快感を与えられた貴郁は、悲鳴を上げる。

「篤行、そんなに乱暴にしてどうする？　可愛《かわい》い弟を大事に扱いなさい」

「すみません」

「私が怪我《けが》をすれば、少しは貴郁君を独占できると思っているんじゃないのか？」

「違いますよ。——でも、そうかな。ここだって左だけじゃなくて右もしてあげられるのに」

初めて三人で寝た夜、貴郁の肉体は正中線を境に、あたかも領土の如《ごと》く二人に割譲された。

右半身は宗晃に、左半身は篤行に。

二人はその規律を守り、互いの領分を定めて貴郁を征服するのが常だった。

「あ、あ、だめ、お義兄《にい》さん……」

篤行がふくろの左側をやわやわと揉《も》んできたので、貴郁は息を弾ませて拒んだ。

「どうしてだめなんだ？」

「きもちい、から、だめです…ご奉仕、できなくなる……」

消え入りそうな声で貴郁が訴えると、宗晃が「続けなさい」と軽く叱責して髪を引く。

「んふ、く…む……」

「従順で、とても可愛い子だ」

褒められると躰《からだ》の奥がじんわりと熱くなり、貴郁は理性を振り捨て、更にこの遊戯に没頭できた。

やがて宗晃が貴郁の口に精を注ぎ、身を離す。

ガウンを羽織った義父はそれで戦線を離脱するかと思ったが、その予想はあっさり覆された。

「!?」

「父さん、それ……」

「嫌か？」

貴郁と篤行が同時に反応を示したのは、再び寝台に座した宗晃が貴郁の秘蕾《ひらい》に指を忍ばせたからだ。

そうでなくても限界まで拡張されているはずの部位に指を挿《い》れられて、貴郁の躰は痛みと緊張にぴくぴくと震えてしまう。

「く、ふ……んん……」

何が起きているのか、よくわからない。

ただ、擦《こす》られた部分から痺《しび》れが広がって、それが硝子《ガラス》の破片のように中枢に突き刺さるのだけを知覚した。鋭い刺激に耐えかねた貴郁は、口を開いたまま、唾液をぽたぽたと溢れさせる。

「違う……逆だよ」

そこで息をついた篤行が、吐息混じりで言った。

「たまらない」

「そうなのか？」

「うん、貴郁君がさっきよりもっと感じてる。中がうねってるみたいで、すごいな……」

「そろそろ、拡《ひろ》げておかないといけないだろう？続けなさい」

「わかった」

篤行の腰の動きが速くなり、煮《に》え滾《たぎ》るように熱い蜜壺《みつつぼ》の中だけでなく、貴郁の思考をも掻《か》き乱《みだ》した。

いい。すごく、いい。

「あ、ん、んっあっ」


篤行の動きに逆らうように、宗晃の人差し指が貴郁の肉体を強引に捏《こ》ね回《まわ》す。

「凄《すさ》まじい……貴郁君が俺に喰らいついてくる」

「悦《よろこ》んでいる証拠だ。どうした、貴郁君。いいなら達《い》きなさい」

「い、けない……達きたい、のに……何で……」

気持ちよすぎて、かえって躰が達くのを拒んでいるみたいだ。ずっとこうしていたくて、二人に抱かれていたくて。

「あ、や、やう、い、いきたい、いく、ん、んんっ」

「快《よ》すぎておかしくなっているらしい」

「俺が出すから、達ってごらん。中に出されれば達けるだろう？」

優しくそう言った篤行が深々と貴郁の秘蕾を穿《うが》ち、小さく呻《うめ》いた。引《ひ》き攣《つ》るように躰が震え、熱いものが注がれるのをまざまざと感じる。

「あ、あ……ッ！」

さすがに貴郁も保《も》たず、声もなく躰を痙攣《けいれん》させながら薄い精を放った。

「いい子だ、俺の精液で達ったね」

呼吸を整えた義兄が、虚《うつ》ろに震える貴郁の唇を嚙《か》みつくように塞いできた。

秋穂《あきほ》との離縁を決意したのに、一転し、この二人に愛されることを受け容《うい》れて一月余り。

蜜月《みつげつ》といってもいいほどに、貴郁は義理の家族に溺愛されていた。

当主の宗晃は、宗晃と篤行の部屋のあいだにあった空き部屋に、夫婦のそれとは別に貴郁の寝室をしつらえた。そのうえで、この部屋に隣室から往《ゆ》き来《き》できる二つのドアを取りつけてくれた。無論内鍵もついているが、貴郁には必要なかった。直接的な行為に及ばないまでも、夜になれば同時に、あるいは代わる代わる二人が貴郁を慰撫《いぶ》しにきたからだ。

「疲れたか？」

一転して唇を啄《ついば》みながら囁《ささや》く篤行は、優しい目で貴郁を見つめてきた。淡い茶色の瞳が和み、貴郁を心底愛《いと》しげに見守っている。

「大丈夫です」

「体力をだいぶ使ったろう？　ほら」

篤行から口移しで与えられたのは、いつの間にサイドボードに用意しておいてくれたのか、甘いチョコレートだった。進駐軍がばらまくような安物ではなく、香りが高く味も濃厚だ。

「美味《おい》しい……」

「よかった、これは俺も好物だ」

篤行は嬉《うれ》しげに微笑《ほほえ》み、何度も貴郁の唇を啄んでくる。篤行の愛情表現はいつも明け透けで、貴郁への熱情を隠さない。まるで、触れればすぐにその味がわかるチョコレートに似ている。

チョコレートの濃密な甘さに夢中になり、貴郁はつい篤行の唇を舌先で追いかける。どこかにまた今の甘みがないかと、探り当てたくなるからだ。

それをわかっているらしく、篤行は貴郁の胸や顎を指先で擽《くすぐ》り、じゃらしてくる。

「ん、ふ…っ……」

「そんなに感じてはだめだよ。可愛いところを見せられると、またしたくなる」

窘《たしな》めながらも篤行は貴郁の左の乳首を摘まみ、芯を確かめるように何度も転がした。

刺激を感じるたびに貴郁の頭は痺れ、新たな快感に震えそうになる。

篤行との行為は貴郁を酩酊《めいてい》させ、果てのない快楽に酔わせてくれる。彼が自分を愛していると知るからこそ、抱かれるたびに悦楽は増した。

「二人とも、いい加減にして風呂に入りなさい」

不意にそんな声が頭上から降ってきて、貴郁は視線をゆるゆるとそちらへ向けた。

「まだ愉《たの》しんでいるんです」

「それではきりがなくて、貴郁君を寝込ませてしまうよ。先週熱を出したのを忘れたのか？」

「——そうですね。同じ失敗をするところだった」

篤行は後悔を滲《にじ》ませた声で同意し、さっと立ち上がってガウンを羽織る。

「連れていってあげよう」

「ううん、自分で歩けます」

さすがにそこまで煩わせるのは申し訳なく、貴郁は篤行の手をやんわり拒むと、手近にあった浴衣《ゆかた》を引っかけてよろめくように歩きだした。

黒田家の広々とした邸宅は洗面所も風呂も二階にあるが、大抵は一階の風呂を使う。

歩けると言った手前かなり無理をしていたが、やはり限界だった。浴衣を籠に入れて洗い場へ向かった貴郁は、そこで力尽きてタイルに座り込んだ。

「大丈夫だよ、俺が洗う」

全裸になった篤行がそう言い、湯加減を見てから、貴郁に手桶《ておけ》で湯を浴びせてくれた。

白地に蒼《あお》で模様が描かれたタイル貼りの床は、火照った躰を適度に冷やした。湯温との相乗効果が心地よく、貴郁がぼんやりしていると、篤行が「両手で脚を広げて」と促す。

性的な姿態を示唆され、貴郁は目を伏せた。

「ごめんなさい、お義兄さん……もう……」

「ん？」

「もうできない、です」

それを聞いた篤行が噴き出したので、この場に似つかわしくない陽気な笑い声が浴室内に響く。

「当たり前だ。さっき父も言ったろう？　俺たちはまだまだできるけど、そうすれば君を壊してしまう」

「まだまだって……そんなに……？」

「二対一だ。それに、もともと君よりは体力がある」

取り分け房事の際にしばしば感じる点だったが、貴郁と篤行では基礎体力が違う。ロシア人の血が入っているせいで、この親子の肉体は取り分け強靭《きょうじん》なのかもしれない。

「おいで、始末してあげよう」

「いえ、でも……その……いつもは自分でしてます」

「たまにはさせてくれ」

「恥ずかしい……」

羞恥に声を途切れさせ、貴郁は耳まで赤く染める。

「君は閨ではとても淫らなのに、正気に戻ると度が過ぎるくらいに慎ましやかだな」

耳打ちした篤行は、貴郁を背中から抱えて座り込む。

膚《はだ》と膚が触れ合い、彼の体温が近くなった。それにうっとりとしている隙に、篤行に脚を持ち上げられ、子供が排泄《はいせつ》するような格好にされてしまう。

貴郁は息を吞《の》んだものの、義兄には逆らえず、渋己の膝を両手で摑んで外側に引く。

「石鹼《せっけん》を塗ったから、少し染みるかもしれない」

「はい……あっ！　あ、あ……」

蹂躙《じゅうりん》されて充血した部分に指が差し入れられ、貴郁は喉の奥で呻いた。

「上手に吞み込んでいくね。ほら……わかるか？」

耳許《みみもと》に流し込まれる篤行の台詞《せりふ》は言葉で責めているようで、貴郁の羞《は》じらいはますます募った。

「君の襞はとても欲張りで、指でも悦んで食《は》む。美味しそうにきゅうきゅう締めつけているから、なかなか動かせない。これでは搔《か》き出《だ》すのが難しそうだ」

そう言いながらももどかしげに指を動かすので、結果的に敏感な襞を刺激される羽目になる。いつの間にか、貴郁の額には汗がびっしり浮かんでいた。

「ひ、う……うん……」

「篤行、愉しんでないで早く始末してやりなさい」

その声にはっとした貴郁が目を開けると、戸口に立った宗晃はとうに着替えを済ませ、タンブラーを手に二人を見守っている。皇帝《ツァーリ》と呼ばれるに相応《ふさわ》しい、峻厳《しゅんげん》なまなざしだった。

「わかってます。ですが、すごい量で……まだまだ出てくるんです。——貴郁君、いくら好物だからってそんなに溜《た》め込まなくていいだろう？」

「ごめんなさい……でも、嬉しくて……」

啜《すす》り上《あ》げ、全身を戦《おのの》かせつつも貴郁は訴えた。

「嬉しい？」

「二人に中に出してもらえて、とても嬉しいんです」

実際、注がれることで確かめているのだと思う。

二人の愛の熱さと量を。

心も躰も乖離《かいり》せずに、どちらも愛される幸福を。

そのあいだも篤行の指は生き物のように淫らに蠢《うごめ》き、貴郁の中から性愛の残滓《ざんし》を掻き出していく。

「どうですか、父さん。全部出ましたか」

篤行が両手で貴郁の孔《あな》を拡げながら腰を上げさせ、タイルの上に広がる精液が見えるようにした。

「いいや、この子は淫乱だから、まだまだ奥に隠しているはずだ。しっかり暴いてあげなさい」

「はい」

「く、ふ……」

「力を抜いて」

始末をされるのは有り難いが、このままでは内壁を這《は》い回《まわ》る指の感覚を追いそうになる。気を抜くとこの躰は篤行の行為を快楽と受け止めそうだ。

いや、もうそうしてしまっている。

二人の暴虐を受け止めた襞をさんざん弄ばれるのが、とても気持ちいい。宗晃の冷えた視線と、篤行の燃えるような視線の双方に晒《さら》されて、疲弊しきっていたはずの神経が再び昂《たかぶ》ってくるのだ。

本当に、自分の躰はどうなってしまったのだろう。

「ンン、ぅ、う……あ、あっ……いい……」

「貴郁君、感じてるのか？」

「……すみません」

「責めてるわけじゃない。嬉しいんだ。俺が触れてると、どんなに疲れていても熱くなるみたいだ」

熱い声で囁き、篤行が軽く耳朶《じだ》を噛む。

「もっと感じて、可愛いところを見せてくれ」

「だめ、です」

「どうして」

「……挿れてほしくなる……お尻に、もっと欲しくなるから、だめです……」

始末をしてもらっているはずなのに、これでは何の意味もない。己の体内に燻《くすぶ》る果てのない欲望に恐れをなした貴郁は、必死で首を横に振った。

と、宗晃が低く笑う。

「本当にこの子は欲しがりだね。あと一回だけ、達かせてあげなさい」

「そうします」

どこか硬い声で言ってのけた篤行は貴郁の性器に手を添えると、ゆったりとそれを扱《しご》き始めた。

「や、だめ、お義兄さん、いっちゃう……」

「構わないよ。感覚ごと俺に委ねてごらん」

髪やこめかみにくちづけられて、貴郁は正直になり、快楽に躰を震わせた。

「嬉し…きもちいい、お義兄さんの手、すごく…」

「達くところを父さんに見てもらおう。もっと大きく脚を開いて、お願いするんだ」

促されるままに脱力した貴郁は更に大きく脚を広げ、宗晃にとびきり浅ましい痴態を晒す。

「お義父さん、はしたないところ、見てください…」

己を睥睨《へいげい》する義父の冷えたまなざしで深部すら観察され、ますます躰が熱を帯びた。

「可愛いよ」

「…いく、いきます……でるっ」

篤行の甘くやわらかな声に誘われるまま、貴郁は腰を衝《つ》き上《あ》げる。残っていた薄い雫《しずく》を吐き出し、漸《ようや》く倦怠感《けんたいかん》に襲われて脱力した。

「よくできたね」

はあはあと息を吐いた貴郁が篤行に背中を預けると、彼は両手を交差させて貴郁を支えてくれる。

魘《うな》されるように唇が動いたが、篤行と宗晃に何を言おうとしたのか、自分でもよくわからなかった。

「どうです、父さん」

「合格だ。だが、貴郁君はまだ開発の余地があるな」

「俺に任せてください。大切な義弟ですから、俺が責任を持ちます」

「頼もしい話だ」

宗晃が喉を震わせ、低い声で笑った。

「気持ちよかったか、貴郁君」

「はい…」

「俺たちが好きか？」

「はい、好き、です……二人とも……」

三人分の精液で躰を汚し、手指に飛び散ったものを舐めながら、貴郁は陶然と訴えた。

自分からは恥ずかしくてなかなか口に出せないが、こうして質問をしてくれれば何度でも言える。

これを何と言い表すのかわからないものの、ただ、満ち足りている。

貴郁自身が生まれてこの方感じ続けていた、その大きな欠落。

愛されたいという貪欲なまでの渇望。

飢渇し続けてきたのは、自分を包み込んでくれるこの安寧だ。

愛し愛されるこの関係に身を委ねていれば、自分は幸福になれるのだと信じていられた。


最終の夜汽車が出る前だからか、東京駅《とうきょうえき》は人でごった返している。駅近くの喫茶店で代用品の珈琲《コーヒー》を飲んでいた貴郁は、「時間は？」と聞いた。

「まだ平気よ」

外国製のコンパクトを覗《のぞ》いて口紅が剝げていないか確かめている清潤寺秋穂《あきほ》は貴郁の妻で、気鋭のヴァイオリニストだ。宗晃の娘らしく華やかな美貌と素晴らしい才能の持ち主で、この混乱期であっても、随分持《も》て囃《はや》されていた。

戦争が終わってもうすぐ三年、日本は相変わらず喧噪《けんそう》と混乱のまっただ中にいる。今年に入って帝銀《ていぎん》事件など物騒な事件も起きており、国内といえども遠方へ妻をやるのは心配だった。だが、彼女が演奏会を開いて客を呼べること自体素晴らしいし、世間に明るい風を送り込むことは誰にでもできるものではない。少しでも彼女を尊重したかった。

「貴郁さん、お父様とお兄様をお願いね」

「……うん」

　よりによって妻から彼らの話を持ち出されると、緊張してしまう。

　二人の愛情を受け容れると決めたのはいいが、婚姻を解消したわけではない。貴郁は秋穂が黒田家から自由になるための供物だとあとから知らされたものの、義理の父と兄と愛欲の日々を送る夫を秋穂はどう思っているのか、はたまた事情をどこまで把握しているのか、窺《うかが》い知《し》れなかったためだ。

　彼女の表情はさばさばしているとはいえ、だからといって気にしていないのかまでは判別できない。

「ついこのあいだまでは、お父様もお兄様も、仲が悪くはなかったけれど、よくもなかったの」

「そうなのか？」

「ええ。お父様が立派すぎて、お兄様が意識してしまうのよ。対抗意識を持っているというのかしら」

　言うなれば、それは一種のエディプス・コンプレックスなのかもしれない。父親に対する大きなコンプレックスは、貴郁自身も持ち合わせている。

「だから、二人で一つのものを共有するなんてできっこないと思っていたのだけれど……」

　そこで秋穂は意味ありげに言葉を濁し、コンパクトをぱちんと閉じて貴郁を見据えた。

「二人を結びつけたのがあなたなら、貴郁さんはそれをちゃんと守る義務があるの。よろしくね」

　そのよろしくが今回の演奏旅行のことなのか、永続的なことなのかまではわからないが、聞くほどの余裕はなかったので、貴郁はとりあえず首肯した。

「あら、そろそろ行かなくちゃ」

「わかった」

　勘定を済ませて改札口へ向かうと、秋穂の連れはすぐにわかった。彼らは大きな楽器を抱えていたからだ。老若男女の数人の取り合わせで、秋穂を認めて中年の男性が軽く手を挙げた。

「旦那さんが見送りとは羨ましいねえ」

「ふふ、そうでしょう？」

「はじめまして、清潤寺貴郁です」

貴郁が頭を下げると、一同は「奥さまにはお世話になっています」と月並みな挨拶をしてくる。

「じゃあ、貴郁さん。家のことはお願いね」

「うん」

秋穂が何かを言《い》い止《さ》したとき、眩《まぶ》しい光とシャッター音が耳に届き、貴郁は眉を顰《ひそ》めて反射的にそちらを見やる。少し離れた場所で大型のカメラを構えていた男性が、大股《おおまた》で近づいてくるところだった。

「東堂《とうどう》さん、いきなり撮るのは失礼だわ」

「すまない。とても魅力的な被写体だったから、できれば自然な表情を撮りたくてね」

東堂と呼ばれた人物はよく通る声の持ち主で、潑《はっ》剌《らつ》とした笑顔が眩《まぶ》しい男前だ。日焼けしているのか、もともと色が黒いのかは判然としない。

「東堂圭介《けいすけ》です。秋穂さんとは昔からの知り合いなんですよ」

「清潤寺貴郁です。よろしくお願いします」

どこかで聞き覚えのある名前だと思いつつ、貴郁は丁重にお辞儀をする。

「東堂さんは、父と兄が懇意にしている宣伝写真のカメラマンなの。ほら、化粧品とか……」

「ああ！　道理で聞いたことがあると思いました」

東堂といえば女性を美しく撮るのに長《た》けていると評判のカメラマンで、その芸術的な宣伝写真は何度も話題になった。本人も男前だとは聞いていたが、こんな魅力的な人物だとは知らなかった。

「今回はスポンサーの意向で、秋穂さんに同行して記録写真を撮るんですよ」

にこやかに笑った東堂は、その双眼で貴郁の顔をじっと見つめる。

「美しいですね」

「ええ、自慢の妻です」

ぼろが出ないようにそう言う貴郁の目を覗き込んだまま、彼は首を横に振った。

「違いますよ。あなたがです」

「……僕が？」

「日本人形のように楚々《そそ》とした美貌だが、本当にそれだけなのか、その薄い皮を一枚剝《む》いてみたくなる。本気で撮ると、底知れないものが見えてきそうだ」

どう答えればいいのかと戸惑っていると、秋穂が「だめよ」と微笑しつつも真剣な声で止めた。

「嫌だわ、東堂さん。私の夫を口説かないで」

「失礼、とても印象的な人だと思ったので」

つゆほども悪びれていない様子で東堂が告げる。

「帰京したら、お食事でもいかがですか」

「僕は、その……」

「いいでしょう？　帰ってきたら連絡しますよ」

彼は人懐っこい顔つきで、貴郁の反論をあっさりと封じた。

2

陽《ひ》が落ちたせいか、春の空気が少し冷えてきた。

銀座《ぎんざ》の黒田繊維《くろだせんい》に勤務する貴郁《たかふみ》の業務は、輸出管理や通関書類を作成することだった。

終戦直後の財閥解体により商社は執拗《しつよう》なまでに細かく分割され、黒田繊維の前身である黒田商事《くろだしょうじ》も例外ではなく、百以上の会社に分けられた。

先月まで別の部署にいたのだが、英語が堪能な人材の補充をするため、貴郁に白羽の矢が立った。尤《もっと》も、未《いま》だに貴郁は商用英語を使いこなすに至らず、家では篤行《あつゆき》の指導を乞うて四苦八苦している。

「――よし」

誰にも聞こえないように小声で呟いた貴郁は、作成した書類の確認を終えた。

帰宅する前に提出しておけば、明日の朝には直属の上司である松木《まつき》が目を通してくれる。

終業時刻まであと五分ほどで、同僚たちは少し浮き足立っている様子だ。机の上を整理し、上着を身につけたところで、ばたばたとにぎやかな足音が廊下から聞こえてきた。

ついで、誰かが部署のドアを大きく開けた。

姿を見せたのは、直帰する予定だった松木だ。

「みんな、朗報だ。立花製糸《たちばなせいし》との新規契約を取れそうだ！」

陽気な松木は部下を乗せるのが上手《うま》い。彼の言葉に、帰り支度を始めていた社員たちはどっと沸いた。

「立花は通関で何度か撥《は》ねられているから、うちにやらせて問題がなければ、この先の取引を一任したいそうだ。明日までに書類を作れれば、うちが契約を取れる。間に合わなければこの話はなかったことになる。悪いが、手分けしてやってくれ」

「はい！」

それまでの怠《だる》そうな雰囲気は一転し、部署には昂《こう》奮《ふん》が満ちた。

繊維業――いわゆるいとへんの事業はGHQの意向で順調に業績を伸ばしているうえ、貿易統制下でも輸出品として人気が高い。しかし相手国の税関の職員が通関書類の不備をねちこく指摘し、突き返すこともままあった。立花製糸は戦前から国内では織物産業では有名だったものの、輸出のノウハウがない。繊維業は外貨を獲得する大きな手段で、立花製糸と提携できれば互いにメリットは大きかった。

この契約をものにできれば、会社にとっても大きな利益を生むという状況に、皆は一気に活気づいた。終業時刻も忘れ、松木のところへ我先にと書類を取りに行く。

貴郁もそれに倣うつもりで、「お疲れ様でした」と松木に声をかけ、書類を受け取りにいく。

「ああ、ありがとう。気をつけて帰れよ」

あからさまに帰れと言われて、貴郁は目を瞠《みは》った。

「僕も残れます」

「これだけ人数がいれば十分だ」

「いえ、一人だけでは帰れません」

思い切って貴郁が言うと、松木は「いいんだよ」と微笑する。

「このところ、随分頑張ってもらったからね」

「仕事は仕事です」

食い下がる貴郁に対し、松木はかえって強く首を横に振った。

「君を酷使したら、社長にお咎《とが》めを受ける。君は自分の仕事をきちんとこなしているし、人一倍頑張ってくれている。だから今日はいいんだ」

やけに頑《かたく》なに拒まれて、貴郁は落胆を覚えた。

けれども、これ以上しつこく訴えれば、彼の心証を悪くするかもしれない。

貴郁と松木のやり取りに、ほかの社員たちは聞き耳を立てている。

「さあ、みんな、手を止めないでくれ。今夜は徹夜になりそうだ」

しまいには松木は貴郁をあからさまに無視し、手を叩《たた》いて皆に仕事をするように促した。

無理に書類を奪い取るわけにもいかず、貴郁は誰にともなく「お疲れ様でした」と小声で告げ、逃げるように職場を後にした。

道路に出て振り返ると、黒田繊維の入居したビルディングはまだあちこちの灯《あか》りが点いており、それがやけに眩しく思える。

異動してからというもの、この部署での貴郁の扱いは腫《は》れものに触るようで、ひどく微妙だった。松木は普段は優しいし貴郁を褒めて伸ばそうとしてくれているが、時々、こうして貴郁を頑迷なまでに遠ざけようとする。

自分の能力不足のせいか、それとも関連会社——とはいえグループのトップでもある——の社長の義理の息子であるせいなのか、理由はわからない。

貴郁がもっと有能だったなら、少しは頼ってもらえたのだろうか。

もどかしさと惨めさに、じわりと胃が痛くなってきた。

翌朝出社した貴郁は、部署の皆が疲れた顔をしているので、よけいに申し訳なくなった。

せめてもの労《ねぎら》いになればと昨日、差し入れになりそうな饅頭《まんじゅう》を買ったが、どの時機に渡すべきかを迷って悶々《もんもん》としてしまう。

「おはよう」

松木が顔を出したので、貴郁ははっと顔を上げて自分の鞄《かばん》に手をかける。貴郁が発声するより先に、松木は声を張り上げた。

「昨日はお疲れ様。差し入れだ。皆で食べてくれ」

「あら、お饅頭ですか」

「美味しそう。頑張った甲斐がありましたね！」

それで完全に、貴郁は時機を逸した。

おまけに女性社員が気を遣って自分にも菓子を回してくれたので、何もしていないのにそれだけもらうのが恥ずかしく、顔から火が出そうだった。

饅頭をどうしようかと途方に暮れたし、何よりも昨日の一件は忘れて仕事に集中しなくてはいけないのに、なかなか没頭できなかった。そのせいで自分でもわかるような単純なミスばかりを繰り返してしまったが、今日に限ってなぜか松木も優しく、丁寧に仕事を教えてくれたのが解せなかった。

終業の間際に、部署の電話が鳴った。

「——清澗寺《せいかんじ》さん、お電話です」

「わかりました」

電話は隣のビルディングにある黒田商事の本社からだった。宗晃《もとあき》の秘書によると用事があるので、午後六時に立ち寄るようにとの伝言だった。

戦後にこの地に移転した黒田商事の社長室は最上階にあり、取り次いだ秘書にそこへ通された。

待ち受けていた宗晃は、相も変わらず惚《ほ》れ惚《ぼ》れとする紳士ぶりで、目を奪われてしまう。

「これから民政局の連中と食事会だ。篤行が参加するはずだったが、急な会議で来られなくなったそうだ。代わりに君に出てほしい」

「僕が、ですか？　どうして？」

貴郁は目を見開いた。

「君が私の息子だからだよ」

「特別扱いは、困ります」

「事実、君が特別なのだから仕方がない」

肩を竦《すく》めた宗晃は立ち上がると貴郁の頬に触れ、軽く唇を啄む。

冷たい唇が、心地よい。

くらりと頭の芯が痺れた気がして、貴郁は一歩後《あと》退《ずさ》る。その背中に、宗晃は手を添えて支えてくれた。

宗晃のくちづけはいつも、どことなく怠惰な余裕に満ちている。性急で、何もかも貪《むさぼ》ろうとする篤行のキスとは真逆だった。

「上手く振る舞えたら、今夜はたっぷり可愛がってあげよう」

低い声に官能を刺激され、貴郁は自分の身が潤んでくるのをまざまざと感じた。

義父と義兄に作り替えられてしまったかのように、この肉体は感受性が豊かになり、ほんのわずかな言葉や仕種《しぐさ》に煽《あお》られる。

とはいえ、貴郁はそれを外に出さないように努めていた。しばしば町で男娼《だんしょう》と間違えられる一因は隙のある態度ではないかと、何となく察したからだ。

「返事がないとは、嫌なのか？」

「いえ、嬉しいです…」

小声で答える貴郁に、宗晃は首肯した。

「結構。それでは出かけよう」

行き先は日比谷《ひびや》にある東京會舘《とうきょうかいかん》だ。近場なので車は使わないそうで、彼と二人で歩けるのは純粋に嬉しかった。

とはいえ、宗晃は早足で、歩幅の違う貴郁はそれを追いかけるだけで精いっぱいだ。

「仕事はどうだ？　新しい部署には慣れたのか？」

「あ……その……」

「君は私の息子だが、使いこなせなくては意味がない。君を持て余すようでは、上が無能だということになる」

裏を返せば、松木に上手く使われるのも才能のうちだ。貴郁がもっと要領よく立ち回らなくては、皆に迷惑がかかってしまう。そう考えると、更に胃がきりきりと痛んだ。

もとより口にするつもりはなかったが、松木への不満を訴える機会を封じられ、貴郁は目を伏せる。

「――僕の努力が足りずに、皆さんに迷惑をかけています。早く馴染《なじ》みたいのですが」

「そうか」

宗晃はそれだけしか言わなかった。

夕刻の町はどこか埃《ほこり》っぽく、去年から流行《はや》っている新宿《しんじゅく》の額縁ショーのポスターが貼られていた。

薄衣《うすぎぬ》を纏《まと》ったセミヌードの女性が額縁の中で名画のポーズを取るだけというショーだが、戦中は禁じられていた裸が見られると人気があるらしい。

「見世物に興味があるのか？」

「いえ、流行《はや》ってるなと思って」

「そんなものより、君が羞じらう姿のほうがよほど官能的に決まっている」

不意打ちの性的な台詞に、貴郁は真っ赤になる。

「冗談だよ」

冗談とわかっているからこそ、よけいに反応しづらかった。

会話も上手く続けられずに無言で歩き、目的地である東京會舘に近づいたそのとき、何かが光った。

顧みると、中年男の二人組がカメラを構えて立っている。記者とカメラマンというところか。

距離はそう遠くはなく、記者のほうが貴郁と目が合ったのでばつが悪そうな顔になった。

「お義父《とう》さん、写真を」

「いつものことだ。放っておきなさい」

「……はい」

宗晃と一緒にいるのは、こういう他者の視線に晒されることでもある。宗晃はまるで気にも留めていない様子なので、いい加減に慣れなければいけない。

目的地に足を踏み入れると、「これは黒田様」とすぐにドアマンが飛んでくる。

「晩餐《ばんさん》の約束がある」

「承っております。どうぞこちらへ」

堂々とした彼は支配者然とし、敵陣へ乗り込むときもまったく臆さないだろう。ここは各界の名士が多く集まっていたが、誰もが彼を見て足を止めた。

このまま遠巻きにされると思いきや、和装の老人たちが近づいてきた。面識のない貴郁でさえも知るような、錚々《そうそう》たる財界人ばかりで緊張に喉が鳴る。

「久しぶりですね、黒田さん」

「こんにちは、ご無沙汰しています」

「珍しいですな、こんなところで」

「今日は会合と、義理の息子のお披露目です」

その言葉から彼らの目が一様に、宗晃の陰に隠れるように佇《たたず》んでいた貴郁に向けられる。鋭い値踏みの視線はこれまでに何度となく浴びせられてきたもので、今日は取り分け尖《とが》って感じられた。

「清潤寺貴郁です。よろしくお願いいたします」

「失礼ですが、麻布《あざぶ》のお父上には似ておりませんな」

「いやいや、伯爵——いえ、元伯爵のお子さんは皆、養子ですよ。ほら、元伯爵といえば……」

男色家、GHQの男妾《おとこめかけ》などという端的な言葉と下卑た笑い声が耳に届き、おっとりとして感情の機微を表に出さない貴郁であっても、怒りと羞恥に襲われて唇を嚙む。しかしここで彼らに食ってかかり、宗晃の顔を潰すわけにはいかない。それは、ひいては和貴《かずたか》にも迷惑をかけることになるからだ。

「顔ではなく、雰囲気が似ているのですよ」

不意にその言葉が耳を打ち、貴郁ははっとした。

「吸いつきそうな膚などそっくりだ」

老人たちの視線は執拗《しつよう》で、貴郁の頸筋《くびすじ》や喉、手や頰といった部分を這うように動き回っている。

「先代の面影も窺えますな。血は争えないということか……」

彼らは冬貴《ふゆき》や和貴と自分を比べているのだ。

ぞっとした。

精いっぱい毅然《きぜん》として振る舞うよう、外では気をつけているものの、それでも足りないのだろうか。

自分の中にある淫らな本性、特に体内に色濃く流れる冬貴の血を、こういう老獪《ろうかい》な人物は独特の感覚で嗅ぎつけてしまうのかもしれない。

そう思うと、強い恐怖から頭が痺れてくる。

「貴郁君はとても優秀で、助かっています。将来、篤行と二人で私を助けてくれるでしょう」

「……まあ、何はなくとも清潤寺だ。何くれとなく役に立ちましょうな」

「では、我々は会合がありますので。――行こう、貴郁君」

「はい、失礼します」

宗晃は一礼すると、貴郁の肩を抱くようにして先へ促す。階段を上がろうとして足許《あしもと》が乱れ、咄嗟《とっさ》に手摺《てす》りにしがみついた。

「どうした？　震えているのか？」

「……怖いです」

自分で自分が、嫌でたまらない。

家では一切気にならないのに、一歩外に出ると、己の正体を人に知られるのが恥ずかしかった。

「何が」

「知られてしまいそうで、怖いんです。僕が、どれほど淫らか」

小声で訴える貴郁に対し、宗晃は「そんなことか」とあっさり流してしまう。

「知られたところで大したことではないだろう？　本当のことだ」

「それだけならいい。でも、僕は、清潤寺家の人間で……躰を使うと思われてるんです」

先ほどの何くれとなく役立つという言葉の意味も、侮蔑のためだとわかっている。

彼らは清潤寺家の末裔《まつえい》である貴郁を蔑んでいる。それがわかっているのに、宗晃と食事会になど出てもいいのかと不安が押し寄せてきて、足が竦んだ。

「君がどんな人間であろうと、躰を利用させたりしない。君を貪っていいのは、黒田家の人間だけだ」

振り向いた宗晃は身を屈《かが》め、「それを覚えておきなさい」と低い美声を耳に流し込む。

彼の吐息が耳朶に触れ、自然と上を向かされた貴郁は義父の端整な容貌を直視する。射貫くような薄い色合いの瞳に酔わされ、貴郁は陶然とした表情で宗晃を見つめた。

「そんな顔をするのはやめなさい。それではまるで、誘っているようだ」

呆《あき》れたような口調に、どきっとしてしまう。

「……はい」

貴郁は急いで表情を引き締め、背中を向けて歩きだす宗晃を追いかけた。


「何だ、そんなことがあったのか」

書斎で経理の書類の読み方を習っていると、休憩のあいだになぜかその話題になった。

なぜかというより、篤行は聞き上手なのだ。

貴郁の元気がないのに気づいて、巧みに水を向けてその悩みに到達してしまった。黙っていては気が重いばかりなのに、昨日の出来事を口にしただけで、貴郁の心はだいぶ軽くなっていた。

「話してみると大したことはないんですけど」

篤行を煩わせたくないと笑い飛ばすと、隣に座した義兄は「そんなことはない」と重ねた。

「その場にいれば、俺もきっと不愉快な思いをしただろう。財界の老人たちは、すぐに人の弱いところを探す。ハイエナみたいにいやらしい連中だ」

弱いという単語に、胸を抉《えぐ》られた気がする。

それではまるで貴郁が宗晃の弱点のようで、昨日から燻っていた申し訳なさが倍加したからだ。

「すみません、僕がしっかりしていないから」

「君を責めてはいないよ」

篤行は表面上は明るく笑ったが、そのまなざしはどこか憂いを孕《はら》んでいるようだ。

結局昨日は気疲れしてしまい、宗晃が抱いてくれなかったのも、貴郁には気がかりだった。

このままでは、よくない。

貴郁がもっとしっかりしなくては、宗晃がどうしてこんな頼りない男と愛娘《まなむすめ》を結婚させたのかと余人に思われてしまうだろう。そこから宗晃の社会的信用さえも揺らぎ、この三人の関係さえも明るみに出てしまうかもしれないのだ。

発想が飛躍しすぎかもしれないが、この関係にはどんな綻びがあってもならない。殊に宗晃のような有力な事業家を、どうやって引《ひ》き摺《ず》り落とすか手を拱《こまね》いている連中も多いはずだ。貴郁が宗晃の失脚の原因になるのは、不本意だった。

「父さんも君と息抜きをしたかったんだろう。美人の息子を見せびらかしたかったのかもしれないな。俺も真似《まね》してもいいか？」

「どこかへ出かけるんですか？」

誘いそのものは有り難いが、華麗な篤行が一緒だと目立ちかねない。父への劣等感を拭いつつあっても尚、すぐには自信が持てずにいた。

「うん。来月の歌舞伎《かぶき》のチケットを手に入れたんだ。一緒に行かないか」

「歌舞伎？」

「東京劇場《とうきょうげきじょう》の公演だ」

戦争で焼失した歌舞伎座《かぶきざ》に代わり、今は東京劇場で興行が行われている。そこならば必要以上に目立たないし、見せびらかすとは口実で、篤行なりに気を遣ってくれているのだろう。

「嬉しいです」

「じゃあ、ご褒美をもらおう」

「ご褒美？」

「褒美は常に美姫《びき》のキスと決まってる」

「ここでは、ちょっと」

書斎は貴郁にとって唯一の息抜きの場所で、宗晃と篤行が手を出さないところと決まっている。

書斎を緩衝地帯にしたのは、そういう場所がないと貴郁が保たないからで、逆に言えば家中のどこであろうと、書斎でなければ躰を許すという意味でもある。

「誰も見ていない」

悪戯《いたずら》っぽく篤行が言ったものの、貴郁は首を振った。一つ約束を破れば、ずるずる崩れてしまうのは、自分の流されやすい性格からもよくわかっていた。

「でも、約束ですから」

「そうか」

こつんと額を押しつけ、篤行が上目遣いに貴郁を見つめてくる。

「それなら、キスはしない。代わりにこうして君を見つめているのは？」

「近すぎます」

思わず笑いだした貴郁に、「漸く笑ったな」と告げて篤行が顔を離す。

篤行は誰もが目を奪われるほどの男前で、才能に溢れている。優しくて紳士的で、でも時に嫉妬深くて、その愛情はいつも熱い。

貴郁を溶かしてしまうように。

彼の熱を意識したせいか、緊張に唇が乾いてきた気がする。瞬《まばた》きをした貴郁が舌先で唇を舐《な》めると、篤行が「悪い子だな」と顔を再び近づけて囁いた。

「どんな顔をしてるかわかってるのか？」

「どんなって？」

「濡《ぬ》れた目で俺を誘ってる。頼むから、外ではそんな顔をしないでくれ」

「してない……と、思います」

貴郁が考えつつそう答えると、篤行は「どうかな」と首を振った。

「ほかの男にそんな目をしないと言えるのか？　おかげで俺は気が気じゃないんだ」

「気をつけています。それに、僕は篤行さんとお義父さんにしかそういう気持ちになりません」

加えて、世の中には、篤行が案じるほど男色家が多いとは思えない。篤行は考えすぎなのだ。

貴郁の従順さに喜色を浮かべた義兄が口を開きかけたそのとき、誰かがドアをノックした。

慌ててぱっと離れると同時に、相手は許可も得ずにドアを開け、無遠慮に踏み込んでくる。

この家でそんな不躾《ぶしつけ》な真似をできるのは、宗晃と秋穂《あきほ》くらいのものだった。

「お邪魔だったかしら」

「秋穂さん」

急いで腰を浮かせた貴郁を制し、普段着の秋穂はにこりと笑った。彼女の動きは俊敏で、長いスカートがひらりと揺れる。

黒田家と清澗寺家の生活習慣の共通点は多く、基本が洋装でしかもほぼ着崩さない点もそっくりだ。時折篤行が腕捲《うでまく》りをするくらいで、彼らはそれぞれのスタイルをきちんと守っている。

「どうしたんですか？」

「アルバムを取りに来たの。確かここよね」

彼女は振り向きもせずに本棚を眺め、下段にあった分厚い冊子を引き出した。

「そうそう、これだわ」

「写真なんて珍しいな」

篤行の感想に、秋穂は「そうなの」と大儀そうに頷いて、二人の向かいに腰を下ろした。さすがにここまでは掃除が行き届いていなかったのか、アルバムにふっと息を吹きかけると、埃が舞い散った。

「雑誌社に頼まれたのよ。子供の頃の写真があったら貸してほしいって」

「おまえは昔から可愛らしかったからね。いい写真も残っているし、選ぶのに苦労しそうだ」

それは篤行の本心のようで、嫌みも何もない。篤行にとって、秋穂は自慢の妹なのだろう。

「そうね。貴郁さん、見てみる？　篤行兄さんの写真もあるわよ」

秋穂がアルバムを差し出したので、貴郁は断る理由もなく、頁《ページ》を捲《めく》った。

「これが秋穂だ。生意気そうな顔をしてるだろう」

「本当に、昔から美少女なんですね」

貴郁の感想に、秋穂は「お上手ね」と笑う。

「お兄様なんて、外国人の俳優みたいでしょう。こうして写真で見ると日本人とは思えないわ」

「ええ」

「だから、俺は君の言葉がとても嬉しかったんだ」

篤行はそう言って、貴郁の手に自分の手を重ねる。

ガイジンと馬鹿にされていた篤行を貴郁が助けたらしいが、邂逅《かいこう》の記憶は朧《おぼろ》気だった。

「これがお父様よ。ほら」

二人の醸し出すやわらかな雰囲気など気にも留めず、秋穂が別のアルバムを引っ張り出してきた。意外にもこちらは埃を被《かぶ》っておらず、綺麗《きれい》な状態だ。

「お父様の若い頃の写真は貴重よ。見たことがないでしょう？」

貴郁は薄く口を開けて、印画紙に残された義父の美貌に見入った。

どれも写真館での記念撮影のようで、氷の皇帝《ツァーリ》と称される宗晃の若い頃の姿は、ぞっとするほどに美しかった。

冷ややかなまなざしに、笑み一つ浮かべない口許。見つめられただけで凍《い》てつきそうな目は、写真なのに実際の色合いさえわかりそうだ。

まるで銀幕のスタアのブロマイドのように、完成された一枚だ。畏怖すら覚えるその美貌に黙り込む貴郁に、篤行は「迫力があるだろう？」と茶化した声音で言って場を和ませた。

「ええ、とても」

「母もよく父と結婚したと思うよ。並の日本人は怖がって寄りつかなかったそうだからね……あれ？」

そこで初めて、篤行が不審そうな声を上げて、アルバムに視線を落とした。

「お兄様、どうしたの？」

「ここに一枚写真があったはずだが、おかしいな」

言われてみるとその頁には写真を貼った痕跡だけがあり、不自然な空間ができている。

「あら、そうね。でも、父さんが剝がしたんじゃないかしら？」

「……ああ、そうかもしれないな」

二人とも、どんな写真が貼られていたかは覚えているらしく、互いに意味ありげに目配せをした。

「何の写真ですか？」

「君は知らなくていい」

篤行は珍しく強く言ってアルバムを閉じたが、貴郁が表情を強張《こわば》らせたのに気づいたらしい。

「今のは他意はないんだ」

「……はい」

謝られたせいで、よけいに何か秘密があるのだろうと思い当たる。わだかまりの小さな棘《とげ》を感じかけたが、追及は諦めた。

「じゃあ、私はお遑《いとま》するわ」

「おやすみ、秋穂」

秋穂は夫婦の寝室で一人で寝るようだったので、貴郁は篤行を上目遣いに見やる。

「今夜は俺が君を独り占めしていいだろう？」

「はい」

貴郁が頷くと、篤行は嬉しそうな顔になった。

「試してみたいことがあるんだ。君が悦んでくれるといいんだが」

篤行と膚を重ねるのは気持ちがいいし、彼の独占欲を感じるのは幸福だった。彼がしてくれるものならば、何でも悦んで受け容れられる。

「その前に、もう少し経理を教えてもらえませんか」

「君は勉強熱心で偉いな」

褒められるとくすぐったくて、照れ臭かった。

できるなら、ずっと、このままでいたい。

揺籃《ようらん》のような居心地のよさの中、ただただ溺れていたい。

そのために、貴郁は何もしなくていいのだろうか。

宗晃も篤行も、貴郁に躰を開くことしか求めない。

だからこそ、貴郁は時々不安になってしまうのだ。

3

「今日も可愛くできたね、いい子だ」

余韻で頭に霞《かすみ》がかかったようにぼんやりしていて、部屋の空気が薄く思える。

全身が汗ばみ、敷布も何もかもが躰に纏わりつく。

「ン…」

行為のあとにしては宗晃《もとあき》の接吻《せっぷん》は濃厚で、全裸の貴郁《たかふみ》は自分の躰にまた火が点いてしまうのではないかと、気が気ではなかった。

「気持ちよかったか？」

「はい、すごく……」

膚も髪も汗で湿り、敷布もしんなりと濡れている。爛《ただ》れた営みを三人で共有するときもあれば、こうして一人ずつ相手をするときがある。夜をどう過ごすのかは、貴郁には決定権はなかった。

いや、決定権があってもなくても大差ない。貴郁の躰はいつも飢え、渇いていたからだ。

「特に奉仕がだいぶ上手くなった。最初の拙さが嘘のようだ」

「お義父さんが丁寧に教えてくださったからです」

実際、どうすれば義父と義兄が満足してくれるか、貴郁は試行錯誤している。和貴《かずたか》がどう深沢《ふかざわ》に奉仕していたかなども思い出し、行為に反映させようとした。尤も、行為が始まると没頭してしまい、貴郁の思惑など役に立たないことのほうが多いのだが。

「風呂に入るか？」

宗晃の乾いたさらりとした手が、髪に触れる。

「いえ、少しこのままで……」

「そうか。私は仕事をしているから、用事があれば呼びなさい」

宗晃があっさりと戸口に向かったので、貴郁は「あの」と遠慮がちに呼び止めた。

「ん？」

もう少し、大好きな義父と二人きりでこうして睦《むつ》み合《あ》っていたい。髪や膚に触れてほしいし、キスもしてほしい。だけど、行為が終わってしまえば貴郁はその要求を口に出せなかった。

「……何でも、ないです」

行為の前もあとも濃密に触れ合いたがる篤行《あつゆき》と違って、宗晃は常に淡泊だ。だからこそ貴郁は宗晃との短い触れ合いを惜しみ、熱心に彼に尽くしてしまうのが常だった。

身を翻した宗晃は、貴郁を置いて、右の扉から自室へ戻ってしまう。

風呂に入るため浴衣を身につけたところで疲れ果て、貴郁は寝台に横たわって目を閉じた。

貴郁だけが浴衣を着て寝るようになったのは、捲ればいつでも性交できる手軽さを彼らが好むからだ。貴郁は和装が似合うため、父子はその姿を愛《め》でて愉しんでいる節もあった。

まだ脚のあいだに違和感が残っていたし、身中に精液が注ぎ込まれたままだ。

けれども、今は洗い流したくない。

明日から宗晃は暫《しばら》く出張に出てしまう。当面は抱いてもらえないのだと思うと、義父の愛情の証を手放してしまうのが惜しかった。

一歩この家から出ると貴郁は様々な重圧に苛《さいな》まれるが、戻れば二人の男があらゆる手立てで己の心身を愛し、癒《い》やしてくれる。

貴郁は目を閉じ、自分の躰をうっとりと両手で抱き締めた。無意識のうちに先ほどまで宗晃が弄《いじ》っていた右の乳首を押し潰してしまい、濡れた吐息が零《こぼ》れる。

夢現《ゆめうつつ》の境にいると、扉がノックされる音が耳に届き、貴郁は緩慢に瞼《まぶた》を上げた。

宗晃だろうかと思ったが、そうではない。

ノックは左側から聞こえた――つまり、篤行の部屋だ。

それきり反応がないので、訝しんだ貴郁は無理をして起きる。のろのろと近づいてドアを開けると、篤行が姿を見せた。

「終わったか？」

「あ……はい」

「今日は父に譲るつもりだったけど、あんな声を聞くとだめだな」

「す、すみません、声、大きかったですか？」

「いや、俺が聞き耳を立てていたんだ」

冗談めかして言ってから、篤行は肩を竦める。

「正直、妬《や》けてくる」

「何が、ですか？」

「君は俺とも父とも、あっさりと寝てしまう」

突然、三人の関係の前提に立ち返るような発言をされて、貴郁は戸惑った。

「それは、だって……僕は二人のものだから」

「俺だけのものになる気は、ないのか？」

その問いをぶつけられるのは、困る。もうとっくに答えが出たはずの関係を、掘り起こさないでほしい。この結論が、三者にとって一番いいはずだ。

「時々、後悔する。俺にもっと金と力があれば、君を俺一人のものにできた」

どう答えればいいのか迷い、貴郁は沈黙を選ぶ。

　対話の内容が想定外のものだったうえに、貴郁はまだ体内に義父に注がれた雫を秘めており、それを漏らさないために上の空だったからだ。

「いや、金や権力だけの問題じゃないか」

　自嘲気味に言った篤行は、困惑する貴郁を目にして微《かす》かに頭を振った。

「悪かった。困らせるつもりはないんだ。ただ、ここに……ほら、嚙《か》み痕《あと》がある」

「気づきませんでした」

「父なりに、俺にプレッシャーをかけてるんだろう。君の半分は自分のものだと」

　篤行は、いきなり、貪るような接吻を仕掛けてきた。

「……っ…」

　油断していたせいで、貴郁はよろめき、窓に寄りかかった。裸の背中を窓に押しつけられ、火照った躰が少しだけ冷える。

「だめ、おにいさん…キス、しないで……」

「どうして？」

「出ちゃう……」

　力を入れていられなくなったため、緩んだ蕾《つぼみ》からとろりと精液が溢れる。

「あ……」

　我慢しようとしたが、事情に気づいた篤行に浴衣の裾を捲《まく》られてしまう。秘部を見られる羞恥が一瞬にして募り、それ以上耐えるのは無理だった。

「ああ、あ……」

　堪《こら》えきれずにどろどろと溢れ出した精液は、寄せ木の床を汚していく。

「すごい量だな」

　何度となく義父に精液をねだり、射精されたのを言い当てられたようで恥ずかしい。これだけ注がれたのは、つまり、貴郁の淫欲の深さのせいだ。

「僕が、ねだったから……」

「違う。君の所有権を主張してるんだ。父はこの頃は女遊びも控えて、君に執心しているからね」

　断言した篤行は貴郁の二の腕を摑み、ぐっと後ろを向けさせた。羞じらう貴郁を背中から抱え込んで動けないようにしてから、篤行はまだ濡れている部分にいきり立つ雄蘂《ゆうずい》の尖端《せんたん》を押しつける。

「や…だめ、もう……」

これ以上は、躰が保たない。自然と拒むための台詞が漏れたせいか、篤行が舌打ちをした。

「父さんとしたから、俺とはできない？」

囁きのあとに強めに耳朶を噛まれると、鋭い刺激が貴郁の性感を揺り動かす。

「だめ…っ」

とば口をぬるりと切っ先で撫《な》でられて、これ以上は躰が保たないと思う気持ちと裏腹に、期待で胸が震える。蹂躙《じゅうりん》される快楽を知った秘蕾《ひらい》に深々とねじ込んでほしくて、躰に新しい熱が点《とも》った。

「まだ出てるよ。すごいな、父さんはどれだけ君に種付けしたんだ」

感心したように呟く篤行の声には、確かな苛立《いらだ》ちが籠もっていた。

「僕が、悪いんです……欲しがって……」

「孕《はら》みたくてしつこくしたのか？」

ふ、と篤行が露悪的に笑う。

「そう、です」

「言ってごらん、父さんで孕みたがったって」

「…孕みたくて…」

浅ましい単語を強要され、貴郁は目を伏せた。

「お義父さんの子種、欲しくて…搾りました……」

昂奮に口の中が乾いてきて、貴郁は躰を震わせる。

「何てねだったんだ？」

「…お義父さん、たくさん注いで……ほかの人の、精液、入らないくらい……」

唆されるまま義父との媾合《こうごう》での台詞を再現したせいで、義兄の欲望により激しい火を点けてしまったと気づいたが、もう遅かった。

「つくづく、君が女でなくてよかったよ。どちらの子を孕むか、考えただけで気が狂いそうになる」

篤行は貴郁の細腰を摑んで、いきり立つ男根を容赦なくずぶりと突き入れる。

「あァ…っ…」

「すんなり入る。どうだ？」

「や、あ、あっ、あっ、ああっ！」

隘路《あいろ》を乱暴に擦られ、一瞬、頭が真っ白になる。

熱いものが飛び散り、貴郁は自分の精液が胸や腹にかかったのに気づいた。

「熱いな、今日は格別よく嚙み締めてる」

「は、入って……や……ッ」

「挿れてるんだ、当たり前だろう」

「いや……」

阻もうとする襞をあしらうように激しく貫かれ、貴郁は一応は拒絶の声を上げる。

「こうすると君の肉は、いつも絡みついてくるんだ。それとも俺が初めての男だから、俺のかたちを覚えて受け容れてるのか？」

「あ、の…わか…ない、……」

「噓もつけないあたり、可愛いよ」

くすりと笑った篤行が、突き上げる律動を速めてくる。立ったままでは奥へ届かないのが、ひどくもどかしかった。もっと深くしてほしいのに。

「やめて…あ、あ…んーっ……」

「いつの間にか、父に君が慣らされてく。間男に寝取られてる気分を味わえるとは、思わなかったよ」

詰《なじ》る声も掠《かす》れ、篤行の反応の端々に彼が味わう快楽の深さが滲んでいた。

「そ、んなの……あ、だめ、だめっ」

「躰は、全然抵抗していないくせに」

「あっ！」

両腕を摑まれ、手綱のように後ろに強く引かれる。

「してる、けど……でも、それ、きもちい…ッ…」

「ほら、ちっとも抵抗してないじゃないか」

低く笑った篤行は、悲鳴を上げる貴郁をものともせずに、無心に腰を使って熟れた淫孔を攻め立てた。

「ん、あ、あ、あっ、いい、いい、いいっ」

こうなると、もう何も考えられない。

怖いのに、気持ちいい。

難しいことは全部忘れて、貴郁はただの征服されるべき肉になってしまう。

「もっと緩めて」

「あ、あ、だめ、にいさん、あ、やだっ…」

「君の中で父さんの精液と混ぜてみようか。いや、父さん以上にたくさん出してやる」

勢いをつけて激しく抉《えぐ》られて、貴郁は躰を仰け反らせる。

「ひ、ん、んあっ、あ、そこ、もっと、深く……」

「こう、か？」

太くて固いものが、角度をつけて急所を狙ってくる。凄まじい愉悦に、貴郁は弾んだ声で喘いだ。

「うん、そう、そこ…いい…イイ…」

「ねだってごらん」

一度認めてしまえば、最早《もはや》、歯止めが利かない。

「そこっ、いいっ、ついて、衝《つ》いて、もっと、いく、いく、いくっ…お義兄さん、孕むの欲しい…っ…」

「父さんよりも？」

「お義父さんより、いっぱいだして……！」

立ったまま犯されている事実が、貴郁に異様な昂《たかぶ》りをもたらした。体内の篤行を締めつけると、耐えかねたように彼が唸《うな》り、貴郁の中に精を注いだ。

「…ーッ…」

それに呼応し、貴郁も射精してしまう。

「俺一人のものにできないのが、こんなにつらいとは思わなかった」

囁く篤行の声が、熱い。

自分でも思っている。

どうして篤行ではだめなのかと。

篤行の執着心はとてもわかりやすくて、そしてともすれば心地よい。

常識的に考えても、篤行を選んだほうが幸せになれるはずだ。けれども理屈ではどうにもならない部分で貴郁は宗晃を求めており、止められなかった。

結局、自分に必要なのは篤行と宗晃の二人なのだ。

「ここで出してごらん。シーツの上よりいいだろう」

「く……」

言われたとおりに腹に力を込め、注がれたものを床の上に排出する。腿を伝う汗と精液の感触に、どれだけ注がれたのかと思うとぶるっと身が震えた。

自分のものと、二人の男の精液が床で混じり合う。

ふらふらになった貴郁を篤行は寝台に横たえ、寄り添ってくれる。

「趣味の悪いやつだな」

唐突に頭上から降ってきたのは、宗晃の声だった。

「聞こえてましたか？」

「ドアが開いているのを知っていたんだろう？　貴郁君をあんなに啼かせて、なかなかのものだ」

褒める口調にも余裕があり、平然としている。

「立ったままでも感じますよ、この子は」

「なるほど、いい趣向だ」

「父さんは妬かないんですか？」

「この子は私のものでもある。そうわかっているのに、妬く必要はないだろう？」

宗晃はそう言い放つと、身を屈めて貴郁の口中にぬるりと指を差し入れる。

「おまえに奪えるわけがない。二人分愛されてやっと満足するような欲張りな子だ」

「ん、んむ……」

細く長い指で口腔《こうこう》を自在に弄られて、貴郁は自然と腰をいやらしくくねらせる。


それを目にした篤行が、小さく舌打ちをした。

「貴郁君が淫乱でよかっただろう？」

「――ええ、とても」

篤行は何か言いたげに一瞬間を置いたが、すぐに同意する。

「留守中、できる限り抱いてあげなさい。この子は欲しがりだから、飢えさせるほうが酷だ」

「わかっています。過ちを犯されるのは御免です」

篤行は頷き、抱き締めた貴郁に「もう一度するよ」と耳打ちした。

「あの、僕は……このままで、いいです」

こうして手足を絡ませて篤行の体温を感じているだけでいい、そのはずなのに。

「欲しいんだろう？　濡れて、ひくついてるよ」

「…だめ…なぞらないで…そこ…欲しくなる……」

「本当に君は」

篤行は呟き、自分の言葉を掻き消すように貴郁の唇にそれを重ねてきた。

秋穂《あきほ》の言うとおりに貴郁を共有することで、二人は結びつき、均衡《きんこう》を保っている。

確かに、二人分の愛情を注がれるのは、欲深い貴郁には途方もない歓喜だった。貴郁は劣等感から抜け出し、誰にも負けない深い愛に酔えた。和貴よりもずっと、貴郁は幸せになれるはずだった。

なのに、この爛熟《らんじゅく》の光景をもう一人の自分が醒《さ》めた目で見守っている。

二人の愛を受け止めるような非常識な関係が、長続きするわけがない。そもそも二人で一つの愛なんて、彼らはそれで満足なのだろうか。

だいたい、貴郁に対する愛情の出発点自体が、あやふやなものだ。

篤行は子供の頃の初恋を引き摺っているだけだし、宗晃にいたってはかつて恋した女性の忘れ形見というだけだ。

その証《あかし》に、熱情を真っ直ぐにぶつけてくる篤行と対照的に、宗晃は常に一歩退いた態度で二人を見守っている。本当は三角形とは言えなくなりつつあるのかもしれない。

このかたちを保つためには、努力をしなくては。そうでなくては、すべてが終わってしまう。

そもそも彼らは、自分の何を好きなのだろう。

この肉体――か？

「抱いても抱いても、果てがない。それどころかもっと貪欲になる……君がほかの男を識《し》らなくてよかったよ」

篤行が逞しい腰を使い始めると、それに焦《じ》らされて思考はまともに働かなくなる。

切れ切れに声を上げて喘ぎ、貴郁は快楽の渦に身を投じた。

「あ、来たわ」

ダンスホールの壁に凭《もた》れて手を振る秋穂は、相当呑んでいるらしく顔が真っ赤だ。足許が覚束《おぼつか》ないその様子に、貴郁は心中でため息をつく。

「秋穂さん」

「どう？　これが私の旦那様よ」

秋穂の言葉を聞いて、男たちがひゅうっと口笛を吹く。芸術家崩れの取り巻きたちか、貴郁より年上で、ずっと遊び慣れている様子だった。

「いつも、妻がお世話になっています」

「やだな、こんな場所まで来て堅苦しい挨拶はなしで、まあ、一杯どうぞ」

酔った男がグラスを押しつけてきたので、愛想笑いを浮かべた貴郁はその処理に迷った。

迎えにきてほしいとの電話があって急いだはいいが、どうやらすぐには戻れないようだ。

「これが秋穂君を射止めた彼か」

「綺麗でしょ？　お兄様もお父様も夢中だわ」

「確かに、秋穂君と別の意味で美しいな」

「そうなのよ。毛色の変わった新しい玩具《おもちゃ》というところね。何しろあの清澗寺《せいかんじ》の血筋ですもの」

もともとはっきりとした物言いをするうえ、酔いも手伝っているらしく、秋穂の発言には遠慮がない。

清澗寺という言葉に彼らが一瞬沈黙したため、不快感は更に募った。

「——あの一族が女と結婚するとは意外だな」

「そうしないと今頃家系が絶えてるわよ」

勝手な言葉をぽんぽんと並べ立てられ、貴郁はむっとしたが、事実なのだから仕方がない。

「触ってみてちょうだい。膚なんて私よりもしっとりしているのよ」

いきなり背広とシャツを一遍に捲り上げられ、腕を晒《さら》す羽目になった貴郁は赤面した。

「どれ……うん、触り心地がいいな」

「肌理《きめ》も細かいし、女みたいだ」

秋穂は父兄に捧《ささ》げられた供物を見世物にするため、こうして貴郁を呼び出したらしい。遠慮なく膚を撫で回され、貴郁は困惑に目を伏せてしまう。

「秋穂さん、そろそろ……」

「待って、もう一曲踊りたいわ」

そう言って秋穂がよろよろとフロアに向かったので、見ていられなくなった貴郁は顔を背けた。

どこかで外の空気を吸いたいと視線を彷徨《さまよ》わせると、「厠《かわや》ならこっちだ」と取り巻きの一人が貴郁の腕を引く。そういうわけではなかったが、ここにいるよりはましだと、貴郁はおとなしく従った。

「ありがとうございます」

一礼した貴郁がそこに入ると、なぜか男もついてくる。訝しむより先に接近してきた男に壁に追い詰められ、貴郁は後退った。男は貴郁の小さな頭の両脇にどんと手を突き、逃げ場を奪う。

「何の用ですか」

「清澗寺君は噂《うわさ》どおりの人だな」

貴郁が「噂?」と首を傾《かし》げて男の双眸《そうぼう》を凝視すると、彼が息を呑む気配が伝わってきた。

「男を誘う妙な色気があると。会ってみてわかったが、実際そのとおりだ」

「ご冗談を」

そうした空気は醸し出さないように、貴郁は努めてしゃんとしているつもりだ。

「しらばくれてもだめだ。君、女よりも男のほうが好きだろ?」

「秋穂さんは僕の妻です」

貴郁は確答を避けたが、相手はしつこかった。

「偽装結婚っていうやつもある。秋穂嬢はあのとおり、奔放だからな」

いったいこの男は、何を言っているのか。

貴郁が四六時中男を誘うような、そんなふしだらな人間だと言いたいのだろうか。

「ここに来たのも男漁《おとこあさ》りだろ?」

「馬鹿馬鹿しい。言いがかりはやめてください」

かっとなった貴郁は相手を押し退けるが、濡れていた床に足を取られ、男の胸に倒れ込んでしまう。

それを抱き留めた男はすかさず貴郁の尻に手を回し、いきなりいやらしく揉み込んできた。

「あっ!」

「いい声だ。ここで試してみるか?」

不作法な男を振り払おうとしても、着衣の上から強引に揉まれると、勝手に襞が蠕動《ぜんどう》してしまう。

「やめて、ください……嫌……」

貴郁の声がせつなげに震えたのを敏感に聞き分け、男は鼻先で笑った。

「これだけで感じているだろう？」

「ちがう……」

好奇の視線を浴びることは、ままある。このところ、妙な輩《やから》に絡まれる場面も増えた。けれども、黒《くろ》田《だ》親子以外からこんな風に性的に触られるのは初めてで、貴郁は狼狽《ろうばい》するほかなかった。

感じているわけじゃない。あの二人でないと嫌だ。そのくせ、動けない。昔はこういう輩を簡単に振り払えたはずなのに、今は膝ががくがくと震えてきて、立っているのもつらかった。

「今から、俺の家に来いよ。楽にしてやる」

「だめ、です……やめて…っ…」

「そんな声を出して、だめなのか？　もうまともに立ててないし、あんた、とんでもない淫乱だな」

己の反応が理解できず、貴郁は混乱しきっていた。

「ヒロポンを使ったやり方、教えてやるよ。最高に気持ちがいいんだ。みんなで愉しもうぜ」

そうか、宗晃と篤行との情事を思い出したせいだ……。

「いいだろ？」

男に寄りかかった貴郁が抗《あらが》うように首を振ったそのとき、黒い影が視界の端に映る。次の瞬間、貴郁の躰はその人物によって抱き寄せられていた。

「俺の義弟《おとうと》に何をしてる？」

篤行だった。

「あ、あれ、黒田さん……」

安堵《あんど》に躰の力が一気に抜けそうになる。

「油断も隙もあったものじゃないな。この子は世間知らずなんだ。悪い遊びを教えないでくれ」

怒りからかえって冷えきった声で言い、篤行は片手で男の襟首を摑んだ。

「ま、待ってくださいよ、こいつが誘ったんです」

「貴郁君が？」

「見ればわかるでしょう？　誘ってるって」

「義弟を侮辱するな！　それとも殴られたいのか？」

篤行は相当怒っているらしく、その目が肉食獣のように炯々《けいけい》と輝いている。

「あの、お義兄さん、誤解なんです。僕が酔っ払って、介抱してもらっていただけで……」

義兄に縋《すが》った貴郁が懸命に取りなすと、篤行は憤《ふん》怒《ぬ》に燃えた目を隠しもせずにふいと顔を背けた。

「帰ろう」

「秋穂さんは？」

「とっくに帰した。今は、君を探してたんだ」

「——すみません」

どうやら、迎えにいったはずの貴郁の帰りが遅いので、篤行まで心配して二人を捜しにきたらしい。

「タクシーは拾えそうにないし、車に戻ってきてもらおう。少し待っていてくれ」

ダンスホールで電話を借りた篤行は家令に再度車を回すよう指示をすると、貴郁を屋外へ出した。

建物から離れたところで篤行は足を止め、爛々《らんらん》と光る双眼で貴郁を見下ろした。

「こんなところで男漁りをされるとはね。父がいないから、俺だけじゃ物足りないのか？」

「違います。あの、からかわれたんです。僕が清澗寺家の人間で、そのうえ皆さんの憧れの秋穂さんと結婚したから……ただの嫌がらせです」

「嫌がらせ、か」

まるで信じていないような口調だったので、貴郁は困惑して尚《なお》も言葉を連ねた。

「だって、僕みたいな相手じゃ退屈でしょうし」

その声を聞き咎《とが》め、篤行が貴郁を睨《にら》んだ。

「僕みたいな、というのは何だ？　どういう意味で言っている？」

「あ……その……」

「卑下はしないでくれ」

ぴしゃりと篤行は反論を封じ、貴郁を見据える。

「君は俺が……俺たちが選んだ大切な人だ。君が自分を軽んじるのは、俺たちを侮辱されているのも同じだ」

「……すみません」

篤行が何に怒っているのかはわからないので、貴郁は途方に暮れる。

「もう二度と、ダンスホールなどには足を踏み入れるんじゃない。いいな？」

篤行らしからぬ高圧的な物言いだったが、貴郁は「はい」と答えるほかなかった。


あと少しだけ、待っていよう。

あと五分。

それで宗晃が戻らなければ、眠ってしまおう。

貴郁が欠伸《あくび》混じりで寝台で寝転んでいるうちに、玄関ホールで人の声が聞こえてきた。

一週間ぶりに、宗晃が戻ってきたのだ。

慌てて駆けだした貴郁が二階の吹き抜けからホールを覗き込むと、宗晃が佇んでいた。

「お帰りなさい、お義父さん」

階段を駆け下りながら挨拶をする貴郁に、顔を上げた義父は「ただいま」と告げる。

「元気にしていたか？」

「はい！」

弾んだ返事を聞き、宗晃は鷹揚《おうよう》に頷いた。

篤行との日々はひどく気まずかったので、宗晃が帰ってきてくれたのがとても嬉しかった。

「淋《さび》しくなかったか？」

「大丈夫です」

「なるほど、それでは私のほうが少し淋しいな」

心配させまいという気持ちと、一抹の嬉しさが入り混じった貴郁の発言を、宗晃は自分の不在でもまったく動じなかったと解釈したらしい。

「あ、あの…違います。そうじゃなくて」

どう言えば自分の思いをわかってもらえるのだろうと、貴郁は焦りから蒼褪《あおざ》めるのを感じた。

「からかっただけだ。今夜は私の寝室においで」

確かに、前もこんなやり取りがあった。頬に触れた宗晃の手指は冷たいが、それが逆に心地よい。

「わかりました」

宗晃は疲れてしまっているだろうけれども、少しでも彼と共に過ごしたい。

一時間ほど経《た》ち、支度を調えた貴郁が寝室へ向かうと、宗晃は入浴を終えて待ち構えていた。

タンブラーを手にした宗晃はシャツにズボンの軽

装で、「篤行はどうだった？」と端的に問うた。

「どうというのは？」

「私がいないあいだ、篤行と愉しんだのだろう？　上だけ見せてごらん」

羞じらいから貴郁は目許《めもと》を朱に染めたが、敬愛する義父の言葉に逆らうわけにはいかない。自分の浴衣の襟に手をかけて、それを左右に開く。

「見えないな。こちらへ来て、全部脱ぎなさい」

貴郁は無言で、寝台の傍らにある椅子に腰を下ろした宗晃に一歩近づく。

さすがに全裸になるのは恥ずかしかったものの、宗晃の命令ならば仕方がないと従った。

ウイスキーを一口呑み、貴郁の裸体を無遠慮に眺めていた宗晃はやがて口を開いた。

「左の乳首だけ大きくなったね」

それの意味するところに気づき、貴郁は躰が火照るのを感じた。額に汗がじっとりと滲み、自然とそこに神経が集中し、躰が昂《たかぶ》ってくる。

「それは……その」


ダンスホールで秋穂の友人に絡まれたせいか、ここ二日ほど、閨において篤行の責めは激しかった。

薬漬けにされて輪姦されたかったのかと詰《なじ》られ、違うと泣いても許してもらえなかった。自棄《やけ》になってそうだと偽ると、よけい激しく苛《さいな》まれた。

あそこで自分の躰を熱くしたのは、二人への思いであってあの男では断じてない。

無論、篤行は後悔して謝ってくれたし和解はしたが、おかげで貴郁は貧血気味で、会社でも仕事に集中しきれなかった。そのせいか、会社では同僚もろくに話しかけてこない。

「責めてるわけではない」

淡々と言われると、篤行との温度差を感じて心臓が痛くなる。

「左を篤行のものにしたから、あの子がむきになってこちらだけ開発するのだろう？」

「……はい」

「あれにも困ったものだ。君が医者に行ったらどうするかなど考えないのだろうね」

宗晃はそう言い、貴郁の右の乳首を指先で押した。

「あうっ」

途端に鋭い刺激が走り、貴郁は震えながらその場に座り込んでしまう。

こちらは宗晃のものだ。

独占してほしいとは思わないけれど、嫉妬心を見せてくれても罰は当たらないはずだ。

篤行など、こうして左だけ弄り回すほどに暑苦しく、宗晃への対抗心を露《あらわ》にするのに。

「こちらを見なさい」

目線を上げた先に宗晃の下腹部が見え、湧き起こる感慨にぞくっと躰が震えた。

——欲しい。

じわじわと舌先に唾液が溜まり、貴郁は知らず、自分の唇を舐める。前よりも分泌量が増えたのか、唇から唾液が溢れてしまう。

宗晃はその欲望を知っているだろうに、珍しいものでも見るかのように貴郁を一瞥《いちべつ》した。

「右の乳首だけで達ってごらん。そうしたら、君の望みを叶《かな》えよう」

「でも……」

両方の乳首を弄っていいならともかく、右だけでは刺激が足りないはずだ。いくら宗晃の命令でも無理だと思ったが、義父の言いつけには逆らえず、貴郁は立ったまま乳首を弄り始める。

「………」

小さな乳首を指先で押し潰しても痛いばかりで、潰すのに飽きて引っ張ると、漸《ようよ》う息が弾んできた。

「時間がかかりそうだな。仕方ない、こちらをしゃぶってごらん」

「はい!」

喜び勇んで貴郁はそこに跪《ひざまず》き、宗晃の下腹部に顔を埋める。無意識のうちに匂いを嗅《か》いでから、性器の尖端にくちづけた。

大きく口を開き、それを迎え入れようとする。が。

「んぅ……ッ」

尖端が口蓋《こうがい》の弱い部分を掠《かす》めたと思った瞬間には、

もう達していた。

——嘘……。

男を含んだだけで射精した貴郁を見下ろし、宗晃は「咥《くわ》えただけで達くのか」と感想を漏らす。

「申し訳ありません」

呆れたような声に、貴郁はがっくりと肩を落とした。こんなことになるとは思ってもみなかったので、情けなくてたまらない。

「ずっと私のことを考えていたんだろう？」

「……はい」

「仕事のあいだも？」

「それは、我慢……しました」

貴郁は視線を落とす。

「私が欲しくなかったのか？」

「欲しかったです」

「本当に？」

「ずっと、お義父さんにご奉仕をしたくて、毎日そればかり考えていたんです。今夜も、嬉しくて……」

だんだん自分の言葉に酔い、頭に靄《もや》がかかってくるかのようだ。

そう、これが欲しくてたまらなかった。

ずっと。

今だって頬擦りしたいくらいの愛しさを、懸命に堪えているのだ。

「責めているわけじゃない。君はとてもいい子だ」

「本当、ですか？」

「嘘をつく必要などない。君の躰はとても優秀だ」

何かが引っかかった気がしたが、すぐに宗晃が先を続けたので、貴郁には検証する遑《いとま》はなかった。

「心と躰が直結しているという意味がわかったろう？　君の躰は喜びに反応するんだ」

「はい」

「私が触れると、嬉しくて感じてしまう——いい傾向だ。もっと我々に相応しくしてあげるから、準備をしなさい」

許しを得た貴郁は、喜々として男の下腹部に顔を埋めた。逞しい勃起《ぼっき》を改めて口に含み、どうすれば雄を高められるのかを考える。

「ん、ふ、お義父さん……おとうさんの、美味しい……」

喘ぐように訴えた貴郁は宗晃のものを咥えて顔を前後に動かし、できる限り下品な水音を立てながらそれをしゃぶる。

「口に合うとは嬉しい限りだ」

堪えきれなくなって尻に手をやると、宗晃は低く笑ったものの、取り立てて何も言わなかった。

よかった、弄っていいのだ。

許されている悦びが押し寄せ、貴郁は義父のものを咥えての自慰に没頭した。

「んぅう…く、ん…」

秘肉に指を忍び込ませて自らそこを掻き混ぜ、淡く拙い快楽を味わう。

義父の淫精をじっくり味わいつつ飲んだあと、貴郁は彼の下腹に顔を伏せて二度目の絶頂を極めた。

「私の膝に乗って、自分で挿れてごらん」

「はい」

貴郁は義父の膝に乗り、幼子のように彼の首に縋りついた。尤も、幼子と己の大きな違いは、貴郁がいそいそとそこに性器を食んでいる点だろう。

固くて太い——待ち侘《まわ》びていたものを……。

「お義父さん、気持ちいい……きもちい…」

「今日は随分甘えるな」

「…すごく、したかった……お義父さんと……」

むずかるように訴えつつ、貴郁は義父と繋《つな》がる背徳の快感を全身で味わい、腰をくねらせる。

右の乳首を弄りながら自重で深々と貫かれ、貴郁は歓喜の声を上げて腰を振った。

一頻《ひとしき》り精を浴びせられて満足していると、宗晃が汗ばんだ髪を撫でてくれる。

「私の留守中に何か変わったことは？」

相変わらず貴郁は会社で居場所がなかったが、それは宗晃に打ち明けるべきものではない気がした。

けれども気にしてくれているのなら、話したほうがいいだろうか。

迷った末に、貴郁は言葉を濁した。

「特に、何も……」

「篤行には何回出された？」

――何だ、そちらか。

考えてみれば、当たり前だ。

宗晃は貴郁が会社でどう働こうが、あまり気にしていない節があった。

だから、先ほどの言葉が引っかかったのだ。

躰さえ優秀ならば、貴郁のそのほかの面はどうでもいいと言われているようで。

「答えられないか？」

「あ、いえ……数えてみます」

宗晃が出かけた夜、翌朝起きてすぐ、会社で一度性急に抱かれたあとに、帰宅してから――数えてみれば二桁になっており、貴郁は羞じらいつつも素直に覚えているだけの数を告げた。

「それで、こんなに乳首を肥大させてしまったのか。篤行も君に関しては加減を知らないからな。毎回ここは弄られたんだろう？」

「……はい」

それどころか、篤行はむきになったように左胸しか弄ってくれないときもあった。おかげで感度に差が出るのではないかと貴郁なりに案じていたため、右の乳首だけでも遂げたことにほっとしていた。

「あの子は君を大事にしているはずだが、箍《たが》が外れることもあるらしい。大きさを測ってごらん」

「……それは……」

「できないのか？」

否定も肯定もしないが、どちらかといえばやりたくない。言い淀《よど》む貴郁に、義父は眉を顰めた。

「ごめんなさい、でも……恥ずかしくて」

「親の言うことを聞けないと？」

肩を震わせ、貴郁は義父の冷厳な顔を見やる。

「そうではありません、でも……」

「君の家では、父の言葉に従うようには躾《しつ》けられなかったのか？」

心臓がぎゅっと痛くなる。羞恥心に囚われ、岳父《ちちおや》に逆らってしまったことに罪悪感が募った。

「違います。僕は、あなたを失望させたくない」

「失望？　なぜ？」

「こちらの乳首だけ、大きくなったら……僕が義兄さんだけのものになってしまったようで……」

「君は何もわかっていないな」

宣告する宗晃の声は、普段以上に冷えている。

「失望などしない。私は君の父親だ。絶対に見捨てたりはしないよ」

「本当、ですか？」

「そうでなければ君を手に入れようとするものか」

どこか呆れた口調で言った宗晃は、貴郁の髪を撫で、そこに唇を寄せる。

「――少し、意地悪をしすぎたね」

「……いえ」

「不出来な兄を持ったと思ってやりなさい。あの子は君を本当に大事にしている」

だが、内容とは真逆に当の篤行に対する愛情を感じさせる口ぶりで、貴郁の心は揺らいだ。

同じように貴郁は不出来なのに、宗晃は責めることも怒ることもない。

黒田宗晃の義理の息子として上手く振る舞えない自分は、当の宗晃にどう思われているのだろう。

義父から愛される資格を、己は本当に持ち合わせているのか。

それは苦い不安となり、貴郁の心に沈んでいった。


「清澗寺さん」

社屋を出たところで声をかけられた貴郁は、反射的に足を止める。

「はい」

相手は薄汚れたハンチングを被った無精髭《ぶしょうひげ》の男で、垢《あか》じみた背広といい、堅気には見えなかった。

「ちょっといいですか」

「急いでいるんです」

名乗りもしない失礼な相手に話をする義理はないと先を急ごうとしたが、「待ってくださいよ」と右手を摑まれた。

「何ですか、いったい」

「私は、『実話秘録《じつわひろく》』っていう雑誌の記者でしてね。

ちょっと取材をしているんですよ」

聞き覚えのない誌名は、出版統制が廃されて雨後の竹の子のように現れたカストリ雑誌の一種だろう。俗悪な性風俗や犯罪実話、怪奇探偵ものを掲載した雑誌が氾濫《はんらん》し、ほぼ三号で廃刊になる有様だ。

「生憎《あいにく》、お話しできるようなことは何もありません」

「一つ質問に答えるだけでいいんです」

男は嫌にしつこく、貴郁の腕を摑んだまま放そうとしない。

これから篤行と約束があるのにと思うと苛立ったが、顔と名前を知られている以上は無礼な振る舞いはできなかった。

「この写真なんですがね」

ちらりと見せられた写真に、貴郁は眉根を寄せた。

「どなたかご存じですか？」

「義理の父の若い頃です」

「そうじゃない、女のほうですよ」

宗晃の傍らに緊張した面持ちで寄り添う和装の女性は、記憶にない。端整な面差しは、まるで日本人形のようで、落ち着いた美女だ。

——いや。

記憶にないというのは、嘘だ。

覚えている。

「この人の名前は櫃《ひつぎ》雪恵《ゆきえ》さんと言うんですよ。まあ、それは旧姓でして」

「……知りません」

突《つ》っ慳貪《けんどん》に言った貴郁は、相手に写真を突き返す。

「あれ？　そうですか？　あなたの実の母でしょう」

「僕に母はいません」

「そんな、木の股から生まれたわけでもあるまいし、子供みたいなことをおっしゃらないでくださいよ」

「僕の親は、清澗寺和貴と、義理の父の黒田宗晃だけです。失礼します」

貴郁は素っ気なく身を翻した。

「ちょっと！」

再び怒鳴られたものの、貴郁は断固として振り返らなかった。

宗晃と雪恵の関係くらい、知っている。宗晃は雪恵に片想いをしていたと言っていたからだ。

目を見ればわかる。

写真の中の宗晃は、これまでに見たことがないほどに穏やかな目をしていた。

その雰囲気には、誰も割り込めないと直感した。

これは、何だろう。このもやもやとして不愉快な気持ちは――嫉妬だろうか。

憤然と歩きだした貴郁は、はっと足を止める。

――時間。

今日は秋穂の演奏会で、貴郁が彼女から二枚のチケットを預かっている。そうでなくともぎりぎりだったのに、あの男に呼び止められたせいですっかり遅くなってしまった。

時計を見ると、もう開演時刻だ。

貴郁は慌てて走りだした。

シャツと皮膚のあいだを、たらりと汗が伝い落ちていく。上等な革靴のせいで、靴擦れができそうだ。

「貴郁君」

義兄は既に到着し、ホールの入り口で待っていた。

篤行の姿を認めた貴郁はその場で止まり、躰を折り曲げるようにして息を整える。

「ひどい汗だ。どこから走ってきた？」

既にわだかまりはなく、義兄は朗らかだ。

「会社、から……」

「仕事で遅れたんだろう？　忙しいのはわかっているから、走ってこなくてもよかったのに」

会社での微妙な空気を思い出し、忙しいとの言葉に貴郁は複雑な気分になった。

「折角の秋穂さんの演奏会です」

「……そうだな」

割り当てられた招待席は一階のボックスシートだったが、音響効果の関係で一曲終わるまでは客席に入らないよう係員に注意された。

ヴァイオリンの哀切な音色が聞こえ、秋穂の晴れ舞台を最初から聞けないことが申し訳なかった。

「そこで待とう。まだ少し時間がある」

「はい」

一階のロビーにあるベンチは誰もいない。

「秋穂はあれで音楽の腕は抜群だ。きっと名の知れた演奏家になるだろう」

「ええ」と頷いたところで、篤行が微笑んだ。

「そんな申し訳なさそうな顔をしないでくれ」

どういう意味だと問うまでもなく、顔を近寄せてきた篤行が貴郁の唇を啄む。

「待って」

家でもないのに、篤行は大胆だった。

篤行の背広を摑んで押《お》し退《の》けようとしたが、指にも手にも力が入らない。そのまま襟を摑み、震えながら寄り添うほかなかった。

「ん……だめ、おにいさん……」

「音楽に酔わされたと思えばいい」

キスの合間に触れられているうちに、性懲りもなく疼《うず》きだす躰が憎たらしい。

触れた唇を軽く甘嚙みされ、貴郁は恍惚《こうこつ》とする。

いけないとわかっている。

こんな真似をしては、だめだと。

だけど。


「――もっと…」

無意識のうちに喘ぐように甘くささやかな声が零れ、篤行が笑う気配を感じた。

「だめじゃなかったのか？」

「だめ、だけど……でも……」

いつしか鼻を鳴らしながらねだり、貴郁は舌を積極的に絡めていた。

「感じやすいな。最初の頃が信じられないよ」

「ン……？」

「潔癖な御令息で、閨房《けいぼう》のことなんて何も知らない顔をしてた」

それではまるで、あの頃のほうがよかったと比べられているみたいだった。

「ごめん、なさい……」

穢《けが》れている自分の肉叢《ししむら》が、心が、厭《いと》わしい。

「十分、落差があっていいよ。外での君は貞淑な新妻で、家に戻ると淫乱な娼婦《しょうふ》だ」

篤行は指を差し入れ、貴郁の口腔をねっとりと弄る。そう思えば、今度は微かに聞こえるヴァイオリンの音色に合わせて指を激しく動かした。

「く、は…んっ」

その動きに逞しい男根に抜き差しされる快楽を思い、貴郁の理性はどろっと蕩けていく。

こんなに浅ましい躰になったことが、我ながら情けないのに、それでも――こうでなければ愛されないとわかっているのだ。

「しかも、昼も夜も仕事熱心ときている」

囁いた篤行が、貴郁の顔に唇を寄せる。今度は抵抗できずに、貴郁は自分から彼にくちづけた。

「キスだけで、もう娼婦の顔になってる。どこかに連れ込まれても文句は言えないよ」

からかうように言われても、脳が意味を解していない。腕を回し、ねだるように舌を滑り込ませる。腰を懸命に篤行に擦りつけ、自分の昂りを無意識のうちに伝えてしまう。

「んふ、ん、ん……」

「俺が好きか？」

「好き、お義兄さん…すき…気持ちいい……」

先走りが零れ始めているのがわかる。

秋穂の演奏会でなければ、今すぐにでもどこかへ連れ込んで、犯してほしかった。

「そういう意味ではないんだが。帰ったら、あの子のレコードを聴きながらしようか」

答える代わりにキスを貪っていた貴郁は、吹き抜けになった二階から視線を感じた気がして緩慢に視線を上げる。

いつもならキスに没頭するはずなのに、その鋭い視線はやけに不躾だったからだ。

何気なく目を凝らし、貴郁ははっとする。

背の高いがっしりとした体軀の男。

なぜか、貴郁にははっきりとわかってしまった。

――東堂《とうどう》、だったか。

あの日駅で初めて言葉を交わした東堂がカメラを手に、驚いたように貴郁を見つめていたのだ。

4

会社から帰った貴郁《たかふみ》が家族用の食堂へ向かうと、既に帰宅した篤行《あつゆき》と宗晃《もとあき》は食事を始めていた。

清澗寺《せいかんじ》家と同じように黒田《くろだ》家は大概洋食で、今日のメインディッシュは牛肉の赤ワイン煮込みだ。

宗晃と篤行はカトラリーを優雅に操り、和やかに食事を続けている。

世間では食糧が不足し、餓死者が出ているのが信じられないほど、この家は満ち足りていた。

「ただいま戻りました」

その言葉に、篤行は初めて気づいたように顔を向けた。どうやら、相当会話に没頭していたようだ。

「お帰り、貴郁君。遅かったね」

「……すみません、仕事が」

このところ集中力を欠き、仕事を抱えた貴郁は残業する羽目に陥っていた。

「繊維業は上り調子ですからね。貴郁君も忙しいわけだ」

屈託なく篤行は話題を引き取り、それから宗晃に「それで、その写真が」と話しかける。

遅れて食事を始めた貴郁が写真という単語で思い出したのは、先週の演奏会でのキスだ。

あのとき、東堂《とうどう》に自分たちが接吻しているふしだらな姿を見られてしまった。望遠レンズを持っていたかまではわからないが、その場面を撮られた可能性を拭い去れない。

「写真とは、何ですか？」

「カストリ雑誌に妙な記事が出たんだ」

「え……」

まさか、あの写真を使った記事なのだろうか。

「書斎にあるが……実物を見せたほうが早いな」

篤行は女中を呼びつけ、書斎に雑誌を取りに行かせた。

まずいところを見られたと思っていたので、演奏会のあとは不安から篤行に抱かれても上の空だった。例の一件を篤行にも相談していないのだが、それにしては、義兄はやけに余裕のある態度だ。

戻ってきた女中が粗末な雑誌を差し出す。頭から頁を捲ると、記事が目に飛び込んできた。

『実業家の黒田宗晃氏に近親相姦《そうかん》疑惑』

仙花紙に印刷された太いゴチック体の毒々しい見出しに、貴郁は雑誌を取り落としそうになる。

「読んでごらん」

宗晃に促されて、貴郁は仕方なく先を急ぐ。

『終戦後も繁栄を続ける彼《か》の黒田家。元華族の清澗寺家との婚姻も果たし、閨閥《けいばつ》は着々と築かれているのも記憶に新しい。だが、黒田家に大きな疑惑が浮上している。それは、この一族が近親相姦の罪を犯しているのではないかという疑惑である』

持って回った記事に、貴郁は供された料理が冷めるのも忘れて読み耽《よふけ》る。

『黒田氏の愛娘である秋穂《あきほ》嬢は、清澗寺家の長男である貴郁氏と結婚した。清澗寺家の息子たちが養子なのは一部では有名な話で、貴郁君の母君は戦前の社交界でも美姫として名高い歌姫・櫬雪恵《ひつぎゆきえ》さんである。『椿姫《つばきひめ》』さながらにこの美姫に心を奪われた一人が、黒田宗晃氏である』

ここに問題の写真が掲載されていた。

貴郁が、先日カストリ雑誌の記者に見せられた、若かりし頃の宗晃と雪恵の写真だ。

『当時、二人は親密だという噂が流れていたことからも、貴郁君は黒田氏の実の息子ではないかとまことしやかに囁かれている。すなわち、黒田氏は自分の息子と娘を結婚させたのではないか』

貴郁は声も出ないまま、その記事の衝撃をまざまざと味わっていた。

「馬鹿げた妄想だろう？　作り話にもほどがある」

「それが本当なら、我々は血が繋がっている者同士で快楽を貪っていることになるからね」

「それはそれで、背徳的で興味深いですが」

常識人の貴郁からすれば信じられないような話だが、篤行は何も気にしていない調子で相槌《あいづち》を打つ。

「これは僕の母の、写真……ですよね？」

「ああ。書斎から盗まれたらしい。アルバムを確認したら、これだけなくなっていた」

それで初めて、頁から欠落していた写真について篤行と秋穂が意味ありげな顔をしていた理由がわかった。彼らは、あの写真に写っているのが貴郁の母の雪恵だと知っていたのだ。

「そのようなことは可能ですか？」

「使用人は入れ替わっているし、アルバム自体も長いあいだ見ていない。写真がなくなったのが戦時中か、戦後か……時期を知るのすら難しい」

確かに、アルバムなどそうしょっちゅう見ないものだし、気づかなくても無理はないだろう。

「私は彼女を愛していたが、このような記事を書かれる謂《いわ》れはない」

「……はい」

愛という言葉に、貴郁は胸を衝かれた気がした。

いつもは冷静そのものである宗晃の思いが、そこに見え隠れした気がするからだ。

宗晃が雪恵を愛していたのは、言葉どおりの事実だろう。

貴郁を無条件に愛してくれるのは、貴郁がその忘れ形見だからだ。

言い換えれば、自分が雪恵の血を引いていなかったなら、宗晃の愛を得られただろうか。

今の貴郁には、それだけの魅力があるのか。

貴郁にとって宗晃は理想の父親像そのもので、彼のものにされたときは恐ろしくもあったが、その一方で嬉しかった。

けれども冷静になると、自分がつまらなくて魅力のない人間に思えて、日々鬱々とするほかないのだ。

「血が繋がっていようがいなかろうが、俺たちは君に惹《ひ》かれるようになっているんだ」

「……嬉しいです」

二人から愛されるという夢が叶っただけでも、貴郁は満たされているはずだ。

しかし、愛ほど移ろいやすいものはない。

この満たされた関係を根本から揺るがす事件が起

き、貴郁は彼らの愛情を失うのではないか。

ありえない妄想だと笑い飛ばせないのは、貴郁の中に根深く残る劣等感のせいだ。

そのうえ、あれほど恐れていたのに、自分こそが二人の足を引っ張る原因になりかけている。

情けなさに愕然《がくぜん》とし、貴郁は口を閉ざした。


「変わらないな」

つい口を衝いて出てきたのは、そんな言葉だった。鬱蒼《うっそう》と木々が生い茂る麻布の森は新緑が美しく、この家の外の荒廃を忘れさせる。

結婚してからこの方、貴郁が清澗寺邸を訪れるのは久しぶりだ。

育ての父に合わせる顔がなく、罪悪感に押し潰されそうになるからだ。一旦は結婚に反対したものの、和貴は今やそれを祝福している。おそらく孫の誕生も期待しているだろう。だが、貴郁は義父と義兄に偏愛され、爛《ただ》れた関係に耽っている。それが心苦しく、実家から足が遠のき、訪問は正月以来だ。

一度面白おかしく書き立てられたせいか、実話系のカストリ雑誌の記者たちが常に貴郁たちを狙っていて、息をつく余裕もない。

尤も、当の宗晃はまるで気にしていないし、篤行も同じように剛胆だ。秋穂の名前に傷がつくのではないかと恐れたが、彼女は「宣伝になるわ」とあっけらかんと笑っていた。つくづく、黒田家の人々は清澗寺家の一族とは精神力の強さが違う。

こうなると、清澗寺家の人々の繊細さが懐かしくもなり、久々の来訪と相成ったのだ。

「ご無沙汰しています、父さん」

「貴郁」

小応接室で待っていた和貴の表情が輝き、貴郁は自分が彼を喜ばせているのだと喜ばしくなった。

「今日はおまえから遊びに来ると言うなんて珍しいね。何かあったのか？」

「……いえ。たまには実家に顔を出さないと」

「義務なのか？」

「そんなことありません！」

慌てて弁解すると、和貴は楽しげに目許を和ませ、

「冗談だよ」と言ってくれた。

「全然戻ってこないから、黒田さんにおまえを取られてしまった気がして、淋しかったよ」

「ごめんなさい」

和貴はおっとりとして美しいが、一方で勘が鋭い。特に色事に関しては彼の目から隠《かく》し果《おお》せる気がしない。なのに、宗晃は貴郁の出がけには口淫をさせ、たっぷり搾ってから向かうように命じた。

――君はうちの子なのだから、この味を忘れてはいけないよ？

宗晃と篤行の双方を交互に味わい、貴郁は犬のように従順に雄の精液を受け止めた。飲み込む許可をなかなかもらえずに焦らされただけに、口腔全体にまだあのこっくりとした味が残っている気がする。

「このあいだ、僕も秋穂さんの演奏会へ行ったんだ。とても素晴らしい演奏だったね」

目を煌《きら》めかせる和貴は、秋穂を意外にもよい妻と見なしているらしく、その演奏を褒めちぎる。

父は何も知らない。

似合いの夫婦でもないし、最早、貴郁は和貴が知る生真面目《きまじめ》で清潔な息子でもない。義理の父と兄に共有され、夜ごと犯されて悦ぶ立派な淫売だ。

和貴がそれを知ったら、どう思うだろう？

突然、怒濤《どとう》のような後ろめたさに襲われ、貴郁は和貴をまともに見られなくなった。

「もうすぐ、泰貴《やすたか》が帰る。会っていくだろう？」

「いえ、泰貴とはたまに顔を合わせるんです。会社が銀座なので」

当たり障りのない会話をしながら、貴郁は自分がひどく緊張しているのに気づいていた。

「――貴郁？」

心なし語尾を上げ、和貴がその淡い茶色の瞳で貴郁の双眸を覗き込んでくる。

「あの雑誌の記事が気になるんだね」

貴郁ははっとして、顔を跳ね上げた。

隠していた不安を、見抜かれてしまったとは。

「黒田さんは何とおっしゃっている？」

「心配はないと」

「だったら、それを信じなさい」

「……はい」

「正則《まさのり》さんは亡くなったが、我々は引き取るにあたって、おまえの出自はきちんと調べている。おまえは間違いなく、父の——おじい様の子供だ」

貴郁の表情が曇っているせいか、和貴はゆっくりと言葉を選んでくれる。

「もし仮に、黒田さんが父親の可能性があるなら、正則さんは養子の話を黒田家にも持ちかけたはずだ。おまえには悪いが、何かと抜け目のない人だったからね。そうしなかったのは、おまえが清澗寺家の子だからだよ」

「ええ」

安堵した貴郁は、力を抜いてソファに凭《もた》れかかる。

「——父さん」

「ん？」

「直巳《なおみ》さんとは、上手くやっていますか」

いろいろ思い悩みすぎたせいか、逆に、自分でもびっくりするほど、端的な問いを口に出してしまった。案の定、和貴は目を丸くしている。

「……なんだ、浮かない顔をしていると思えば、そんなことを気にしていたのか」

和貴はおかしそうに笑った。

「おまえがいなくても大丈夫だよ、貴郁」

ずきりと胸が痛んだ。

和貴は優しくて聡明《そうめい》で、そして我《わ》が儘《まま》で残酷だ。

彼は息子として貴郁を可愛がってくれたけれど、それは父親としての域を出なかった。

それでも貴郁は彼を心から愛していたが、和貴は最後まで貴郁を理解することも共感することもなく、徐々に貴郁との生活を思い出にしようとしている。

この世界は紛《まが》いものだ。

和貴が腐心して作り出す、清潔で理想的な家庭。

いつしか貴郁は、ここに戻るための資格をなくしていたのに、どうして来てしまったのだろう。

「………」

ぬくもりが欲しいと、切実に思った。

たとえどんなに醜悪で歪《いびつ》なものでも構わない。

貴郁が求めているのは、あの情炎で灼《や》き尽《つ》くされる苛烈な愛情の檻《おり》だ。貴郁が戻るべき家はここではなく、愛欲で作られた冥府の牢獄《ろうごく》なのだ。

「それを聞いて安心しました。――では、そろそろお遑《いとま》します」

「もう？」

「はい」

貴郁は見送りをするという和貴の言葉を強く辞退し、玄関ホールへ向かった。

現実を突きつけられ、足取りは重かった。

「もうお帰りですか」

玄関で深沢《ふかざわ》に声をかけられて、貴郁は目礼する。

「あちらの家で頑張っているようですが、飼い慣らせそうですか」

世間話でもするのかという予想に反し、深沢の問いは直截《ちょくさい》だった。

「ええ、たぶん……飼い慣らされています」

自嘲気味に貴郁が言ってのけたが、それは深沢にとっては納得のいかない回答だったようだ。

「そういう意味ではありません。あなたの中にある、清澗寺の血と孤独の業《ごう》です」

「清澗寺の、血……？」

「和貴様はあなたの将来を危惧し、あの方なりに鍵をかけた。ですが、所詮は浅知恵です。あなたはこの一族の血を――冬貴《ふゆき》様の血を誰よりも濃く引きすぎている。その証拠に、表向きは平静を装っていても、色欲の匂いを芬々《ふんぷん》とさせている」

「――平気なつもり、です」

清澗寺の血の業を誰よりも強く感じているとしても、今更父を心配させるのは本意ではない。

歯切れの悪い返答に、深沢は小さく息をついた。

「そうですか。またいつでもいらしてください。和貴様が喜びます」

深沢の社交辞令に、貴郁は無言で頷いた。

はならなかった。

結局、久々の清潤寺家訪問はまったく気晴らしに
沈んだ心持ちで黒田家に戻ってきた貴郁は、「お客様がいらしています」という家令の言葉に表情を曇らせた。帰るなりすぐに来客とは面倒だったが、挨拶をしないで済む相手だろうか。迷っているうちに安原《やすはら》に応接室へ連れていかれ、顔を合わせないわけにはいかなくなった。

「お邪魔しています、貴郁君」

貴郁は応接室の入り口で、驚愕《きょうがく》に立ち尽くした。

「東堂さん……」

意外な来客に、頭がくらりとする。

「このあいだの写真ができたんですよ」

「え」

反応が遅れたのは、『このあいだの写真』という言葉から思い出したのが、先日の篤行とのキスについてだったからだ。

やはり、あれを撮られていたのか……？

「東京駅で君を撮った写真です。それから、秋穂さんの演奏旅行も」

「東堂君はとても才能あるカメラマンだからね。本当は秋穂の結婚式にも写真を撮ってほしかったんだが、当時はまだ復員していなかったんだ」

朗らかに笑った篤行が続ける。

「では、戦地へ？」

「はい、復員にも随分時間がかかりましたよ」

それから話題は東堂の活躍ぶりや彼の戦地での面白おかしい体験などに終始した。おそらく悲惨な思いをしているのだろうが、東堂はそれを口に出さぬ配慮があった。

何ともいえず複雑な心境になる貴郁を意味ありげに一瞥してから、東堂は立ち上がった。

「思いがけず長居をしてしまって、申し訳ありません。そろそろお暇します」

「よかったら夕食でも……」

「いえ、篤行さん。折角のご家庭の団欒《だんらん》に割り込むのは本意ではないですから」

東堂がやんわり断ったので、貴郁は腰を浮かせる。

「僕がお見送りします」

「君が？」

「はい、秋穂さんがとてもお世話になってますので、お礼かたがた」

「ありがとう」

頷く東堂を先導し、貴郁は廊下を急ぐ。

あのときのことを尋ねてもいいのだろうか。

しかし、下手に蒸し返して藪蛇《やぶへび》になるのは怖い。

「秋穂さんは素敵な人だから、君みたいな人と結婚してよかったですよ」

「え、ええ」

「よかったら今度、被写体になってくれませんか」

「………」

「先日、ホールで君を見たときに、この人だと思った。君はその躰の中に、仄暗《ほのぐら》い情熱を隠していると」

熱っぽい口調と裏腹に、ひやりとした。

やはり、見られていたのだ。

「僕は、そういうのは向いていません」

それでも気丈に突っぱねようとすると、彼は「やりたくなりますよ」と意味ありげに言った。

「どういう意味ですか？」

「交渉のカードを一枚くらいはお見せしたほうがいいですか？　生憎望遠レンズではないし、マグネシウムもないので、ぼやけていますが」

そう言いおいてから、彼は一枚の写真を貴郁の胸ポケットに押し込んだ。

「来週の土曜日、正午。場所はその写真の裏に書いてあります」

微笑んだ東堂は、玄関で「ここまででいいですよ」と言い残し、風のように去っていった。

恐る恐る写真を取り出すと、焦点のぼけた写真にはじゃれ合う貴郁と篤行が写っていた。周囲は暗いし、子細はわからない。けれども、あの場所にいた者の視力がよければ、二人が何をしていたかは悟っただろう。

どうしよう。こんなことになるなんて。

誰かに相談できないだろうか。

たとえば和貴ならばそういった修羅場は慣れてい

そうだし、有用な意見を聞けるかもしれない。だが、それでは自分と黒田親子との関係を打ち明ける羽目になる。そちらのほうがよほど親不孝で、更なる問題を招きそうだ。かといって、深沢に聞けば愚か者の烙印を押されるのは目に見えている。

　自分だけで、何とかしなくてはいけない。

「貴郁君？」

「！」

　篤行の声に急いで顔を上げた貴郁は、写真を胸ポケットに戻した。

「何かあったのか？」

「少し疲れたみたいで、ぼんやりしていました」

　貴郁が言葉を濁すと、近づいてきた篤行はさもありなんという表情になった。

「帰るなり来客では、気が休まらなかっただろう。悪かったね、つき合わせてしまって」

「いいえ、楽しかったですから」

「部屋で休んでいればいい。食事は運ばせるよ」

「ありがとうございます」


　当事者の篤行に打ち明けるべきだろうか。

　けれども、楔《くさび》のように心に深々と打ち込まれたままの秋穂の言葉を忘れられない。

　二人を結びつけたのが貴郁の存在なのだ、と。

　そうであるのならば、貴郁が責任を取らなくてはいけないのではないか。

　二人の男を奈落に突き落とした自分には、大きな責任がある。

　自分がそれを果たさなければ、この楽園にいる資格はない。きっと、ここから追放されてしまう。

　もう、どこにも帰れないのに。

　思考を巡らせるのに次第に疲れ、割れるように頭が痛くなってきた。

5

――ここか。

東堂《とうどう》に指定されたのは、佃島《つくだじま》にある旅館だった。元は待合だったそうだが、今は旅館に鞍替《くらが》えし、そこそこ軌道に乗っているのだという。

佃島は晴海《はるみ》運河のおかげで東京大空襲でも被害はなく、昔ながらの面影を残す貴重な地域だった。

敷地は見事な樹木に覆われており、狭くとも庭は美しい。おそらくここの売りの一つだろう。

仲居に案内された貴郁《たかふみ》は、緊張した面持ちで歩む。小体《こてい》な離れの座敷では、準備を済ませた東堂が既に待ち受けていた。

部屋の有様を目にした貴郁は、強く唇を噛んだ。

「やあ、来てくれたね」

「――被写体になるのではなかったんですか」

「無論、そのつもりだ」

どこが被写体なのだ、と貴郁は内心で呻く。

三脚を使ってあらかじめカメラを据えられていただけでなく、座敷には布団が伸べてあった。

その淫靡《いんび》な雰囲気に呑まれないように気をつけつつ、貴郁は男を正面から睨んだ。

「僕はあなたと寝るつもりはありません」

「安心してくれ、俺だってない」

このあいだまでとは打って変わって砕けた口調で貴郁と接する東堂は、肩を竦める。

「写真を撮る以上のことはしない」

貴郁は男の目を見据えたが、彼はそれに負けずに真っ向から見つめ返してくる。嘘をついているようには見えない、強いまなざしだった。

根負けして目を逸らしたのは、貴郁のほうだった。

「――本当にそれだけですか」

「誓うよ。一筆書いてもいい」

彼はそう言うと、手帖《てちょう》に文章を書きつけて一頁破り、貴郁に突き出した。写真を撮る旨と悪用はしないという文面に、東堂の署名――それ以上を求められる立場ではなく、仕方なしに引き下がる。

「座って、とにかく飲んだらどうだ」

座布団に端座した貴郁は、両手で盃《さかずき》を捧《ささ》げ持って東堂の酌を受ける。酒はできるだけ飲まないようにしていたので、一口に留めた。

「酌を頼むよ」

「どうぞ」

東堂は笑みを浮かべ、さも旨《うま》そうにもう一口を呑み、脇息《きょうそく》に躰を預けて貴郁を凝視した。

「うん、美人の酌はいいな」

人心《ひとごころ》まで覗き込むような、意地の悪い視線だ。

「僕はべつに……」

「君は人の容姿に関しては、厳しい審美眼を持ってそうだな。ま、あの伯爵の息子じゃ無理もないが」

それに関しては返事をできかね、貴郁は沈黙でやり過ごそうと両手で盃を捧げ持つ。

「俺が見習いだった時分、師匠の家で伯爵をモデルにした危な絵を見たことがある」

「えっ!?」

驚きのあまり、貴郁は酒の注がれていた盃を取り落としそうになった。

危な絵とはその名のとおり春画を指す。何かと不品行が多かったらしい父だが、まさかそんなものまで描かれていたとは思ってもみなかった。

声もなく蒼褪める貴郁に、東堂はくすりと笑う。

「俺たちの生まれる前の話だが、華冑界《かちゅうかい》は相当爛れていたようだからな。まあ、その春画も本人が描かせたのか、勝手にモデルにされたのかはわからないが……ともあれ、君を見たときは正直、驚いた」

「父と似ていないせいですか」

「そうだ」

てらいのない返答だった。

「君の父上は、誰にでも感じ取れるわかりやすい色香の持ち主だ。平たく言えば、そこにいるだけで簡単に男をその気にさせる」

失礼なことを言うと思ったが、この男は一種の芸術家だ。その独自の眼力で父をどのように解剖するのか気になり、つい聞き入ってしまう。

「俺から見れば、底知れないのは君のほうだな。楚楚とした美人のくせに、時々妙に婀娜《あだ》っぽいし、何か腹の底にどろっとしたものを抱えている」

「そんなものは、」

「義理の兄とあんなキスをしていたくせに？　とてもじゃないが、新婚の夫の所行とは思えないな」

「………」

ぐうの音も出ないとは、まさにこのことだ。

「醜聞《スキャンダル》に巻き込むつもりはない。ただ、俺は芸術家として君の中にあるものを知りたいんだ。言ってみれば、君は俺にとってのミューズ、霊感の源泉だ」

身を乗り出し、東堂は熱っぽく言い募る。

「――どうやって？」

「写真に撮ればわかる。俺はカメラマンだからな」

自信ありげに言ってのけた東堂は、部屋の隅の風呂敷包みを指さす。

「あれに着替えてくれ」

渋々そちらへ近寄って包みを解《ほど》くと、女物の襦袢《じゅばん》と色打ち掛け、腰紐《こしひも》や足袋《たび》やらが納まっている。

「女装とは趣味がいいですね」

「男物は地味すぎていまいち映えないんだ。ああ、下着は脱いでほしい」

「な…」

「そのほうが雰囲気が出るし、君だってその気になるだろう？」

貴郁は怒りと羞じらいに頬を染めたが、ここまで来てしまった以上は拒否権はない。見よう見まねで襦袢を身につけ、打ち掛けを羽織った。

「似合うな。確か君のおじいさんは女物の着物を好むそうだが……君もなかなかだ」

「どこが」

あの妖怪《ようかい》じみた美しさの冬貴《ふゆき》と比べられるのは複雑な気分だ。確かに冬貴は実の父だが、彼と違って自分は平凡な人間だ。それゆえに、御しきれないこの血肉の業に、懊悩《おうのう》せざるを得ないのだ。

不意に肩を押され、貴郁は畳に倒れ込む。

「撮るよ」

心の準備ができていない。

なのに、東堂はカメラを手に取り、マグネシウムを焚いて横たわる貴郁を撮り始めた。

「待ってください、顔は……」

「写さなければ意味はないだろう？　君がどう蕩けていくか、それも大事な題材だ。さっき一筆書いたから、安心してくれ」

東堂はまずは畳に端座する貴郁を撮ったあと、矢継ぎ早に指示を出した。

膝を崩せ。裾を上げろ。横たわり、膝を立てろ。

一つ一つのポーズに徐々に疲れ、抵抗心を摘み取られていく。思考力が完全に薄れた頃、男が突然、余っていた腰紐を手に取った。

目の覚めるような紅《あか》い紐だった。

「さて、次はこれだ」

膝を突いた彼は、器用にもあっという間に貴郁の躰に縄がけしてしまう。

いよいよ肉体を貪られるのだろうかと緊張する貴郁の額に、じっとりと汗が滲んだ。

不安から一気に喉が渇き、視線を彷徨《さまよ》わせる。

「やはり、君は自由がないほうが色っぽいな」

呟いた東堂はカメラのファインダーを覗き、憑《つ》かれたように指示を出す。

フィルムは貴重なので、一枚一枚が真剣勝負だ。

「右膝を立てて。そうだ、布団がいいな」

怖かった。

仄暗い、自分の奥にある何かを暴かれていく。

股座《またぐら》の奥にある、己の秘密を。

マグネシウムが光り、男がシャッターを押すたびに、東堂に握られる秘密が増すのだという憂慮は加速度的に膨れ上がった。

いっそ犯されたほうが、気持ちが楽だ。

「うーん……少し、色気が足りないな」

東堂は唸り、いきなり、貴郁の襦袢の裾に手を突っ込んだ。

「あっ！」

大きな手で性器に触れられ、さすられる。そうでなくとも極度の緊張からかえって反応しかかっていた部分は、男の無骨な愛撫《あいぶ》にすら応え、すぐにぬるぬると先走りを分泌させた。

「お、いい顔だ」

「…や…いや……」

嫌で嫌でたまらないが、肉体の摂理として、堪えるのは不可能だ。結局貴郁は東堂にあえなく達かされ、放心したところまで撮影されてしまった。

「終わったよ」

東堂は貴郁を縛っていた腰紐を解いた。

長居は無用だ。貴郁は疲労しきっていたものの、着物を脱いで着替え始める。

「できた写真は家に届けるよ」

カメラをしまいながら快活に言われても、はいそうですかと同意するわけにはいかなかった。

「結構です。あなたにはもう二度と関わりたくない」

「つれないな。存外、楽しそうだったぜ？」

「僕は、何の取り柄もない平凡な人間です。妙なことに巻き込まないでください」

懸命に貴郁が言い募ると、東堂は珍しいものでも見るかのように頭から爪先までを凝視する。

「あんたみたいな人は、平凡に生きるのは到底無理だろ。覚えもあるはずだ」

「覚え？」

「よく男に言い寄られるだろう」

「からかわれることは、あります。清澗寺家の人間ですから、隙ができやすいみたいで……でも、それは僕がだらしないからで、気をつけています」

「なるほど。美形揃いの家族だと、審美眼の基準も恐ろしく高くなる。自分を客観視できないのか」

腕組みをした東堂は、面倒くさそうに唸った。

「確かに君は真面目だし、禁欲的に見えるように努力してるんだろう。でも、元が美人で、ふとした瞬間に色っぽい顔をするから、落差が大きすぎてよけいそそるんだ。——これでわかったか？」

心外だった。そんな指摘をされても、貴郁にはどうしようもない。

「わかりません」

「篤行《あつゆき》さんを誑《たら》し込《こ》んでおきながら、深窓の令嬢みたいな態度を取る。なのに、一遍崩れると恐ろしく色気が漏れ出すからたちが悪い」

ますます意味のわからない指摘を受けて、貴郁はとうとう口を噤《つぐ》んだ。

「この写真をばらまいて、俺がうんと客を連れてきてやろうか。そうしたら、君も変わるかもしれない」

「遠慮します」

「惜しいなあ」

東堂は心底勿体《もったい》ないと言いたげな顔になり、自分の顎を撫でる。

東堂の目論見《もくろみ》が何であろうと、貴郁には関係ない。できる限り毅然とし、これ以上つけ込まれないように突っぱねなくてはいけない。

貴郁は「失礼します」と頭を下げ、足早に旅館から出た。

午後一番にここを訪れたのだが、すっかり陽が暮れている。気が早い月が顔を出し、あたりをぼんやりとやわらかな光で染めていた。

自分が篤行を、ひいては宗晃《もとあき》を守ったのだというう誇らしさをさほど感じられないのは、躾という忌むべき手を使ったせいだろうか。

「…………」

いや、いずれにしても、何もかもが終わったのだ。

写真だけで済んだのは不幸中の幸いだが、心が軽くなるには至らず、憂鬱さが貴郁を支配した。


帰宅した貴郁を義父と義兄のどちらかが出迎えるだろうと思ったが、意に相違して、二人とも貴郁の帰着に気づかなかったようだ。

部屋に戻った貴郁は上着とベストを脱ぎ、右のドアを開けて篤行の部屋を覗いた。最初に彼の部屋に向かってしまうのは、篤行には気を許している証拠かもしれない。

「篤行さん」

机に向かっていた篤行が、顔を上げる。

「あ、帰ってたのか。ごめん、気づかなかったよ」

「はい。仕事ですか？」

「少し手が回らなくて持って帰ってしまってね」

篤行は手招きし、貴郁を近寄せる。

「忙しいん…ですよね」

質問ではなく確認に言葉を換えたのは、見るからに忙しそうなのがわかるせいだ。

「今のところ繊維業は売れ行きがいい。事業を拡大したくとも、いろいろ問題があるんだ」

熱く話し始めた篤行は、手にした分厚い書類を叩いた。

「貿易管理は早く撤廃してほしいよ」

気宇壮大な篤行の口ぶりに、自然と笑みが浮かぶ。

「いいですね。僕だったら……」

「ん？」

「僕だったら化学繊維に目を向けます。繊維の原料は、綿や生糸だけとは限りません」

食糧難の最中では、綿花の作付け面積を増やすのは不可能で、そうなると化学繊維が手っ取り早い。しかし、戦争のため国内における化学繊維の研究は停滞していた。

「化学繊維は資源の問題があるからな。戦争で、PVA繊維の開発が頓挫していたし」

篤行は独言しつつも、晴れやかな顔で頷く。

「ありがとう、参考にするよ」

「どういたしまして。あの、ほかにも僕にできることは、ありませんか」

「会社で頑張っているのは知っているよ。君はまだ二年目なのだから、地道にやってくれれば十分だ」

それだけでは足りないのは、嫌というほど自覚している。ほかの社員ならともかく、貴郁は黒田《くろだ》家《け》の義理の息子なのだ。普通でいいはずがない。

「随分、浮かない顔だ。このあいだ里帰りして、里心がついたのか？」

「そんなことないです。僕が暮らしているのはここだし……」

「暮らしているだけ？」

「――家族にしていただいてるって思っています」

はにかんだ貴郁が照れて早口になると、篤行は嬉しげに笑んだ。

「そうか、その自覚があるなら喜ばしい。君はいつも俺たちに遠慮しているみたいだからね。甘えてくれていいんだ」

「十分、甘えています」

「もっとだよ。現に俺は、いつも君に甘えてる」

甘い気配を察し、貴郁は目を伏せる。

「あの……しますか……？」

「今夜はいい」

「でも」

篤行の声に潜む欲望くらい、貴郁にだって感じ取れる。

「顔色が悪くて、とても疲れている様子だ。無理はさせられない」

「――したく、ないですか？」

「したいよ」

篤行は貴郁の手を握り、指を絡めてくる。

身を屈めた篤行は、貴郁の手を持ち上げてその甲にキスをし、上目遣いに貴郁を見つめた。

「だが、君は見るからに疲れてる」

「僕から見れば、お義兄さんだって疲れています。僕に、何もできないのかと思うと……」

「ここにいてくれればいいんだ」

そっと貴郁の手を解いて、腰を上げた篤行が躰を強く引き寄せる。

「俺は君を手に入れるために生きてきた。だから、君がそばにいてくれれば満足だ」

力を込めて掻き抱かれ、息もできなくなりそうだ。

あたたかい。

「好きだ」

囁いた篤行が貴郁の唇を舐め、深いキスを仕掛けてくる。

その勢いに立っていられなくなってよろめくと、篤行は貴郁を広いデスクの上に押し倒す。

背中の痛みは、すぐに忘れられた。

篤行のキスが心地よかったからだ。

唇、額や頬、鼻、顎、手、首――ほかの場所へ。

「愛してる」

僕も、と言いたかった。

だけど、結局は自分の肉体で東堂の脅しを切り抜けた貴郁に、彼を愛する資格があるだろうか。

「気持ちいい、です」

僕も好きですと答える代わりに、自虐的な気分で、このうえなく己らしい言葉を選ぶ。

事実、篤行が仕掛けてきたキスは心地よくて、貴郁は自分に覆い被さる篤行の肩に顔を寄せた。

先ほどまでの胸が張り裂けそうな思いを、一瞬、貴郁は忘れられた。

「――やっと甘えたな」

「え」

「躰の力が漸く抜けた。何か抱え込んでいることがあるんだろう？　よかったら、話してほしい」

「……何も、ありません」

貴郁は首を振り、微笑んでみせる。

「本当に？」

「はい」

「俺を信用していないから、打ち明けられないんじゃないのか？」

冗談めかした声だが、東堂の件が頭を掠め、貴郁は硬直する。

自然とできてしまった一瞬の間が、命取りだった。

微かに息をついた篤行が、「そうか」と固い声で告げる。

「それなら、いい」

篤行を失望させてしまったのはわかったが、だからといって、どうしようもない。

沈黙が鉛のように重かった。


「清潤寺、来てたのか」

右手を挙げた藤城《ふじしろ》はすっかり貫禄《かんろく》が身につき、悠然たる態度で貴郁を呼び寄せる。

貴郁はにこりと笑って藤城に近寄った。

学生時代の数名の友人の結婚祝いをまとめてやることになり、たまの気晴らしにと顔を出した。

東堂は約束どおり、貴郁にあれからちょっかいをかけてこなかった。びくびくしていたのは最初だけ

で、既に前と変わらぬ日々が戻っている。

「学士会館は接収されて使えないだろう。ダンスホールにならなくてほっとした」

「ダンスホール……」

嫌な記憶が甦《よみがえ》った貴郁が眉間《みけん》に皺《しわ》を寄せると、藤城はくすっと笑った。

「君を連れていってもいいが、所帯持ちには毒だな」

「僕は浮気なんてしない」

「そうじゃない。君はいまいち貞操観念が微妙だからな。変な男を引っかけるんじゃないかと心配しているんだ」

思い当たる節がありすぎて貴郁がつい黙り込むと、藤城は「図星か？」と呆れた口調になる。

「貞操観念はともかく、最近変な連中に絡まれることが多くて困ってるんだ」

「君は美人だからな。与《くみ》しやすく見えるんだろう」

「…………」

否定せずにいる貴郁に、藤城は「とうとう認める気になったか？」と尋ねてきた。

「何が？」

「君が、美人だって事実をだ」

藤城は前は冷たく計算高い男だと思っていたが、この頃は彼なりに親切心を見せるようになっていた。それは、突っ張っているようでいてどこかで善良さを捨てきれない、恋人の泰貴《やすたか》の影響を受けているのかもしれなかった。

「わからないけど、皆が言うならそうなんだろう」

「消極的だが、ある意味で進歩だな。それで、新婚生活はどうだ？」

「もうすぐ一年だ。新婚なんて言えないよ」

「ついに倦怠期《けんたいき》か？」

「よしてくれ」

貴郁が小さく笑うと、藤城は咳払いした。

「実際、どうなんだ？」

「どうとは？」

「黒田商事《くろだしょうじ》だ」

家庭の話題からいきなり仕事の話に飛ばされて面食らったが、金貸しの藤城は、なまなましい経済の話のほうが興味があるのだろう。

「順調だと思う、けど……」

貴郁は言葉を濁した。

会社員としてなるべく頑張ってはいるが、所詮、貴郁は社会に出たばかりのひよっこだ。経済に関しては、同年代では既にエキスパートともいえる藤城が知る以上の知識があるとは言い難かった。

「何か問題があるのか？」

「このところ、黒田系列の会社には銀行が貸付を渋ってるって話を聞いた」

黒田商事はグループの根幹をなす、重要な企業だ。宗晃が社長として留《とど》まっている点からもそれは明らかだが、財閥系の商社の多くは今は苦境に立たされている。何も黒田商事のみが苦しいわけではないのだろうと考えていた。

「それくらい、大した問題じゃないだろう」

「このあいだのカストリ雑誌の記事を読んだか？ほら、あの趣味の悪い見出しで……」

「……近親相姦疑惑っていう？」

「ああ」

珍しく、藤城が神妙な顔で同意を示す。

「黒田家側から何の反論もなかったので、財界でもあれは本当じゃないかと噂になってるんだ」

「個人が何をしようと、会社とは関係ないはずだ」

「良くも悪くも、黒田グループはオーナーの個性がはっきりしているからな。どんな些細《ささい》な傷でも、揚げ足を取るのに利用したがる連中は多いんだ。理由をつけて貸付を渋るくらい、やりかねないよ」

「そうか……」

当の宗晃が気にも留めていないので、貴郁も深く考えていなかったが、思っていたよりも、あの記事の影響は大きなものになっていたようだ。

「そうしたところから信用を失うのは、企業にとってマイナスだ。清澗寺家の力で助けてやったらどうだ？　あちらの父君なら横の繋がりがある」

冗談めかした藤城の言葉に、貴郁は首を横に振る。

「それこそよけいなお世話だと嫌がられる」

「黒田家は独自路線でやって来たし、自負もあるだろう。だが、君が役に立たないようでは縁組みした理由がない」

　闔閥を肯定する藤城らしからぬ発言に、もしや、黒田グループの経営状況はそこまで悪いのだろうかと不安になってくる。

　それに、詰まるところ、噂の元凶は貴郁にある。自分が結婚を承諾しなければよかったのだ。

「僕は、会社でだって殆《ほとん》ど役に立っていない。実家の力で会社を助けるなんて、みっともないだけだ」

　蚊帳《かや》の外に置かれた淋しさについ愚痴っぽいことを言うと、藤城は「そんなことか」と笑った。

「そんなことって、僕には大問題だ」

「君は優等生だからな。だが、社会人としてはまだ駆けだしだ。何もかも完璧にできるわけがないよ」

「……そうだね」

　完全に納得したわけではないが、貴郁は仕方なく頷いた。


　家に帰った貴郁は、自分の机の上に置かれた茶封筒に目を留めた。

　表書きは『清澗寺貴郁様』となっている。

　少し厚みのある封筒の中身は、すぐにわかった。写真の束だ。

　それには一筆添えられ、『その気になったらいつでも連絡を』と東堂の住所が書かれている。

　あの日の写真など見たくはないが、彼が暴こうとした自分の本性がどんなものか気になり、貴郁は一旦深呼吸をしてから写真を包んでいた紙を取った。

　これが、東堂の写し出そうとした貴郁の本質なのだろうか。

　貴郁は矯《た》めつ眇《すが》めつその写真を凝視した。

　何と表現すればいいのか、とても薄っぺらい。まるで、一人遊びをしているかのような一種の冷ややかさが漂っている。

　何とも言えぬ違和感を覚えた貴郁は眉根を寄せ、東堂の寄越した写真にしげしげと見入った。

　そこにいるのは確かに自分だし、エロティックな格好で緊縛されている。

だが、凪《な》いだ湖面のように心は動かない。

己が被写体だからというだけではなく、写真には人の魂を揺さぶるものが欠如しているのだ。

東堂が撮りたいと願った貴郁の内面は、こんなものなのだろうか。

それとも、秋穂が信頼している東堂の腕とは、この程度のものなのか。

いずれにしても、自分という存在の薄っぺらさが見え透いているようだ。

そのとき、隣室からがたりと一際大きな物音が聞こえてきて、貴郁は急いで写真を封筒にしまい込むとそちらへ向かう。

篤行の部屋だ。

ドアをノックし、「お義兄さん?」と問いかけたが、返答はない。

不審に思いつつ恐る恐るドアを開けてみると、篤行が床に膝を突き、机に凭れかかっている。

先ほどの騒音は、椅子が倒れた音だったのだ。


「お義兄さん!」

急いで彼に駆け寄り、跪いて顔を覗き込んだ。

「お義兄さん、どうしたんですか?」

「ああ……貴郁君、か」

篤行らしくない、細い声が耳を擽る。

「少し気分が悪いだけだ。こうしていると、楽だから……気にしなくていい」

いくらそう言われても、放っておくのは無理だ。

「とにかく、横になりましょう。立てますか?」

「うん」

篤行に肩を貸した貴郁は、自分よりもずっと体格のいい彼を引き摺るようにして、寝台へ導く。

少し、痩せた気がする。

そういえばこのところ篤行は忙しくしているらしく、朝から晩まで出かけていた。今日も仕事をしていたのか、机の上には書類が積まれたままだ。

「お水とか、いりますか」

貴郁が尋ねると、篤行が微かに唇を動かした。

「何ですか?」

顔を近づけて問うと、「ここにいてくれ」という弱い返事があった。

手を伸ばした篤行が、貴郁の左手に触れる。

「喉は渇いてませんか？　熱もあるみたいだし」

「君がいいんだ」

端的な返答に、ふと、なぜか胸を抉られるような気がした。

「ここにいてくれ、ずっと」

「います」

「時々、君が消えてしまいそうな気がする。手に入れたつもりでも、君は……」

熱があるのだろうか、篤行の発言は支離滅裂だ。

火照った手指で子供のように貴郁の手を握り締める彼の体温に、貴郁は限りない愛《いと》しさを感じた。

篤行の思いはいつも、貴郁の欠落を埋めてくれる。

このぬくもりが愛《いと》おしい。

「僕は、ここにいます」

「うん……」

ほっとしたように微笑む篤行の笑顔に、幼い頃の彼をぼんやりと思い出せる気がした。

貴郁の言葉に縋る、小さな子供。

ドアをノックする音と共に、貴郁の部屋から宗晃が顔を覗かせた。

「貴郁君……どうした？」

「あ、お義兄さんが体調が悪いみたいなんです」

つかつかと近づいてきた宗晃は篤行を見下ろし、微かに息をついた。

「まったく、頑張りすぎだ」

「あの……会社、そんなに大変なのでしょうか」

「君が心配することではない」

「でも、僕も家族で、それに、社員…です」

貴郁が控えめに、それでも懸命に主張すると、宗晃は微かに眉根を寄せた。

「どんな会社でも、ここ一番の踏ん張り時がある。篤行に関しては心配いらない」

心配ないと言われるほどに、不安が募るのは人情というものだ。

「僕は、役に立っていますか？」

「役に立つ、立たないの問題ではないだろう？」

「そうですけど」

貴郁は口籠もる。

家族なのだから、宗晃と篤行を助けたい。

そう考えるのは、ごく自然な感情のはずだ。

だから、突き放さないでほしい。貴郁にも家族としての役割を与えてほしい。

「二人の役に立ちたいんです」

言い募る貴郁の髪を撫で、宗晃は口を開いた。

「篤行が元気になったら、たっぷり思いを遂げさせてやりなさい」

「それだけ、ですか？」

「篤行は君を愛している。それが一番の薬だ」

胸がじくじくと疼く。

清澗寺家からもらわれてきた雌犬の役割など、これしかないと言われているみたいだ。

心の奥底にしまい込んでいたはずの古傷のような劣等感が疼き、貴郁は無意識のうちに自分の胸を押さえていた。

「では、おやすみ」

宗晃が身を翻したので、貴郁は慌てて立ち上がり、彼の背中にしがみつく。

「お義父さん……！」

義父に対して、こんな衝動的な行為に出るのは久しぶりだった。

何もできないのなら、せめて、愛情の欠片《かけら》が欲しい。愛されていると感じたい。

自分のどこがいいのか、どうすれば愛されるのか、知りたい。

だけど、そういう質問を男の自分から聞くのは女々しく、おかしい気がした。

強くあるための、支えが欲しい。

宗晃からの、一滴の愛が。

「僕も……薬が欲しいです」

「こっちを向いてごらん」

的確に貴郁の意図を読み取った宗晃は、呆れたように一度息をついてから、身を屈める。

冷えた唇が触れる。凍てつく接吻にやわらかな陶酔が広がり、腰が砕けそうになった。

この冷たい人が好きだ。

自分をすぐに篤行に委ねてしまう、この人が。

「篤行を見ていてやってくれ」

このキスも、唇も、どれも手放せない。

何一つ失いたくない。

失わないために自分にできることがあるなら、何でもしたかった。

愛を続けるための努力こそが、貴郁には必要なのだ。

6

「まさか、金のために躰を売るとはねえ」

東堂《とうどう》に呼び出されたのは、最初のときと同じあの旅館だった。今回も同じ離れだったので、貴郁《たかふみ》にも少しは覚悟ができている。

「……お金の問題だけではありません。それに、持ちかけたのはあなたです」

「断られると思ったんだ。男旱《おとこひでり》には見えないけどな」

からかわれて、彼を軽く睨んだ。

「それより、どうしてあなたがいるんですか？」

「斡旋《あっせん》した責任があるし、記録係も兼ねてる」

東堂の言いぐさに、貴郁は眉根を寄せる。そう言われてみれば、閨に敷かれた淫靡な布団の周りにはカメラの三脚が置いてあるし、照明があるのに行灯《あんどん》まで用意されている。それが撮影に必要な明るさを保つためだと気づき、貴郁は鈍い自分を罵った。

「写真を撮るよう頼まれているんだ」

「い、嫌です！」

「安心しろよ、先方の希望はフィルムごとの買い取りだ。何があろうと他言しない約束だ」

「だって」

媾合《こうごう》の記録写真なんて撮られたら、弱みを握られる羽目になる。

蒼白な貴郁に、東堂は素っ気なく首を振った。

「じつは俺も、このあいだの写真は出来がいまいちだと思っていたからな。もう一回チャンスをもらえたのは有り難いよ」

それは東堂の都合であって、貴郁にはまったくもって嬉しくなかった。

数日前に東堂から電話があり、あの写真を予期せぬ人物に見られてしまったと恐ろしいことを告げられ、まさに目の前が真っ暗になった。しかし、先方が貴郁に興味を示し、一度寝てみたいと持ち出したのだとか。東堂はそんな斡旋をしていないと渋ったが、相手は貴郁の出自を知っていた。そのうえで、昨今の黒田家《くろだけ》の苦境を鑑《かんが》み、金だけでなくそれなりに便宜を図れると言い出したそうだ。

伝え聞いた貴郁もまた、心を動かされた。

今の貴郁にとって、利用できるものはこの穢れた血と肉、そして清澗寺家の名だけだ。

提示された金額は破格だったし、何よりもコネクションが欲しいと思っていた矢先だ。肉体を一晩他者に明け渡すだけで、大事な二人を助けられるかもしれないというのは、じつに魅力的な提案だった。

「こんな旨い話はないぜ。それに、今更断ればよけい角が立つ。わかってるだろ？」

後戻りできないと知った貴郁はのろのろと立ち上がり、用意されていた風呂敷を解いた。

このあいだとは違う襦袢と色打ち掛けで、いずれも見事な品物だ。東堂ではなく、先方が指定したのかもしれない。

下着を脱ぎ、目映《まばゆ》いほどの白足袋《しろたび》を穿《は》く。襦袢の繰越を抜いて腰紐をかけた。いくら器用な貴郁でもさすがに女物の帯は結べないので、適当に博多《はかた》の伊達締《だてじ》めで始末をしておくと、いきなり、近寄ってきた東堂に手拭いか何かで目隠しをされた。

「今日も、縛るんですか？」

緊張に喉が鳴る。

撮影はまだしも、縛られたままの性交は経験がなく、猛烈に不安だった。

「俺はそのつもりはないが、先方たちが望んだらそうするほかないだろうな」

「先方たちって……一人じゃないんですか!?」

「言わなかったか？」

動揺に貴郁はどっと汗が滲むのを感じた。

「聞いてません。そんなの、嫌です」

「もう遅い」

「遅いって……？」

「聞こえないか？　ご到着だ。俺の顔を潰さないように精いっぱいもてなしてくれよ」

外から仲居の声が聞こえ、貴郁はおろおろとしつつも、三つ指を突いて頭を下げた。

襖《ふすま》が開く音が聞こえ、人の気配が増えた。

「ようこそ、お二人とも」

陽気な東堂の言葉に、彼らは返事をしなかった。

「貴郁君、ご挨拶は？　君の大事なお客様だ」

「あ、あの……今日は、よろしくお願いします」

それだけを震える声で吐き出した貴郁に、相手は尚《なお》も無言を保っている。視界が遮られているので、どんな人物かわからず、憂鬱が募った。

「なにぶん初めてで、至らぬ点もあるかと思いますが、精いっぱいお仕えします。僕の躰で、今宵は愉しんでください」

こういう口上ではだめなのだろうか。

沈黙に耐えかねた貴郁の胃が痛みかけたそのとき、相手が突然「顔を上げなさい」と言った。

聞き覚えのある声だった。

——嘘だ。

「聞こえなかったのか」

凍えるように美しい、硬い低音。

額にどっと汗が噴き出す——無論、冷や汗だ。

貴郁は恐る恐る顔を上げ、目隠しを取ろうとする。

「目隠しはそのままだ」

「あ、の……お義父さん、だけですか？」

「生憎、俺もいる」

「お義兄さん……」

「どういうことか、俺たちに説明してもらおうか」

篤行《あつゆき》は相当立腹しているらしく、声音は尖りきっている。ダンスホールのときよりも怒っているのは、声を聞けば明白だ。

「これは、その」

慌てて東堂のいるはずの方向に顔を向けたが、気配はあるだけで彼は言葉を差し挟もうとしない。

「まさか君が、身売りをすると思わなかった。淫乱だと知っていたが、そこまでだったとはね」

「………」

身売りというなまなましい言葉に、貴郁は改めて己の愚行を思い知る。

そのとおりだった。どう取り繕おうと、誰のためであろうと、言い逃れはできない。

貴郁は町で米兵を引っかける街娼《がいしょう》と変わらない行為をしているのだ。

「似合うな、その着物も。そういう格好で男の気を引く趣味があるのなら、俺たちもそうやって愉しめばよかったよ」

「これは、東堂さんが……」

「何もかも人のせいにする気か？　身売りを強要されたわけじゃないんだろう？」

冷たい声で篤行に問い詰められて、唇が戦慄《わなな》く。

「違い、ます」

重圧にいたたまれず、貴郁は項垂《うなだ》れた。

ばさっと音を立てて、何かが撒《ま》き散《ち》らされる。

「見えないだろうが、君があらぬ姿で縛られている写真だ」

「どうして、それを……」

「女中が君の部屋で、手紙ごと見つけたんだ」

どこにしまっておいたのか、混乱しすぎてもう思い出せない。

「こんなもの、なぜ撮らせた？」

「被写体になってほしいと、頼まれたんです」

「君は頼まれれば、こんな浅ましい写真まで撮らせるのか？　女の格好までして、恥ずかしくないのか」

宗晃《もとあき》は無言を貫き、責めは篤行に任せている。

貴郁の行動は篤行と宗晃のためでもあるが、最終的には自分のためだ。

彼らと一緒にいたい。ずっとそばにいて、愛し、愛されたい。

その欲望のために、こうするほかなかった。

けれども、どこかで貴郁は間違えたのだろうか。

「どうしてこんな真似をした？」

「……自分のためです」

恐怖に声が震え、どこか遠くから聞こえてくる。

「見損なったな」

篤行の刺々《とげとげ》しい声に、鼓膜ごと心まで切り裂かれるかのようだ。

義父と義兄に見放されつつあるという事実が、重圧となって貴郁の双肩にのしかかってくる。

「——篤行。逃げ場を与えずに追い詰めるのは、おまえの悪い癖だ。もう少し上手に聞き出しなさい」

改めて宗晃が口を開き、貴郁の細い顎を摑んで強引に上を向かせる。

「頼まれたとしても、理由がなければ撮らせないだろう。東堂君はどうやって頼んだ？」

言いづらくて答えたくなかったが、東堂は何も言わないので、貴郁は渋々口を開いた。

「……ほかの写真を、撮られていて」

「どんな？」

宗晃は顎を摑む手に、さりげなく力を込める。

痛い。喉のあたりが苦しくなり、これ以上意地を張り通せない気がした。

「——篤行さんと……キス、しているところを」

「どこで？」

「秋穂《あきほ》さんの演奏会で……」

「家の外か。君は自分から篤行にねだるような子ではないだろう？」

「つまり俺の不始末だ」

篤行は忌々しそうに吐き出したが、あれは拒まなかった貴郁も悪い。一方的に篤行に罪を負わせるのは不本意で、貴郁は何も言えなかった。

「身売りはなぜ承諾した？」

「——財界の有力者と伝《つて》ができると言われたんです。何かあったときに、黒田家と会社を守れると……」

「東堂君は詐欺師の素質がありそうだ」

微かに笑った宗晃は、漸く貴郁から手を離した。

「そういえば、最近、黒田グループが危ないとまことしやかに囁かれているようだな。だが、君が危惧するような窮状にあるわけではない。関連会社でそれぞれに業績に差違はあるが、少なくとも黒田商事と黒田繊維、鉄鋼に関しては堅調だ」

「そうなのですか？」

「大方、流言飛語の類《たぐい》だ」

藤城《ふじしろ》がそんなものに騙《だま》されるとは思わなかったが、少し歯切れが悪い調子だったのは、彼なりに探りを入れていたのだろうか。

後悔の念が、込み上げてくる。

原因はどうあれ、二人を裏切りかけたのだ。


「——ごめんなさい」

貴郁は俯《うつむ》き、心からの謝罪の言葉を述べる。

「二人に気を遣われていると思ったんです。聞いても何も教えてくれないから……」

「同じ会社にいるから、状況はわかっていると思っていたんだ。隠すまでもない、小さな会社だ。状態は自《おの》ずと筒抜けになる。心配ないと言われたときに、俺たちを信じてくれるだけでよかった」

言われてみれば、そのとおりだった。

貴郁の配慮が足りないばかりに、彼らを傷つけてしまったのだ。後悔の念に駆られ、貴郁は自分の手をきつく握り締めた。

「この写真を見つけて、君の真意を知るために東堂君には一芝居打ってもらった。君は男好きだから、簡単に身売りを承諾すると言われたが、本当だな」

見事に欺《あざむ》かれた貴郁がのこのこ身売りにやって来たので、彼らは殊の外腹を立てているのだろう。

そうじゃない。

自分のためだけなら、身売りまではしない。

でも、そうでなくともダンスホールの一件があるのに、今更、彼らが自分を信じてくれるだろうか。

「いずれにしても、君が私たちを信じていないのがわかったからね。お仕置きをしなくてはいけないな」

冷徹そのものの宗晃の言葉に、貴郁は目隠しをされたままの目を瞠った。

貴郁にとって最もつらいお仕置きは、この世に一つしかない。

「——僕を……捨てるのですか？」

沈黙。

暫《しば》し黙していた篤行は、弾《はじ》かれたように笑いだした。どこか捨て鉢な笑いは、当人の表情が見えないせいかぞっとするほどに空疎だ。

「父さん、俺たちはよほど信用がないみたいですね」

「そのようだな。お仕置きというより、きつい折檻《せっかん》が必要になりそうだ」

宗晃の声からは、どんな感情も窺えなかった。

「東堂君には縄でもかけてもらおうか。器用なようだし、そういう写真も撮りたいだろう？」

「まいったな」

やっと発言した東堂は、貴郁の打ち掛けを剝いで襦袢姿にする。縛られているのは感覚でわかったが、抗えなかった。

「さて、始めようか」

引き摺られるように褥《しとね》に横たえられ、貴郁は狼狽する。

「僕を捨てるつもりか、教えてください」

「勿論《もちろん》、捨てるよ」

「…………」

心の一番やわらかいところに、その刃《やいば》は突き刺さった。傷が深すぎて、血も出ないほどに。

受け容れ難い発言に、思考が理解を拒絶する。

言葉も、出てこない。

「聞き分けがいいんだな、随分。捨てられてもいいというわけか」

貴郁の沈黙を諦念とも了承とも受け取ったらしく、自嘲気味に呟いた篤行は、その手で裾を割った。

篤行が意図的に腿のあたりを撫でたので、我に返った貴郁は動揺に総身を震わせた。

篤行が着衣のままなのは、肌触りでわかる。

「待って……写真だけじゃ……」

捨てる以上は撮影だけで済ませるとばかり思っていたので、篤行の行動は予想外だった。

「君を買ったんだ。好きにする権利くらいある」

「そんな……」

性感を煽るようにくちづけられても躰は強張るばかりで、ちっとも解《ほぐ》れてはこなかった。

「……やはり、元に戻ってる」

「何が……？」

「殻に閉じ籠もっていた頃の君になっているよ」

どういう意味なのだろう？

「篤行、集中しなさい」

宗晃に言われ、「ええ」と同意した篤行は、耳の下から顎までを唾液を含んだ舌でなぞった。

捨てられるのは嫌だ。そう主張したいのに、言い訳も思いつかない。ただ、訣別《けつべつ》の儀式だけが粛々《しゅくしゅく》と進行していく。


「は、あ……」

視界を遮られている上に、二人を怒らせてしまった緊張から躰はがちがちで、恐怖以外は感じられなかった。そのうえ、驚いたことに、一切気持ち良くならないのだ。

普段篤行に触れられるときの、あの、膚から溶け落ちるような甘い感覚がいっこうに甦らない。

不安を掻き立てられているところに頭上で何かが光り、貴郁は凝然とする。目を塞がれていても、写真を撮られているのはわかったためだ。

「あの……！」

「気にしないでくれ、貴郁君」

「でも、撮らないで……あ、あっ」

東堂にそんなことを言われて、わかりましたと納得できるわけがない。

「ひ、ぅ…ん、あ」

「どうだい、東堂君」

尋ねる宗晃の声には余裕が滲んでいる。

「無慙《むざん》で気の毒ですね。嬲《なぶ》られるのは花も羞じらう風情で、これはこれでそそるんですが」

「序の口だ。見ているといい」

宗晃がそう言ったとき、篤行が襦袢の裾を大きく捲り、するりとそこに指をねじ込んだ。

「アッ！　や、だめ…いや……」

貴郁は挿入を拒んだものの、自分の肉体を開発した男の侵略を撥《は》ね除《の》けられるわけがない。

まだ乾いている細く美しい指が入り込み、貴郁の敏感な襞を掻き分けていく。

「嫌…です、やめて……お願い……」

「どうした？　なかなかその気にならないな」

「折檻ですからね。怖いのでしょう」

「では、私が挿れてみようか」

こともなげに言うと、宗晃は貴郁をその場に這わせ、強引に楔を押し込んできた。

「うぐ……」

縛られているため手で躰を支えきれず、貴郁は肩を突いて男たちの暴虐を受け止める。

いつもは嬉しくてたまらない義父の肉塊も、こうなると苦痛の源でしかなかった。

「や、いや、痛い、いたい、だめ……」

「篤行、口を塞ぎなさい。うるさくて風情がない」

「はい」

篤行はそれに従い、顔だけ横を向かせて、貴郁の口に強引に性器をねじ込んでくる。

「んぶ、ふ、ん、ん」

「困ったな。雄への奉仕の仕方を忘れてしまったようだ。躰を売るつもりだったなら、俺たちにももっと媚びたらどうなんだ？」

冷淡な言葉で、篤行は貴郁を追い詰めていく。

「時間はたっぷりある。躾け直してやるといい」

「その必要はありません。最後に玩具にできれば、それでいい。尻の具合だけは格別ですから」

篤行の口からは絶対に聞きたくないような、残酷な侮蔑の発言だった。

徹底的に打ちのめされ、貴郁は声も出せなかった。

篤行は貴郁に「歯を立てたらもっと酷《ひど》くするよ」と冷淡に告げる。そして、貴郁の顎と頭を摑んで思いやりの欠片《かけら》もない抽挿を始めた。

「う、う、ん、んぅ……」

苦しい。上も下も二つの孔を塞がれ、躰が重い。

それでもせめてもの詫《わ》びに彼らを愉しませせなくてはいけないと、貴郁は必死になって舌を蠢かす。

元に戻っただけだ。

受精する価値すらない、一塊の肉に。

なのに、絶望しかないのだ。

「どうですか、父さん」

「嫌だと言いつつきちんと絡んでくる。嵌《は》められると雌になるところは、娼婦にぴったりだ」

「口淫など、商売女もしませんよ。口まで許すとは、さすが色狂いの淫売だ」

詰《なじ》られ、罵《ののし》られ、文字どおりの凌《りょう》辱《じょく》を受ける貴郁は、無心になって舌を動かす。最後に親子は貴郁から引き抜き、顔や尻に体液をしとどに浴びせた。

これでは受精させる価値すらないのだと言外に言われているようで、悲しくなる。

いや、悲しむ心すら今は麻痺《まひ》していた。

恣《ほしいまま》に蹂躙された貴郁の心は過度の絶望に打ちのめされ、反応を忘れかけていたからだ。

「さすが、淫売は搾るのが上手いな」

一度も達けずに、ぼろぼろになったところで手を離され、貴郁はがっくりと布団に横たわる。その惨めな姿さえ東堂に撮影されているのだろうが、今更、拒む気にもなれなかった。

これが、捨てられるということだ。

我に返ると、漸く、実感が湧いてくる。

この儀式が終われば、貴郁は今以上の絶望を味わうのだろう。

愛する人に、おざなりにであっても触れられることさえなくなるのだから。

誰よりも愛しているはずの二人なのに、貴郁が誤った選択をしたせいで、終わりになってしまう。

「自分のしたことがわかったか？」

宗晃の冷ややかな声に、反射的に貴郁は「ごめんなさい」と訴えた。

深すぎる絶望に舌は縺《もつ》れ、涙さえ出てこない。

「ごめんなさい……許して、ください……」

憐《あわ》れな謝罪の言葉にも、彼らは無言だった。

「ごめんなさい、捨てないで……」

壊れたレコードのように「ごめんなさい」「捨てないで」と繰り返す貴郁を見下ろし、篤行は「残念だな」と冷たい声で言う。

「君を捨てるのは惜しいけれど、もういらないんだ」

「嫌！」

貴郁は躰を起こし、畳を手探りで這い、漸く辿り着いた篤行の足に縋りついた。

「あの、写真を撮っておいて、こう言うのも何ですが……これでは酷すぎませんか」

さすがに同情したらしく、東堂が取りなすように意見をしてくれた。

「いいんだ、あなたは黙っていてください」

「捨てないでください……嫌です……」

離れたくない。

篤行のことも、宗晃のことも、どうしようもなく求めている。

「捨てないでください……そばにいたいんです」

「どうして」

「好き、だから……」

篤行の躰に、一瞬、力が籠もった。

「お義兄さんと、お義父さんが、好きだから……そばにいたい」

まだ、沈黙は続く。

「何でも、します。必要なら、客を取るのも、全部します……だから……」

ぎしぎしと、己の心が軋《きし》む音まで聞こえそうだ。

拒まれたら、壊れてしまう。

自分自身を支える最後の梁《はり》が、今にも折れてしまいそうだ。

「そばにいたいから……役に立ちたかった……」

もう、貴郁には何もない。

清澗寺家を追い出されたのに、黒田家から追い払われたら、どこにも行く場所がなくなってしまう。

彼らの深い執着と愛情を知ってしまったから、最早、一人では生きていけないのに。

「好き……」

不意に、篤行が動くのを感じた。

蹴られるだろうかと思ったが、そうではない。

膝を突いた篤行は、「馬鹿だな」と打って変わって優しく告げると、突然貴郁を抱き締めた。

「馬鹿だ、君は」

重ねて告げる篤行の声が、震えている。

「お義兄さん……?」

「捨てるのは昔の君だ。君を閉じ込めて、盲目にしてしまうもの。君の腹の中にある劣等感だ」

「…………」

「俺たちは君を愛している。君が大切だ。だから、君が自分自身を粗末に扱えば悲しくなるし、腹も立てる。——わかるか?」

ひび割れた心に染み入るような、優しい声だった。

篤行の顔は、見なくてもわかる気がする。

「篤行、もっと愉しんでからの約束だ。もう少し悪役に徹しなさい」

「できません。俺にとって貴郁君は大切な人なんだ。これ以上酷い真似はできない」

「そこがおまえの甘さだな」

宗晃はおかしげに言うと、貴郁の目隠しを取り去った。急に明るさを感じ、怖くて咄嗟に目を瞑《つぶ》ってしまう。

「こちらを見なさい」

貴郁はおずおずと声の方角を見上げる。

最初に、光が見えた。

やがて目が慣れて、部屋はさほど明るくないのがわかる。

その中に佇み、二人はとても優しい目をしていた。

「これからが本番だ。私たちに愛されることの意味を、骨身に染みるまでわからせてあげよう」

呆然《ぼうぜん》とする貴郁に、跪いた篤行が笑いかける。

「わからないか? これからはご褒美だ」

「ご褒美?」

「私たちのために、君は自分を犠牲《ぎせい》にしようとした。それほどの真心を見せられて、嬉しくない男はいない」

すぐには、信じられなかった。

さんざん酷いことを言われて、犯されたばかりなのだ。今も、髪からはかけられた精液が滴っている。

「信じられないという顔だな。だが、あれくらい言わないと君はわからないだろう？」

「君は自分に全然自信がないくせに、躰は極上だ。俺たち以外に欲しがる人間はごまんといる」

「そうなんですか……？」

「これからも男に狙われるだろうな。自覚がないのはつくづく、困る。君が身売りなどと言い出したら、どれほど面倒なことが起きるか……」

篤行は肩を竦めた。

「だが、二度目はない。過ちを繰り返さないと誓えるね？」

引き取った宗晃が、貴郁を冷徹に睥睨する。

その氷点下の如きまなざしは、貴郁の深部まで凍えさせるようだ。

「……はい」

「君の心に、今度は私たちが鍵をかけてあげよう。私たち以外、その中に入れないように」

「ほかの男に躰を許したら、君をその場で捨てる」

「！」

それがどれほどの悪夢か、貴郁には一瞬にして理解できた。

今の恐怖を再現し、自然と歯の根が合わなくなってくる。躰が震え、芯から凍えてくるのを感じた。

「私たちに捨てられても構わないのなら、好きにすればいい」

すっかり怯えて小さくなった貴郁に、篤行が「心配いらないよ」と優しく声をかけてくる。

「愛しているから、俺たちを裏切ったら容赦はしないんだ。だから、君を他人に触れさせたくない」

聞かされてみればごく単純な真理だった。

そういうことならば、貴郁にも理解できる。

すべてが愛ゆえというのなら。

「わかったか？」

「――はい」

ほっと力を抜いた途端に、一滴《ひとしずく》の涙が零れた。

「どうした？　怖がらせすぎたか？」

狼狽したように篤行が問うたので、貴郁はすぐに否定する。

「ううん、嬉しいんです」

「嬉しいときに泣くなんて……君は本当に可愛いよ」

篤行は貴郁を縛っていた腰紐を解いてくれる。

「最初からやり直して、今度は君の一番可愛いところを、東堂さんに撮ってもらおう」

そのまま布団に再び導かれ、貴郁は今度は打って変わって優しく横たえられた。

あたかもそこが、初夜の褥であるかのように。

「折檻の記憶は、今から俺たちが書き換えてあげるよ。いい声もいっぱい出せるね？」

「はい……」

耳打ちした篤行は襦袢の胸元を大きく広げ、貴郁の右の乳首に歯を立てた。

「アッ！　やん、や、あ……あ……」

最初は緊張していたが、篤行の手慣れた愛撫に少しずつ力が抜けていく。感じるほどではないけれどくすぐったさに身を捩り、篤行が乳首を吸う頃には乳頭はすっかり凝《しこ》っていた。

「漸く、興が乗ってきたようだな」

「随分、怖がらせましたからね。落差が大きいほど、快楽はよく染みて効果的ですよ」

貴郁の右側に膝を突いた宗晃は、戯れのように乳首をきゅっと捻《ひね》る。

「ひぅっ」

慌てて顔を動かした途端に、目線は宗晃の下腹部に向いた。それだけで唾液が湧いてきて、貴郁は自然と自分の唇を舐める。

「乳首が気に入ったのか？」

からかうように問う宗晃に、すっかり硬くなった乳嘴《にゅうし》を潰され、貴郁は首肯する。

閨の淫猥《いんわい》な空気は蒸れたように暑く、東堂は腕捲りをし、汗だくになって撮影を続けていた。

「どうかな？」

「いい顔ですが、まだ本性を引き出せた感じはないですね」

東堂が感想を述べる。

「わかっている。貴郁君、してごらん」

「え？」

「君のしたいことを、言いなさい」

「あ…」

優しい手で髪を撫でられ、唇をなぞられる。

「いつもは、素直に言えるだろう？」

「おしゃぶりしたい…です……」

まるで操られるように、貴郁は口を開く。

宗晃に触れられると、なぜかこうなってしまう。

教え込まれたいやらしい言葉の数々が溢れ出し、気づくと貴郁の脳をその欲望で満たすのだ。

そうすると、褒めてもらえてとても嬉しい……。

「お義父さんにご奉仕したい……僕の唾液でぬるぬるになるまで咥えて、たっぷり飲みたいです……」

「何を？」

「お義父さんの子種で…口から孕みたい……」

貴郁の端的な欲求に、東堂が息を呑むのを感じた。

他人の前でなんて恥ずかしい台詞を口走ってしまったのかと後悔したが、「しなさい」という冷えた言葉を聞いた途端に、躊躇《ためら》いは消え失《う》せていた。

貴郁は躰の向きを変え、その場に正座をする宗晃に膝を開いてもらう。そこに顔を埋《うず》めて奉仕を始めると、背後の篤行が着物の裾を大きく捲り上げた。

「んぅ、ん、ん、んむ…っ…」

声にならない声を上げ、熱心に頭を前後に振る。

「いい子だ、上手にできているよ」

「ふ、うれし、お義父さん…いつもより、少し…、おおきい…、です」

「こっちはどうだ？」

「あっ！　おにいさん、だめ、舐めたら…、あ、咥えるの、やあ…っ…」

油断した隙に花茎《かけい》を篤行の口腔に包まれただけでなく、慎ましやかな秘蕾《ひらい》を指で暴かれてしまう。

「可愛いよ、こんなに反応してる。出してごらん」

「ん、んふ……あう……ああんッ……」

自分でも驚くくらいに淫らな声が溢れてしまい、貴郁は羞恥に身を捩ったが、結局そのまま篤行の口に出してしまった。

射精の快感に脱力するあいだにも、シャッターの音がする。

第三者の視線を意識すると、恥ずかしくて恥ずかしくて消えてしまいたいくらいだった。

なのに心と裏腹に躰は熱く火照り、どろどろに溶けていく。

それが自分でも、恐ろしかった。

「続けなさい、貴郁君」

「ん、でも……」

「そうか、彼がここにいるのが気になるのか」

いつしか東堂は三人に近づき、至近距離で貴郁の顔にレンズを向けている。

「貴郁君は他人に見られると昂奮するようだね。いつもよりずっと感度が上がってる」

「どうかな、君のモデルは。——ああ、口がお留守だよ。上手に咥えて私を悦ばせなさい」

ちゅ、ちゅ、と音を立てて吸っているうちに、先走りの味が濃くなった気がした。欲しくて欲しくて、我慢できずに夢中で太い幹に舌を這わせてしまう。

「素晴らしい。さっきとは全然違います。色っぽくて、綺麗で……咥えた瞬間から、顔つきまで変わりましたよ」

「見てのとおり、この子はとても淫乱だからね」

「犯される人妻みたいに悲愴《ひそう》だったくせに、しゃぶり始めたらとんでもない色香だ」

カメラを構え、東堂は感心しきっている。

「被虐美もいいが、これもまた色気が増す。しつこくねっとり舐めて、よほど口に合うんでしょうね。とても美味しそうに咥えて、すっかり夢中ですよ」

「貴郁君は精液が好物なんだ。そうだろう？」

手と口を使って精いっぱいの奉仕をしていたところで話を振られたのに気づき、貴郁は陶然と口を開いた。

「はい、好きです…とても、美味しい……」

漸く口にできた義父の陽根から離れられず、貴郁は鼻を鳴らしながら吸いつく。自分の唾液と宗晃の先走りでぬらぬらと黒光りし、そそり立っていた。

これで腸《はらわた》まで掻き混ぜられたい。いや、その前に飲みたい。義父の濃くて熱い精液を。

先ほどまでの恐ろしい儀式との落差は激しく、貴郁は普段よりもずっと営みに夢中になっていた。

もう二度と、あんな真似はされたくない。

「お義父さん、早く熱いの飲ませて……」

貴郁の熱っぽい台詞に、東堂が苦笑する。

「すごいな、普段の彼とは別人だ。色狂いなのは、清澗寺家の人間だからですかね」

「違う」

「それは違う」

そこだけはっきりと、宗晃と篤行が否定する。

「誰が何と言おうと、それが貴郁君の個性だ」

「なるほど」

東堂が相槌を打った。

「ん、く…おとうさん、出して……濃くて熱いの、いやらしい息子のお口に…たっぷり注いで……」

「いいだろう」

ややあって、貴郁の口中に懐かしいあの味が満ちる。口腔全体に行き渡るよう舌で掻き混ぜてから、貴郁は何度も分けてそれを飲み干した。

「美味しかったです……ご馳走様」

貴郁は義父の幹に吸いつき、孔に残ったわずかな甘露も啜り、味わった。

饗宴《きょうえん》はそれでは終わらなかった。

促されるままに貴郁は襦袢を脱ぎ捨て、二人の支配者の服を脱がせた。

それぞれの躰に交互にくちづけ、爪先や足指まで丁重に舐める。

それから篤行に言われて、布団に腰を下ろした彼の引き締まった腹を跨ぐ格好になった。

緊張から、一度、深呼吸をする。

「貴郁君、自分で挿れられるか？」

「は、はい」

小さく頷いた貴郁は、篤行の逞しい男根に手を添え、唾液を飲んだ。

ずぶりと、篤行が中に入っていく。

「ん、く……んんっ……」

は、は、と犬のように浅く呼吸をしながら、己の中に篤行を埋め込んでいく。最初は襞を捲られるようでつらかったが、一度道を拓かれるとすぐにそれは快楽に変換され、頭が痺れてきた。

「あ、お義兄さん、すごい、あ、あ、あっ、こすれて、っ」

「貴郁君、そこで止めて。君が咥え込んでいるところを、ちゃんと撮ってもらおう」

「でも……っ」

折しも、ちょうど食んでいるところなのだ。

動くなと言われても、力が籠もった腿のあたりがぶるぶる震えてしまう。折角襞のいいところを探り当てたのに、感覚が途切れてしまって、もどかしい。もっと強く、深く擦ってほしい。もっと。

「お義兄さん、もう、我慢……できない……」

このままでは動いてしまう。堪えきれずに、腿が緊張してぴくぴくと震えていた。

「東堂さん、どうだ？」

「ぴっちり嵌まってますよ。凄まじいな」

様々なアングルで写真を撮る東堂のからかうような言葉を聞いたせいか、体内の篤行が一気に膨れ上がった。

「ひっ！」

「どうした？」

「…おにいさん、だめ、おっきくしたら」

「そのままだ、貴郁君。カメラを見て」

己のそそり立った花茎から雫がたらたらと溢れるのを感じながら、貴郁は含羞《がんしゅう》に目許を仄かに染めてレンズを見つめる。

「撮ってくださいとお願いしてごらん」

「とって、ください…はしたないところ、たくさん撮って……」

「恥ずかしいおねだりをすると、中が震えるんだな」

愉しげに篤行が笑うのを、胃の奥底で感じた。

汗がどっと噴き出し、目の中にまで落ちた。汗ばんだ互いの膚が密着して、もっと躰が湿っていく。

「お尻に嵌められて、種付けされるところも……」

思いつく限りのはしたない台詞でねだりながら、

貴郁は懸命に永遠とも思える時間を耐えていた。

「わかった」

繋がった部分を撮るため、ごく間近にカメラを近寄せ、東堂がシャッターを切る。

全部撮られている。

隠しようもないほどに、すべてを。

「撮れるように手伝ってあげなさい」

宗晃に命じられた貴郁は自らの尻に両手をかけ、よく見えるように大きく拡げた。

「動いていいよ」

「あ、ん、んんっ！　全部、入る……ッ」

肉を畳んでできた隘路《あいろ》を、力を漲《みなぎ》らせた篤行が侵攻していく。胃の奥からたまらない快楽が押し寄せ、貴郁はあられもない声を上げた。

「うん、んっ、お義兄さん、お義兄さん……すごい……っ…ふとい……」

夢中になって腰を上下に振り、貴郁は快感を訴えた。こうなるともう、理性なんて欠片もなかった。

「声を残しておけないのが残念だ」

「え？　なに、あ、かたい、おっきい、そこ、そこ、えぐって、もっと……あ、あ、あ、あ、あーっ！」

仰け反りながら貴郁は達し、白濁を散らす。

それでもまだ篤行が中に注いでくれないので、貴郁は震えながら求めた。

「孕むの、ください…お義兄さんの子種で、義弟《おとうと》のお腹、いっぱいにして……」

「兄弟なのに、俺の子を孕みたいのか？」

からかうように問われ、貴郁は無我夢中で頷いた。

「孕みたい、です…」

「いいだろう、搾ってごらん」

「はい、あ、あっ…ん、んん……お義兄さん……」

篤行を深々と食んで腰を動かしているうちに、躰の奥底で何かが弾けた。

どくどくと熱いものが体内に広がるのを感じ、貴郁は「出てる」と囁きながら篤行の腹の上で達する。

シャッター音が、どこか遠くで聞こえている。

「仕上げだ」

囁いた篤行が貴郁と結合したまま、華奢な躰を強引に回転させる。そして、背中を抱くようにして上体をぐっと引き寄せた。

「!?」

汗と体液でべとべとになった上体を見せつけるかたちになった貴郁を、東堂は正面から何枚も撮った。

篤行の裸の胸に寄りかかる貴郁の唇を、彼が脇から塞いでくる。

「んふ…」

キスは、好きだ。甘くて、優しくて、うっとりしてしまう。

不意に、貴郁に誰かが近づく気配がした。

宗晃だ。

それまで義兄弟の睦まじい媾合を観察していた宗晃が、貴郁の前に跪く。義父は二人の息子が繋がっている部分に指を這わせ、ゆっくりと忍び込ませた。

「……ッ」

驚きのあまり、貴郁は篤行の舌を噛みそうになる。

この悪戯をされるのは一度や二度ではなかったが、何度されても慣れない。


「お義父さん……？」

篤行が貴郁を抱いたまま躰を倒したので、貴郁は彼と繋がったまま横たわる体勢になった。

何か意味のある体勢なのか、よくわからない。

彼らが何をする気なのか、想像もつかない。

「お義兄さん、重くありませんか？」

「平気だ。キスをしてあげるから、こっちを向いて」

義父はどういうつもりなのだろう。

貴郁の集中を邪魔していた宗晃の指が、唐突に引き抜かれた。

「挿れるよ」

問うより先に、宣告した宗晃が、前から貴郁に覆い被さってくる。そこに指の代わりに押しつけられたものが何かわかり、貴郁は恐怖に身を強張らせた。

篤行の性器を入れられて震える秘蕾に、宗晃は自分の楔をも打ち込もうとしているのだ。

「あ……、あ、むり…無理です…」

「受け容れなさい」

壊れる。

そうでなくとも篤行に目いっぱい拡げられたところに、更に宗晃が入ってくるのだ。

こんなのは、どう考えても無理だ。

壊れてしまう。

「ひ、ぅ…ぅう……」

助けてほしくて篤行に訴えようとしたが、彼は宥《なだ》めるようにくちづけ、目尻から落ちた涙を舐め取ってくれるだけだ。

「おにいさん、たすけて…」

「だめだ」

優しい篤行なら助けてくれるだろうと貴郁は哀願したが、拘束する力は強くてびくともしない。

「いや、怖い……助けて……」

このままでは二人同時に挿れられてしまうと、貴郁は恐慌を来《きた》して身も世もなく泣きだした。

「助けるために、こうするんだ」

「え?」

「淋しくてたまらない君を助けたいから、こんな無茶を、してる。わからないか?」

よくよく見れば篤行も苦しそうで、彼の額には汗が浮いていた。

「堕《お》ちよう、一緒に」

耳打ちされ、頭がくらりとした。

誘惑されている。

「俺たちと一緒でも、怖いか?」

「……ううん」

堕ちていきたい。

この二人となら、どこまででもいける。

初めて抱かれたときに、その覚悟を決めたのではなかったか。

「どうです、父さん」

掠れた妙に色っぽい声で、篤行が問う。

「おまえと同時にこの子を味わうのはなかなか複雑な気分だが、いい具合だ。もう少し緩められるか?」

宗晃もまた、どことなく苦しそうだ。

至近距離で見つめた義父の額には薄く汗が滲み、わずかに髪が乱れていてとても色っぽい。

篤行はともかく、宗晃は普段はこんな風に服を脱がないので、彼の膚を直に感じるのは初めてだった。

「あ、は……」

肩で息をしているうちに、頭がぼうっとしてくる。

いいのか悪いのか、だめなのかそうでないのか、もうよくわからない。

貴郁を抱えたまま篤行が身を起こしたので、三人の躰がいっそう密着する。縋るところを求め、貴郁は宗晃の背中に腕を回した。

「貴郁君？」

「あっ！」

背後から手を回した篤行に性器を扱《しご》かれ、貴郁は短く喘ぎながらその感覚に身を任せる。

躰の奥底で、二人が脈打っているのがわかる気がする。

一番深い部分で、二人と繋がっているのだ。

「そうだ、上手く緩めているね……今度は締めてごらん」

どうすればいいのかわからずに放心する貴郁に、正面から宗晃がくちづけてくれた。

「ン、ん……できてる……？」

「ああ、上手だ。無意識にやってるのか」

「私たちに全部、委ねなさい。快楽だけで支配してあげよう」

「ふ…」

ああ、この二人に壊されるのか。

自分を殻の中から引き摺り出した人たちに。

それなら、いいのかもしれない。

彼らの愛で壊される裁きの日が、とうとう来たのだ。

「動くよ」

顔を離した宗晃が、貴郁の両膝に手を入れる。

「え……あ、あっ！」

嘘。

ただ二人に挿れられただけでは、なかった。

貴郁の腰を抱いた篤行が襞をあしらうように強引に動いたかと思うと、今度は宗晃が深々と突き上げてくる。

慌てて貴郁は宗晃にしがみつく手に力を込める。

「や、だめ、やだ、あ、あ、あっ！」

まるで神経を剝き出しにされたみたいに、快楽の源泉を突き上げる雄蕊《ゆうずい》の動きが全身を掻き乱した。

二匹の獣に征服され、支配され、犯されている。

「どこが、だめ？」

「ひ、いたい、痛い、いたい、嵌めないで…っ…」

心臓の音、シャッターの音、二人の律動、何もかもが混然としている。

絶え間ない痛みに、涙が溢れ出す。

「泣いてるね。可哀想に」

可哀想と言いつつも、貴郁のうなじに嚙みつく篤行の声は快楽に濡れていた。

「よく締まっているな」

「ひん、んあっ、あ、そこだめ、おとうさんだめっ」

貴郁を征服する二人の動きに規則性はまるでなく、翻弄される一方だ。

未知の行為に、快感は加速度的に増した。

「ここがだめなのか？」

「ちが、お義兄さん、待って、あ、つよい、あ、あ、あんッ…あ…」

敏感な肉を抉られ、擦られ、突き上げられて。

破けてしまう。

なのに恐ろしいのは、それが苦痛ではないからだ。

「どうした？　痛いか？」

「ひあ、あん、あ、あ、あァ、いい、いいっ」

痛くて壊れそうなのに、ばらばらになりそうなのに、休む間もなく突き上げられるのが、たまらない。

「やだ、こわい…、抜いて…っ、あ、だめ、待って、あ、いい、いい、や、あん、あ、あ…ッ…」

気持ちいい。

全身が性感帯になったみたいで、どこもかしこも気持ちいい。

気持ちよくて、よくて、よくて、快感しか感じられない。

こんなものは、自分の肉体じゃないみたいだ。

交互に衝かれるというのは、つまり、いつもの倍の速度で刺激を与えられているということでもある。

休む間もなく揺さぶられて、頭がおかしくなりそうだ。何も考えられない。

「怖い…こわい、よくて……変……」

脳細胞の一つ一つが、快感で染められていく。

このまま精液を出されたら、きっと孕んでしまう。

そう思えるくらいに、熱い交わりだった。

「も、かけて……おわりにして……」

「まだだ。怖いのなんて、忘れさせてやる」

「えっ？ あ、あっ！ うごくの、だめ……」

だめだと言われても、二人が止めてくれるわけがなかった。

「や、いい、いい、いい、いく、いくっ、いく、とまらな、あ、あ、あっ…出る…でる、でちゃうっ…」

白濁を噴き上げてもいっこうに萎えず、快泣《かいきゅう》に咽《むせ》ぶ貴郁は激しく腰をくねらせた。

「…おとうさん、おにいさん、いい、いい…きもちい、おかしく、なっ…」

「どっちが突いてるか、わかる？」

「おにいさ…おとうさん、あ、あ、ふたりとも、きもちい……いい、いっちゃう……待って、まだ、あ、あ、あっだめ、だめ……達くッ……」

あまりの快《よ》さに啜り泣き、狂乱の中で達した貴郁に、漸く宗晃と篤行が注いでくれる。

「出てる……熱いの、たくさん……」

腸にまで、征服の証を浴びせられている。

「君の大好きなものだ。わかるだろう？」

「はい、二人分の精液……うれしい……」

躰を弛緩させた貴郁に「あちらを向いてごらん」と言うと、宗晃は東堂を貴郁の前に立たせた。

身を捩った貴郁の視界に、東堂の下半身が映る。

芸術家を気取る彼も、さすがにこの異様な光景に兆してしまったらしい。

下腹部ははち切れそうなほどに膨らんでいた。

「東堂君も随分つらそうだ。貴郁君、搾ってあげなさい」

「でも、俺は部外者で……」

東堂は慌てたが、昂奮を隠しようもない。

「今日は特別だ。この子の可愛いところを、間近で撮ってほしい。貴郁君も頼みなさい」

「……東堂さん、僕では、不足ですか？」

義父の言いつけなら、仕方がない。上目遣いに東堂を見やり、貴郁は唇を舐めた。

「いや、でも……」

渋る東堂の前立てを緩めると、飛び出したものが貴郁の頰をなぞる。先走りで濡れそぼったものを舐めるため、貴郁は手を添えた。

「お義父さんと、お義兄さんが許してくれたので、ご奉仕します」

「貴郁君、ほかの男を味わうのはこれが最初で最後だ。じっくり愉しむといい」

宗晃が揶揄するように言った。

「…貴郁のお口に、たっぷり出して、ください……」

陶然と訴えた貴郁は男のものにくちづける。それだけで、東堂のものがますます漲《みなぎ》って反り返った。

裏筋に鼻面を押し当てて、匂いを嗅ぐ。

篤行のものとも、宗晃のものとも違う逞しさだ。

「あ…ふ…すごい……」


あえて音を立てながら屹立に接吻し、貴郁はできる限りの技巧を使って東堂を責めた。

頰を紅潮させた東堂は至近距離の貴郁にレンズを向け、シャッターを切っている。

「貴郁君、中が動いているよ。愉しんでいるのか？」

「俺たち二人に挿れられた状態で、よくほかの男を欲しがれるな」

からかうように言った篤行が、汗に濡れた髪を撫でてくれる。

許されたいだけだ。

どこまでも堕ちていくことで彼らに愛されるなら、奈落の果てまで堕ちていきたい。

自分を満たせるのは、彼らしかいないのだ。

ふくろまで舐め、唾液まみれになって奉仕をする貴郁の頭上で、シャッターが押された。

「どこに出せばいい？」

「ここ……」

目を閉じた貴郁は口を大きく開けて、受け止める準備をする。

また、シャッターの音。

「たまんないな……」

感極まったように呟いた東堂が自身を扱き、貴郁の顔と口腔に精を放った。

「んぅう…」

濃い精液が、べっとりと顔を汚している。精液を溜めたまま口を開けた貴郁を、昂奮に息を乱す東堂が夢中になって撮影した。

喉を鳴らして体液を飲むと、篤行が「よくできたね」と耳打ちする。

「こっちを向いてごらん。ご褒美をあげるよ」

「ん、ん、んふ、あ……あっ」

躰を何とか動かして篤行のほうを向き、義兄にくちづけながら貴郁はおねだりをする。

「うごいて…中にも、外にもかけて、おねがい……」

浅ましい台詞を並べ、貴郁は果てのない悦楽に身を投じた。


気づくと貴郁は、自室の寝台にいた。あれは夢ではないかと思ったが、全身の尋常でない倦怠感と疲労感、そして痛みとが事実を物語る。

「起きたのか」

いつの間に来たのか、うつらうつらしている貴郁の顔を宗晃が見下ろしていた。

「あの……」

「丸一日眠っていたよ。相当きつい真似をさせてしまったからね」

「——お義父さん、僕……」

「愚かな真似をした反省はできたか?」

「………」

方法に関しては馬鹿な真似をしたと身に染みて思うが、反省したかどうかはまた別だ。あれは貴郁としても、すべきことだったからだ。

「方法は間違っていたかもしれないけど、でも、悪いことをしたとは思っていません」

貴郁は上掛けをぎゅっと摑み、勇気を振り絞ってそう告げる。

普段はなかなか自分の意思を口にできない貴郁だけに、珍しい事態だった。

「なぜ？」

「僕なりに、考えた結果だからです」

喘ぎすぎたせいか喉が痛く、声が上手く出ているか不安だった。

「私が君をほかの男と共有できるのは、相手が篤行だからだよ。他人では許せない。君のいやらしい姿を、誰かに見せるのも御免だ」

「じゃあ、どうして写真を？」

「見れば、君もよくわかると思ったんだ」

そう言ったのは、篤行だった。

「ちょうど現像ができたそうだ。見てごらん」

大判の封筒はずしりと重く、貴郁は渋々それを受け取り、中身を出した。

「……！」

覚悟はしていたものの、衝撃に取り落としそうになった。けれども、「全部見なさい」と命じられて貴郁は仕方なくそれを捲った。


最初の写真は、生娘が犯されていると言ってもいいくらいに貴郁の表情は悲痛だった。

目隠しをされているせいもあるが、雰囲気にやわらかさなど微塵《みじん》もない。犯されている貴郁は、無慙なものだ。

けれども、あるときからそれが変わった。

目隠しを外し、腰紐も解かれた貴郁の表情は和らぎ、それとわかるほどに行為に熱中している。

一人で撮られたときとは、大違いだった。

襦袢を着せられているせいか、抑えた色香が匂い立つようだ。

写真の中の自分はいやらしかったが、想像のような下品さはなかった。

寧ろ、二人をどれほど好きなのか、触れられることがどれほど嬉しいのかを全身で表現しているかのようで、我ながら恥ずかしくなる。

義父の雄蘂を頬張る自分は、うっとりと微笑んでいる。義兄に深々と嵌められ、快楽に咽《むせ》んで歓喜の涙を零していた。

何よりも、二人に一度に串刺しにされている写真では、蕩けきった顔つきが貴郁の心情を雄弁に訴えていた。

気持ちよくて、よくて、たまらない。

二人に愛されるのが幸福だと。

「僕、普段……こんな顔を……」

恥ずかしくて恥ずかしくて、全身に火が点いたようだった。

だけど、二人はこんなものを見せるために写真を撮らせたのだろうか。

「もっと見てごらん」

耐え難いほどの羞恥だったが、とにかく写真をすべて見終えなくてはいけないと勇気を振り絞った。

……あ。

途中で手を止めたのは、遠景で撮られた写真のせいだ。宗晃が貴郁の髪を撫でているが、その表情は溶けそうなほどに優しかった。

宗晃は、普段こんな顔をしていたのか。

胸を衝かれたような気がして、半分照れ隠しのつもりで、貴郁は次の写真に目をやった。

自分を抱くときの篤行の顔。

汗を垂らし、頰を染め、夢中になって貪っているのがわかる。

どれもそうだった。

普段は氷の皇帝と呼ばれる宗晃の心情でさえも、東堂のカメラは丸裸にしてしまっているようだ。

「これ……」

「わかっただろう？　私たちが何を考えているのか」

途端に、胸がいっぱいになってきた。

いつも抱かれているときは夢中になってしまって、彼らが向けてくる符号を読み取りきれずにいる。

だが、こうなると二人の熱い思いがつぶさに伝わってくるようだった。

愛されているのだ。

そして、彼らのことがたまらなく愛おしい。

ぽつりと涙が写真の上に落ちた。

目には見えない、愛というもの。

自分たちの愛は歪で、上手くかたちを作れない。

だから、それは奇蹟のような一瞬にしかこの世界には現れない。

けれども、こうして他人の目を通して実感する。

たった一つ、自分が求めていたものはここにある。

そして東堂が撮りたかったものは、きっとこれだ。

貴郁の中に潜む強い欲望。

愛を欲して震える、惨めで孤独な魂。

「ごめんなさい」

俯いた貴郁は、それきりどう言えばいいのかわからなくなった。

「自信がなかったんです。僕のどこをいいと思ってくれているのか、さっぱりわからなくて……だから、そばにいる資格が、欲しかった」

「そのままの君がいいんだ。優しくて謙虚で、それでも芯は強くて情が深い。君にできる精いっぱいのやり方で、俺たちを守り、幸せにしようとしてくれる。欠点は自分に自信がなさすぎるところだが、それは徐々に改善してくれればいい」

篤行の中で、既に答えは用意されていたのだろう。

彼の言葉は淀みなく、貴郁の心の奥底を撫でる。

「誰が何と言おうと、君には愛される資格がある。疑問を感じる必要はない」

恐る恐る宗晃に視線を向けると、彼は厳かに口を開いた。

「君はその資格があるから、私たちの愛を受け止められた。そうでなければ、この関係はすぐに破綻していただろう」

「――ごめんなさい」

再び心からの謝罪を告げる貴郁に、宗晃が言う。

「わかっているよ。もう怒ってはいない」

「よかった……」

「どんなことでも相談しなさい。君が我々を守りたがっているように、私たちも君を守りたいんだ」

「はい」

胸を撫で下ろした貴郁を挟むように、篤行が寝台の反対側に腰を下ろす。

そして、唇を左側から啄んできた。

今度は、右側から宗晃にくちづけられる。

あたたかくて、優しい接吻だった。

「もっと俺たちに頼って、依存していいんだ。離れられないのはよくわかっただろう？」

「はい……」

捨てられるのがどれほど怖いかというのを疑似体験してしまったからこそ、よけいに、このキスの甘さが全身に染み渡る。

「わかったなら、もう少し、休みなさい」

「そうだよ、貴郁君。目が覚めたら可愛がってあげるから」

幾度も幾度もやわらかなキスを受けていると、だんだん誰にされているかわからなくなる。

幸せだ、とても。

陶然とキスに溺れているうちに、貴郁は幸福な酩酊に落ちていった。

かくんと躰から力が抜け、その上体を篤行が慌てて支えてくれたようだ。

「また寝たようだね」

「疲れているのでしょう」

篤行が答え、楽な姿勢にさせた貴郁の髪を優しく撫でる。

「三人も相手にしたんですよ。しかも、初めての二輪差しだ。疲労するのも無理はない」

「藤城《ふじしろ》君には感謝しなくてはいけないな。篤行、彼に何かいい情報を流してやりなさい」

「ドライに見えて、友達思いですよ、彼は」

それから篤行は、「ところで」と話題を転じた。

「あの写真を返してもらったんですか？」

「写真？」

「雪恵《ゆきえ》さんのものですよ。貴郁君にとっては、数少ないお母さんの思い出でしょうし……」

「勿論だ。記事のために貸しただけだからね」

「それはよかった」

篤行がほっとした声で相槌を打つ。

「しかし、東堂さんは色っぽい作品も才能がありますね。並の危な絵よりもずっと官能的だ」

「素材がいいからね」

宗晃はさらりと答えて、貴郁の頬にくちづける。

「可哀想に、これで貴郁君の逃げ場はなくなってしまった」

「まだまだ、ここが入り口です。もっと可愛がって骨抜きにして、どこまでも堕として、俺たちなしでは生きていけないくらいにしたい」

篤行の口調は、真剣そのものだ。

「まだ足りないとは、おまえは存外末恐ろしいな」

「貴郁君は俺のすべてです。どんな手を使っても、縛りつけて放さない。囚われているのは、俺たちのほうだ」

「同感だ。この子でなければほかの男に抱かせるのもいいが、貴郁君だけはだめだ」

「俺も、父さんだから耐えられる。秋穂なら、彼の血筋も残せますし。でも、それ以外は絶対に許しません」

そんな二人の会話が、遠くから聞こえてくる。

まるで夢の中での出来事のように。

7

ドアを軽くノックしてから書斎に入ると、返答はなかったものの、既に先客がいた。

宗晃《もとあき》は窓のそばに立ち、戸口に背を向けて外を眺めている。

声をかけていいか迷ったが、無視をするのもおかしく、貴郁《たかふみ》は「お義父さん」と小声で呼んだ。

「ああ、君か」

振り向いた宗晃は貴郁を認めて薄く笑む。

テーブルの上には本が載せられ、宗晃は貴郁を待っていたらしい。

「よかったら朗読を頼めないか」

「今、ですか?」

「そうだ」

貴郁は机に近づき、宗晃が示した本を手に取る。

「いいですけど、どうして？」

「どうして、とは？」

「仕事をしながら朗読を聞けば、一石二鳥だとおっしゃっていたでしょう」

それを耳にした宗晃は、「ああ」と頷いた。

「今日は暇そうなのにどうして自分で読まないのか、と言いたいのか」

有り体に言えばそうだが、その言い方は乱暴だ。

貴郁が困惑すると、宗晃は貴郁の頰に触れて口を開いた。

「口実だ。君の声を聞きたかっただけだ」

「そうなんですか？」

「ほかに何がある？」

唐突に訪れた静かな時間に、貴郁は深呼吸をする。

宗晃には尋ねたいことがあった。

今ならば、それを聞ける気がする。

「――質問があるんです」

「何を？」

宗晃は腕組みをし、貴郁の視線を真っ向から受け止める。

表情を引き締め、貴郁はその問いを口に出した。

「お義父さんは、僕の母を好きだったのでしょう？」

「そうだ」

あっさりとした返答は予想どおりのもので、貴郁は緊張した面持ちで話を進めた。

「今でも好きですか？」

「今？」

どういう意図だとでも言いたげに、宗晃が問い返し、先を促す。

「僕は母に似ているとおっしゃいました。母を好きだったから……僕を手許に置くのですか？　僕が愛される資格は、そこにあるのですか？」

いつまでも取れない胸のつかえを解消するために、それは聞かなくてはいけないことだった。

「それは違う」

宗晃は静かに告げた。

「私は彼女を愛していたし、この思いを忘れることは不可能だ。だが、すべては思い出にすぎない」

宗晃は過去を手繰《たぐ》るように、一瞬、遠くを見やった。

「現に君とあの人は中身はまるで似ていない。似ているのは顔だけだ」

淡々と告げる宗晃の手が、貴郁のうなじや顎のあたりを軽く撫でる。

「私は長いあいだ戯れの関係しか持たなくなっていたが、あの雨の夜、君を目にしたときに心から欲しいものに出会った」

初めて会った、あの夜。

貴郁を失墜と堕落の饗宴に引き入れた晩だ。

「自分に自信が持てなくて、愛されたがっている子供。そんな君が可愛いと思ったから、愛したいと願った。いわば、一目惚《ひとめぼ》れのようなものだ」

常に温度の低い宗晃からもたらされたのは、珍しく熱を帯びた発言で、貴郁は目を丸くする。

「戦争が終われば、どんな手を使ってでも君を手に入れるつもりだった。私のほうが、篤行《あつゆき》よりも一歩先んじているのを知っていたからね」


それは以前も聞かされたとおりだ。

「君も、ただ抑圧されていただけではないな。父親に、特別な感情を抱いているのだろう？」

ずけずけと指摘されて頬が火照るのを感じ、貴郁は自然と視線を落とした。

「そうです。僕は……あの人を好きで、初恋の人でした。でも、父さんは絶対に僕のものにはならない……」

これまで誰にも言えなかった、自分の罪。

深沢《ふかざわ》でさえも気づいていながら、それを具体的に口にしなかった。

だから、貴郁はこの歪な初恋を捨てられずにいた。

けれどもこうして口に出し、認めることで、一歩先へ進める気がする。

「誰のものであろうと、人は恋に落ちる。それは止められない」

「お義父さんにも、そんな経験があるんですか？」

「事実、私は君を諦められなかった。誰かのものになるくらいなら手に入れたかった。それがすべてだ」

宗晃は厳《おごそ》かな口調で告げ、それから一転して微かに声を和らげた。

「篤行が聞けば、驚くだろうな」

「今のは、お義兄さんに秘密ですか？」

「当然だ」

宗晃がわずかに唇を綻ばせる。

「でしたら、僕の秘密も、黙っていてください」

「いいだろう。これで我々は共犯者だ」

「共犯……？」

「私の一目惚れと、君の初恋と——互いの秘密を共有している」

義父との、二人きりの秘密。

その甘美な響きに、貴郁は得も言われぬ幸福感に襲われた。

「誰にも、言いません」

それを耳にした宗晃が、信じられない行動に出た。

宗晃が貴郁の前に跪いたのだ。

皇帝と呼ばれ君臨する男が、貴郁に頭《こうべ》を垂れるとは。


驚く貴郁の右手を取り、彼がその甲に唇を寄せた。

「これが誓いだ」

恭しくくちづけられた右手が、重い。

また一つ、愛する人に鍵をかけられてしまった。

拘束され、支配され、束縛される。

貴郁は彼らの作る愛の獄《ひとや》から、きっともう一歩も出られない。

略奪された乙女《ペルセポネー》は、この先ずっと冥府に生きるのだ。

「では、朗読をしてもらおうか」

宗晃が立ち上がったそのとき、外から「父さん」と篤行が呼ぶ声が聞こえた。

眉を顰めた宗晃が窓を開けると、篤行が言う。

「貴郁君もいるでしょう？　下りてきませんか？　涼める場所がある」

思わず貴郁も宗晃の背後から庭を窺《うかが》うと、篤行が大きく手招きをした。

「仕方ない、行こうか」

「ですが、朗読は？」

「折角だから、外で読んでもらおう」

「はい」

黒田家《くろだけ》の庭はよく手入れされており、木々が入り組んでできた樹陰は、篤行の言うとおりに涼しくて居心地が良い。

木漏れ日が軌跡を描くが、夏だというのに日蔭はどこか肌寒く、これはかなり過ごしやすそうだ。

下草に厚地の敷物を広げ、篤行はすっかり準備を整えていた。

「涼しくて、いいですね」

貴郁の言葉に、篤行は「だろう?」とどこか誇らしげに言う。ネクタイを外して前を緩め、彼なりに準備をしてくれたらしい。こうしたくつろいだ姿も、宗晃と対照的で魅力的だ。

「これで『草上の昼食』といこう」

「でも、それだと……」

「ん?」

「誰かが脱がないと」

生真面目な貴郁の言葉に、篤行が噴き出した。

「あの絵を完璧に再現したいなら、君が脱いでくれ」

「そんなの、恥ずかしい…」

「じゃあ、俺たちが脱ごうか?」

「だめです……目のやり場に困ってしまう……」

耳まで赤くなって俯く貴郁に、篤行は感心したように唸った。

「本当に君は、びっくりするくらい貞淑だな」

「そのくせ、私たちに触れられた途端に娼婦に堕ちる。その落差がいいんだ」

宗晃に髪を撫でられて、貴郁は目を細める。

「あ、あの……でも、お義父さんと、お義兄さんのものだから、これでも、気をつけてるんです」

「我々の専属だろう?」

からかうように宗晃が言い、貴郁の心に新たな錠をつけてくれる。

「はい、当然です」

「効果はあまり期待できないが、君に自覚があるのは喜ばしい」

「では、貴郁君の努力に乾杯しましょうか」

「加えて、我々の貴い家族愛に」

バスケットに入れたシャンパンと軽食、グラスは三つ。

宗晃に本を渡され、二人に挟まれるように腰を下ろした貴郁は朗読を始める。

篤行はわざわざ蓄音機を運び、秋穂《あきほ》の演奏のレコードを流していた。

朗読が途切れたのは、篤行が貴郁のシャツをはだけさせて躰に触れてきたからだ。

「義兄さん、だめ……弄っちゃ……」

「君のほうが弄ってほしそうな顔をしているんだ」

二人の息子たちのじゃれ合いを見ていた宗晃は無言で本を取り上げ、続きを自ら読み始める。

シャンパンがほどよく回ってきたせいか、次第に眠くなってきて貴郁は欠伸《あくび》をする。

「おいで」

それに気づいた宗晃が左手を動かしたので、貴郁は彼の胸に自分の顔を預けて目を閉じた。

「近頃は父さんにはよく懐いていますね」

「妬けるか？」

「いいえ、俺は毎日抱いていますから、独り占めはよくないと思っていたところです」

「若いな、だが回数の問題ではないはずだ」

宗晃は貴郁の髪を撫で、時に唇をなぞり、やわやわと緩やかな刺激を送ってくる。

それが心地よくて、まるで愛撫のようだった。

「おまえも何か話があったんだろう？」

「仕事の話は無粋じゃないですか？」

「構わないよ、こういうときしかできない話もある」

篤行は一度自室に戻って書類を持ち出し、そしてそれを元に宗晃に意見を求めている。

「このあいだ貴郁君が話していた、ＰＶＡ繊維についてです。ちょうど研究をしていた科学者が権利を手放すとかで、彼らのいた大学と交渉しています。上手くいけば、来年には製造ラインに載せられるかもしれない」

資料を示す篤行に、宗晃は「そうか」と頷く。

「社長の顔を立てるなら、おまえの好きにして構わ

ない」

「もうすぐ、俺が社長になりますよ」

篤行は朗らかに応じ、貴郁の髪を摘まんで弄ぶ。

「上手くいったら、貴郁君にご褒美をあげないと」

「褒美、ね……女物の着物でも買い与える気か？」

「それはもう注文しましたが、躾のほうです。もっと開発したいんです」

「それではおまえへの褒美だろう。まだ躾けるつもりか？」

「堕ちる先に果てはないでしょう」

篤行が覆い被さってきて、貴郁にくちづける。

「理性だけは残しておいてあげなさい」

「わかっています。肉欲の奴隷にしたって、全然嬉しくありませんよ。貴郁君こそが、俺たちの支配者なんですから」

啄むだけの軽いキスだが、弾ける泡のようにくすぐったくて、貴郁は身を捩《よじ》った。

「……お義兄さん？」

「ん？　どうした？」

「キス、きもちいい……」

半分寝惚《ねぼ》けながら貴郁が言うと、篤行がくすりと笑った。

「よくなるようにしてるんだ」

悪戯っぽい篤行の声に応えるように微笑み、貴郁は「嬉しいです」と囁く。

「本当に？」

「幸せです……」

あれから貴郁は、勇気を出して篤行に素直に自分が会社で上手くいっていないことを相談してみたところ、意外な返答があった。

貴郁が妙に色っぽくて困ると同じフロアの連中に相談され、上司の松木《まつき》は悩んでいたのだという。

新婚の貴郁にほかの社員が妙な気を起こすのではないかと、松木も気が気ではなかったようだ。

確かに、無理な残業をさせて窶《やつ》れた貴郁を余人が目にしたら、とんでもない過ちが起こるかもしれない――と言ったのは篤行だ。

宗晃と篤行に可愛がられるようになった頃から、

松木の苦悩は顕著になったらしい。

その点は自分でもどうにもならないのだが、これまで以上に振る舞いに気をつけることで、少しは解決に近づいていると思いたかった。

尤も、貴郁自身はほかの男なんて目に入らない。

自分にとっては、宗晃と篤行以外の人などどうでもいい存在でしかない。和貴だけが例外だ。

この二人に見放されることが、世界の破滅よりも恐ろしい。

だから、それ以外はどうでもいいことなのだ。

伸ばされた四本の手で服を剝がれ、全裸になった貴郁は促されるままに脚を開いた。

使用人の目を盗んでの行為は爛れた緊張感を伴い、逆に、見られていると思うとよけいに燃え上がる。

父子専属の雌にされていることを皆に喧伝したいような、秘密にしておきたいような、相反する心境だった。

「ずっと、可愛がってください」

鍵をかけられ、しまい込まれて、二人だけに永遠に可愛がられていたい。

逃げ場のない獄に閉じ込められ、無上の愛を注がれて生きる。

二人の愛を受けて輝く貴郁の姿は、この二人にしか見えないのだ。

「勿論」

微笑んだ篤行が真っ先に答え、宗晃が無言で頷く。

どこまでも三人で堕ちていく歓喜に、貴郁の心は満たされていた。

あとがき

こんにちは、和泉《いずみ》です。このたびは清澗寺家《せいかんじけ》シリーズ第二部「暁に堕ちる星」をお手に取ってくださり、ありがとうございました。こちらは他の作品と違って番外編っぽいので、既刊をご存じない方でも単独で楽しんでいただけるのではないかと思います。

今作の主人公貴郁《たかふみ》は、これまでに書いてきた清澗寺家の受たちの中でも、かなり濃厚に一族の血を引いています。作者自身もびっくりするほど、清澗寺を体現した主人公になりました。対する攻の宗晃《もとあき》と篤行《あつゆき》は、貴郁を支配しつつも支配されているという関係で、こちらも私の好きなタイプの年上二人を配しました。美しくも腹黒い父と兄というのは書いていて萌《も》え萌えで、とても楽しかったです。特に宗晃には萌えをぎゅっぎゅっと詰め込みました。父にコンプレックスを持つ主人公は大好物なので、ずっと書いていたいくらいに楽しかったです(笑)。

この世界観で3Pを書きたいという勢いと願望で書いた話ゆえに、エロス方面が濃厚です。三人の関係を読者の皆様がどう受け止めてくださるのか、大変気になります。ご意見やご感想、お聞かせいただけますと幸いです。

あとがき

お世話になった皆様にお礼の言葉を。

ご多忙の中、今回も美麗なイラストで世界観を彩ってくださった円陣闇丸《えんじんやみまる》様。イラストを拝見したとき、宗晃と篤行の親子を美形設定にして本当によかったと思いました！　貴郁の普段の優等生っぽさも閨《ねや》での魔性ぶりも、いずれも描いていただけて幸せです。どうもありがとうございました。次回もどうかよろしくお願いいたします。

本作の出版を前に、担当編集さんが交代になりました。前担当の内田《うちだ》様には本シリーズの大半を手がけていただいただけに淋《さび》しさもひとしおですが、今まで本当にお世話になりました。新担当の増田《ますだ》様をはじめとした編集部の方々には勝手がわからずご迷惑をおかけすることばかりですが、これからもどうかよろしくお願いします。そしてスーパー校閲Ａさんにも今回並々ならぬお世話になりました。皆様に、心より御礼申し上げます。

最後に、この作品をお手にとってくださった読者の皆様にも感謝の気持ちを捧げます。

いよいよ次回は国貴《くにたか》たちの話に戻り、この長いシリーズもクライマックスとなります。そこまでおつきあいいただけますと、作者としてはとても嬉《うれ》しいです。

それでは、また次の作品でお目にかかれますように。

和泉《いずみ》　桂《かつら》

初出
暁に堕ちる星 ―― 2012年 小説リンクス2月号掲載を加筆修正
暁に光る星 ―― 書き下ろし

引用
歌行燈・高野聖 （新潮文庫）泉鏡花著　より
堕落論（角川文庫）坂口安吾著　より

この本を読んでの
ご意見・ご感想を
お寄せ下さい。

〒151-0051
東京都渋谷区千駄ヶ谷4-9-7
(株)幻冬舎コミックス　リンクス編集部
「和泉《いずみ》 桂《かつら》先生」係／「円陣闇丸《えんじんやみまる》先生」係

リンクス ロマンス

暁に堕ちる星

2013年10月31日　第1刷発行

著者……………和泉《いずみ》 桂《かつら》
発行人…………伊藤嘉彦
発行元…………株式会社　幻冬舎コミックス
〒151-0051　東京都渋谷区千駄ヶ谷4-9-7
TEL 03-5411-6431（編集）
発売元…………株式会社　幻冬舎
〒151-0051　東京都渋谷区千駄ヶ谷4-9-7
TEL 03-5411-6222（営業）
振替00120-8-767643
印刷・製本所…共同印刷株式会社
検印廃止

ISBN978-4-344-82958-9 C0293
Printed in Japan

幻冬舎コミックスホームページ　http://www.gentosha-comics.net